# 메마른 빛

이슬 한 방울

메마른 빛, 이슬 한 방울 5

초판 1쇄 발행 | 2016년 5월 15일



교정교열 | 문보람
총괄 디자인 | 니시
표지 편집 | 서유미

펴낸이 | 김혜랑
펴낸곳 | 메르헨 미디어
등록일자 | 2012년 6월 27일
등록번호 | 제 2012-000141 호
ISBN 979-11-87199-25-0 04810
ISBN 978-89-98328-21-4 (세트)


※ 이 도서의 국립중앙도서관 출판시도서목록(CIP)은 서지정보유통지원시스템 홈페이지(http://seoji.nl.go.kr)와 국가자료공동목록시스템(http://www.nl.go.kr/kolisnet)에서 이용하실 수 있습니다. (CIP제어번호 : CIP2016011141)

nabinovel@nabinovel.net
http://nabinovel.net

메마른 빛
아슬한 방울
vol.5
글 케얄
그림 니시
나비노블

## Content_메마른 빛, 이슬 한 방울

No. 13 Episode

# 가짜와 진짜

내일이면 하르페니언이 돌아온다.

그 사실이 무엇보다도 감미로웠다. 지금 눈앞에 있는 저녁식탁에는 언뜻 봐도 수십 개가 넘는 음식이 차려져 있었지만, 설사 찐 감자에 소금만 있어도 수아의 눈에는 세상에서 제일가는 진수성찬으로 보였으리라.

실바코프는 그야말로 고용인의 정석 같은 자세로 수아의 뒤에서 시중을 들다가, 음식을 모두 차린 다른 고용인들이 여느 때처럼 식당 문을 닫고 나가자 바로 돌변했다.

"오늘은 꽤 맛있겠네."

그러곤 휙 휘파람을 불고서 수아의 옆자리 의자에 털썩, 자연스럽게 앉았다.

"언제 음식이 안 괜찮았던 적이 있어요?"

"하긴, 아가씨가 온 이래로 주방은 언제나 전쟁터지."

"아무리 생각해도 음식 가짓수나 양을 좀 줄이라고 하는 게 나을 거 같은데."

"어차피 남은 음식들은 다른 고용인들이 먹잖아?"

실바코프는 포크를 들어 올리며 즐겁다는 듯 말했다.

"아무도 손해 보는 사람 없어. 주방장도 재료를 아끼지 않고 음식 하는 걸 꽤 재밌어하고 있고, 다른 주방 인원들은 일이야 좀 고돼졌다지만 특별 수당이 나오고, 다른 고용인들은 날마다 만찬이고, 영주는 아가씨를 잘 모신 걸 황태자 전하에게 인정받으면 신뢰가 올라갈 거고."

실바코프의 말이 맞긴 했다. 하지만…….

"확실히, 머리로 생각하면 그런데."

"뭐가 걸려?"

"아뇨, 그 제가 먹다 남은 걸 고용인들이 먹는다는 게……. 그럴 바에는 아예 손 안 댄 음식을 주는 게 낫지 않나 해서요. 어차피 다 못 먹으니까 일부를 먼저 주면."

실바코프는 피식 웃었다.

"그럴 수 있을 리가 없잖아. 애초에 아가씨에게 대접하기 위해 조리하는 음식인데."

"그렇긴 한데요……."

사실 고용인들이 주인이 남긴 음식을 먹는 것은 상당한 사치였다. 날마다 고용인들에게까지 돌아갈 정도로 화려한 만찬을 여는 게 아니기 때문이다.

수아도 그걸 알고 있긴 했다. 보통 황궁에서 연회가 끝난 후에 남은 음식은 대부분 하녀들에게 돌아가지만, 가끔은 여관에게까지 그 몫이 오기도 했다. 수아도 본궁에서 일할 동안 한 번이었나, 두 번이었나 그렇게 얻어먹어 본 적이 있었다. 하지만 그때는 「연회」의 남은 음식이었기 때문에 별 거부감이 없었다. 그녀가 온 세계의 기준으로 하자면 뷔페에서 남은 음식을 직원끼리 나눠 먹는 거나 다름없었으니까.

하지만 이런 식의 개인적인 식사가 끝나고 남은 음식이 다른 사람에게 돌아간다는 건……. 실제로 귀족 출신의 시녀들은 절대 남은 음식에 손을 대지 않는다.

"하긴, 저만 신경 쓰고 있는 거라면 상관없겠죠."

"그래. 빨리 한 입 떠. 그래야 나도 먹지."

이건 그녀를 위해 만든 식사라며, 실바코프는 수아가 반드시 한 입이라도 먹고 난 후에야 음식을 들었다. 묘한 곳에서 이상한 매너가 있다니까. 평소에도 좀 점잖아보지. 수아는 그렇게 생각하며 빵 위에 조리된 생선을 올린 작은 애피타이저 하나를 집어 입으로 가져갔다. 그 뒤 곧바로 실바코프도 고기 요리에 손을 뻗었다.

"어라?"
"음?"
그리고 동시에 이상한 표정을 지었다.
"이거 좀 짠데?"
"네, 좀……."
못 먹을 정도까진 아니었지만 음식들의 간이 상당히 강했다. 실바코프는 고개를 갸웃거리며 다른 요리도 두세 입을 더 먹어 보고는 미간을 찌푸렸다.
"다른 것들도 다 이런데?"
"그래요?"
수아도 다른 접시에 포크를 가져갔지만 그가 말한 대로였다.
"아무래도 뭔가를 잘못 넣은 모양인데."
"전부 다요?"
"향료 하나만 잘못 섞여도 충분히 가능해. 보통 일일이 간을 보면서 요리를 하지 않거든. 그런데 여기 주방장 경력 정도면 이런 기초적인 실수를 하진 않을 텐데……."
"너무 과로한 게 아닐까요?"
"일리 있네. 아니, 주방장이 아니라 다른 조리사의 실수일 가능성이 더 크겠어."
그렇게 말하면서 실바코프는 다른 음식 몇 개를 더 입으로 가져갔다. 그리고는 작게 한숨을 쉬며 말했다.

"이쪽 수프랑 샌드위치는 괜찮은 거 보니까 정말 향신료 실수인 모양이네. 문제는 메인 요리들 쪽 대부분이 간이 세다는 건데……. 어쩔래, 아가씨? 다는 아니더라도 메인 몇 개라도 좀 바꿔달라고 할까?"

"글쎄요……. 못 먹을 정도로 짠 건 아니잖아요?"

"그렇긴 하지."

"흰 빵도 있고요. 그냥 같이 먹으면 되죠."

실제로 약간 짠 것만 빼면 맛은 여전히 괜찮은 음식들이었다. 고기의 부드러움과 익힌 정도, 싱싱한 샐러드, 부드러운 소스와 수프. 결국 둘은 그냥 먹기로 결론을 내리고 음식을 먹기 시작했다. 그리고 의외로 금방 간에 익숙해져 꽤 맛있게 식사를 즐길 수 있었다.

식사가 끝난 후 티룸에서 독서와 함께 차를 즐길 때쯤에는 내일 돌아올 하르페니언 생각을 하느라 음식의 간이 다소 강했다는 것도 거의 잊어버렸을 정도였다. 수아에게는 그냥 그 정도의 작은 해프닝이었다.

그래서 한 중년 남자가 새파래진 얼굴로 그녀의 앞에서 털썩 무릎을 꿇었을 때는 상당히 당황했다.

"죽을죄를 지었습니다!"

수아는 과자를 하나 입에 넣다가 당황해서 사레가 들릴 뻔했다.

"네?"

"감히 입맛을 해친 죄! 제대로 주방을 관리하지 못한 죄! 달게 받겠습니다!"

갑자기 이게 무슨 상황인 걸까. 주방관리 어쩌고 하는 걸 보면 주방장인가? 하지만 왜 저렇게 대역죄라도 저지른 것처럼 비장한 모습으로 빌고 있는 걸까? 수아는 음식이 조금 짰다는 것과 지금 눈앞의 남자 모습을 도무지 연관시키질 못하고 실바코프에게 고개를 돌렸다. 그의 허락이 없으면 이 방에 들어오지 못했을 테니, 이 남자가 정확히 누구고 어떤 일로 왔는지는 그가 제일 잘 알고 있을 터였다.

"그래, 무슨 일이었지?"

수아의 시선을 받은 실바코프가 딱딱한 말투로 그에게 추궁하듯 물었고, 그 말에 주방장은 쾅, 커다란 소리가 나도록 바닥에 머리를 박은 후에 고개를 들었다. 수아는 깜짝 놀라 입만 살짝 벌린 채로 굳었다. 어찌나 바닥에 머리를 세게 박았던지 피까지 살짝 비칠 정도였다. 굉장히 아파 보였지만, 그는 이마의 상처는 아무것도 아니라는 듯한 태도로 시선을 바닥으로 내린 채 사정을 고했다.

이것저것 말은 장황했지만 결국 조리사 중 하나가 실수를 하여 향신료 주머니가 바뀌었다는 소리였다. 소금 주머니가 레카트 주머니로. 수아도 요리를 해봤기에 레카트가 뭔지는 대충 알았다. 소금과 거의 비슷하게 생겼지만 좀 더 짜고 좀 더 맛이 강한 향신료였다. 헷갈릴 수도 있지 않나. 그걸 가지고 이렇게 큰일이 난 것처럼 호들갑을 떠는 모습이 이해가 가질 않았다.

하지만 당황이 좀 가라앉자 수아는 이게 단순히 향신료가 바뀐 정도의 사소한 해프닝이라기보다는 「황태자의 일행」에 대한 대접 소홀로 취급될 수도 있는 문제구나 싶어졌다. 혼자 있을 때 수저를 바닥에 떨어뜨린다면 문제가 되지 않겠지만, 그게 손님 앞에서라면 문제가 되듯. 더구나 이곳 영주는 권세 있는 중앙귀족과는 거리가 멀다. 황태자가 원하면 레흐크 자작의 목도 벨 수 있는 상황에서, 고작 휘하의 주방장 한 명에게 무슨 짓을 한다고 해서 문제 삼지는 않을 터였다.

대충 거기까지 생각이 흘러가자 수아는 머리가 아파지는 것을 느꼈다. 뭐가 이렇게 복잡한가. 더구나 주방장이 이렇게까지 나온 이상 아무렇지도 않은 척 넘어가기도 애매했다. 수아는 속으로 한숨을 내쉬었다.

"확실히 오늘 음식은 좀 짰어요."

남자의 어깨가 움찔거렸다.

"하지만 맛은 나쁘지 않았고, 평소에도 괜찮게 먹었으니까요. 그러니 한 번 정도는 실수라고 넘어가 드릴 수 있어요."

그 소리에 남자가 고개를 확 들었다. 마치 지상에 현신한 여신을 보는 듯한 눈빛이라, 수아는 순간적으로 주변을 살펴 그녀 외에 다른 사람이 있나 살펴보려고 했을 정도였다.

물론 남자의 시선은 수아에게 완전히 고정되어 있었다.

"가, 감사합니다! 이, 이렇게 자비로운…… 크흡."

급기야 그는 그 자리에서 눈물을 뚝뚝 떨구며 울기 시작했다. 이번에야말로 수아는 진짜로 당황했다. 다행히 실바코프가 바로 나섰다.

"아가씨께서 자비롭게 용서하셨으니, 더 이상 여기서 흉한 꼴을 보이지 말고 돌아가도록. 사실 곧바로 감옥에 가둬도 모자라지 않을 죄지만……."

실바코프는 한숨을 내쉬며 뒤쪽에 경비병에게 가볍게 손짓했다.

"돌아가게. 영주님이 돌아오시기 전까지 다른 처벌은 없어. 그러니 업무에 복귀하여 차질 없이 진행하도록."

"가, 감사합니다!"

주방장은 지나치게 벌벌 떨었는지, 제대로 일어서지도 못했다. 그래서 결국 경비병이 일으켜서 질질 끌고 나가다시피 하는 모양새가 됐다. 그럼에도 그는 필사적으로 감사하다고 외치면서 끌려 나갔다.

탁, 문이 닫히자 수아는 곧바로 실바코프에게 물었다.

"방금 뭐였어요?"

실바코프는 재미있다는 듯 큭큭 웃었다.

"뭐긴. 죽을죄를 지었는데 성녀 같은 아가씨께서 아무런 처벌 없이 자비롭게 용서해준 현장이지."

"실바코프 씨."

"비꼰 거 아냐. 주방 재료 문제는 진짜 민감하니까."

"네?"

실바코프는 그녀의 맞은편 의자에 털썩 주저앉으며 말을 이었다.

"식재료 관리는 주방장 책임이고, 그게 또 굉장히 까다롭거든. 아마 음식 종류들이 많다 보니 조리에 신경 쓰다가 관리가 잠깐 소홀해진 모양인데……. 굉장히 큰 잘못이지. 잘못하다가 독이라도 섞이면 어쩌려고."

"아."

확실히 먹는 음식이니 그런 문제도 있긴 할 것 같았다.

"그런데 음식 들여오기 전에 실바코프 씨가 검사한다고 하지 않았어요?"

"그 단계에서 독이 나오면 엄청난 문제라고 생각하지 않아?"

"어……. 하긴요."

"나는 「그럴 리는 없지만 정말로 혹시나 하는 만약」을 대비하는 느낌으로 검사하는 거야. 사실 웬만한 시도는 그전에 다 잡히지. 식재료는 엄격하게 관리를 하고, 주방에 들어갈 수 있는 이들 자체도 정해져 있으니까. 그런데 거기에 의도하지 않은 향신료가 들어갔다? 그걸 안 순간 주방장이 과연 어떤 심정이었을까? 말 그대로 살아 있는 느낌이 아니었을 거야."

"그럼 제가 너무 쉽게 용서해준 건가요?"

그 소리에 실바코프가 웃으며 고개를 저었다.

"아니, 딱 좋아. 자비로운 모습은 자고로 성녀가 지녀야 할 덕목이거든."

"이봐요."

"진심이라니까? 어설프게 중벌을 내려봤자 더 공포심만 부추겼을 거야. 아가씨에 대한 많은 소문들 중 가급적이면 성녀 쪽 노선으로 가는 게 낫잖아?"

점점 어디가 순수한 칭찬인지 알 수 없어졌지만 일단 본인이 그렇다고 하니 더 뭐라고 말하기도 귀찮았다. 아무렴 어떠랴. 내일이면 하르페니언이 오니 이런 문제는 더 신경 쓸 것도 없어질 텐데. 수아는 더 머리 아파지는 이야기 대신 대화 도중 궁금해진 부분에 대해 질문을 던졌다.

"그런데 귀족이 먹는 음식에 독을 쓰는 일이 자주 있어요? 다들 굉장히 신경 쓰는 것같이 보이는데."

"자주 일어난다기보다는 민감한 문제라서 그래."

실바코프도 굳이 더 그 화제를 끌 생각이 없었는지, 곧바로 그녀의 질문에 답했다.

"독살은 암살 방법으로 선호할 만한 게 아니거든. 일단 암살용으로 쓸 독을 구하는 것 자체가 어려워. 동물 독을 뽑거나 독풀이나 독버섯을 말리는 건 그 특유의 향이나 색이 남지. 보통 약용 목적으로 추출해 희석해 사용하니까 그다지 정제할 필요도 없고. 하지만 암살용으로 쓰려면 가급적 무색무취에, 되도록 빨리 목숨을 앗아갈 정도로 효과도 좋아야겠지? 결국 그런 독은 사람을 죽이기 위해 만들어졌습니다, 하고 광고하는 꼴이니 떳떳하게 거래하기도 힘들어. 당연히 구하기도 어려우니 가격도 어마어마해지지."

그가 자연스럽게 수아가 먹던 쿠키에 손을 뻗어 입으로 가져가며 말을 이었다.

"게다가, 노리는 목표가 그 독을 먹었다고 해도 반드시 죽으라는 법이 없어. 치료마법은 독을 해독하거든. 즉 힐링포션만 먹어도 어느 정도 버틸 시간은 벌어준다는 얘기지. 마법사의 치료마법은 신관에 비해서 훨씬 효과가 떨어지지만 응급처치 정도는 되니 마법사를 고용한 집에서는 더 버틸 수 있고. 그러는 사이 신관을 불러서 해독하면 끝. 물론 몇 달은 꾸준히 치료를 받아야겠지만 어쨌거나 죽진 않아. 이야기 속에서야 먹자마자 피를 토하고 절명하는 식으로 표현하지만, 실제로는 꽤 다르다는 말. 흠, 이거 꽤 맛있네."

그는 우물우물 쿠키를 씹으며 다음 쿠키로 손을 뻗었다.

"물론 암살이라는 게 반드시 성공한다는 걸 전제로 두고 하는 건 아니지만, 가장 꺼려지는 문제는 암살 대상만이 그 독을 먹으리라는 보장이 없다는 거야. 귀족들의 식사가 어디 평민과 같나? 이것저것 잔뜩 늘어놓고 먹겠지. 물론 한두 가지 음식으로 때우는 몰락귀족이 있긴 하지만, 애초에 그런 치들이 암살 시도를 받을 리가 없으니 제외. 즉, 재수 없으면 어렵게 독을 넣은 음식을 한 입도 먹지 않을 수가 있다는 거지. 또 주인이 좋아하는 음식일수록 주방에서는 더 신경을 쓰니까 몰래 넣기도 쉽지 않고, 여기처럼 마법사에게 꾸준히 사전 검사를 시키기도 할 테고. 더구나 어찌어찌 안 걸려서 식탁까진 나갔는데 결국 그 귀족이 한 입도 먹지 않아서, 그 남은 음식을 고용인이 먹다 죽기라도 한다면?"

"으."

그녀는 살짝 목을 움츠렸다. 아무래도 황궁의 고용인으로 일했던 적이 있어서인지 남의 일 같지가 않았다. 여러 가지 의미에서 발칵 뒤집히는 모습이 눈에 선했다.

"뭐 이런저런 점 때문에 독살 시도 자체는 흔한 게 아니긴 한데……. 문제는 정말로 독이 들어갔을 경우지. 잘 생각해봐. 먹는다는 기본적인 행위에서 목숨이 위협받는 거야. 그것도 가장 안전해야 할 집 안에서, 자기 손바닥 안이라고 생각했던 곳에서. 보금자리를 위협받는 건 설사 동물이라고 해도 이빨을 드러내는데, 그냥 넘어가는 게 이상하지."

"하긴…… 그렇겠네요."

새삼 수아는 고개를 끄덕였다. 저택이라는 게 너무 크기도 하고 무엇보다도 가족이 아닌 사람들이 있다는 점에서 누군가의 「집」이라는 생각은 별로 들지 않았다. 하지만 여기서 태어나고 자란 귀족들에게는 그게 당연한 것일 터였다. 가장 안전해야 하고 마음을 놓을 수 있어야 하는 장소에서 목숨을 위협당하는데 태연할 사람이 어디 있을까.

"고용인 입장에서도 큰일이야. 재정비한다는 이유로 직장에서 쫓겨날 수도 있고, 최악의 경우 누명을 쓰고 목숨을 잃을 수도 있으니까. 하지만 이번에는 내가 미리 독 검사도 했던 음식이고, 주인인 영주님도 안 계신데 굳이 일을 크게 만들 필요가 없다는 점에서는 적절한 조치였어."

이야기가 다시 되돌아온다. 수아는 작게 한숨을 내쉬었다. 음식이 조금 짜게 되었다는 하나만으로도 뭔가 이것저것 생각해야 하다니.

"잠깐만요. 그럼 실바코프 씨는 처음부터 알고 있던 거 아니에요?"

향신료가 바뀌었다는 걸 안 순간부터, 주방장이 어떤 반응을 보일 것인가를. 그런데도 미리 알려주지 않았다. 그 시선에 실바코프는 씩 웃었다.

"뭐, 아가씨가 잘 대처할 건데 굳이 미리부터 머리 어지럽게 할 필요가 없다고 생각돼서."

"……진짜."

읽던 책을 던져버릴까. 수아는 잠깐 진지하게 그렇게 생각했지만 더 기운을 빼기도 싫었다. 그녀는 그냥 다시 한 번 한숨을 내쉬며 책을 덮었다. 어차피 읽던 흐름은 깨진 지 오래였다.

그래, 이 복잡한 것도 오늘이 마지막이다. 더 무슨 일이 일어날 리도 없다.

창 쪽으로 시선을 던지자 그 너머로 어두운 하늘에서 내리는 비가 보였다. 아까보다 많이 잦아들고 있었지만, 아직도 빗발이 꽤나 강했다.

'빨리 그치면 좋을 텐데.'

그래야 하르페니언이 오기 편할 테니까.

수아는 자리에서 일어났다. 이제 하룻밤만 지나면, 그의 얼굴을 볼 수 있을 터였다.

"이만 들어갈게요. 내일 봐요."

"좋은 밤, 아가씨."

어서, 내일이 되었으면.

그러나 그 바람은 쉽게 이루어지지 않았다.

수아는 눈을 비비며 자리에서 일어났다. 목이 말랐다.

'아.'

수아는 한숨을 푹 내쉬었다. 그녀는 그제야 음식을 짜게 만든 주방장에 대한 원망을 중얼거렸다. 눈을 뜨면 아침이어야 했는데.

그녀는 침대에서 일어나 창가로 다가가 커튼을 걷었다. 아직까지 비가 잘게 내리고 있었고, 먹구름 때문에 별도 보이지 않았다. 수아는 다시 한 번 작게 한숨을 내쉬었다.

한밤에 일어나는 건 감성적으로도 별로 좋지 않다. 낮에 간신히 떨쳐버린 외로움이 다시 훅 달라붙어 온다. 더구나 계속 저택 안에만 있었기에 별로 피곤함을 느끼지 못했는지 정신도 말똥말똥했다. 확실히 이 세계에 처음 올 때보다 체력이 오르긴 한 것 같았다. 음, 좋긴 한 건데…….

수아는 잠시 이 체력을 살려 검술을 배워보면 어떨까 생각했다가 10초도 되지 않아 바로 포기했다. 그나마 그 10초는 그녀가 하르페니언에게 검술을 배우는 모습을 떠올리는, 사심 가득한 상상을 하는 시간이었다.

"칼이나 떨어뜨리지 않으면 다행이지."

그녀는 한숨을 쉬듯이 중얼거리며 커튼을 닫지 않고 침대로 돌아갔다. 그녀는 등산을 좋아했지만 산에 간다는 것 자체가 좋았을 뿐, 실제로 운동을 좋아하는 건 아니었다.

나름 체력도 기르고 몸매도 만들어보겠다며 헬스장에 등록도 해보고, 수영장이며 나중엔 요가까지 시도해봤지만 결국 끝까지 나가지 못했다. 과도한 의욕의 결과인 근육통으로 끙끙대는 과정을 거쳐 많은 사람이 그러하듯 결국 바쁘다는 핑계로 회비를 그대로 기부하고 끝을 맺었다. 그런데 검술은 무슨.

그녀는 여전히 비가 내리고 있는 하늘을 못마땅하게 쳐다본 뒤, 몸을 돌려 협탁에 있는 물 주전자를 들었다. 하지만 곧 미간을 찌푸릴 수밖에 없었다. 지나치게 가볍다 싶더니, 컵에 물이 흘러나오지 않았다. 아무래도 하녀들이 물을 채워 넣는 것을 잊은 모양이었다. 수아는 컵에 겨우 몇 방울 떨어진 물을 보며 잠깐 고민했다. 그냥 참을까, 아니면 사람을 부를까.

결국 수아는 종에 달린 줄을 잡아당겼다. 한밤중에 물 한 잔 마시겠다고 부르는 게 미안하긴 했지만, 따지자면 물을 채워 넣는 걸 잊은 하녀들의 잘못이기도 했다. 그리고 참기에는 목이 너무 말랐다.

하녀는 새하얗게 질린 얼굴로 나타나 거의 뛰듯이 주방으로 달려가 물 주전자를 가득 채워 가져왔다. 수아는 하녀를 내보낸 후 물을 세 컵이나 마셨다. 갈증이 가시면서 기분이 좀 나아졌다.

어차피 일어나 있어도 더 할 일도 없었다. 또 짜증이 나기 전에 얼른 자야지. 수아는 곧바로 침대에 누워 이불 속으로 몸을 묻었다. 처음에는 속도 울렁거리고 정신도 맑아서 잠들기는 글렀다고 생각했는데, 의외로 금방 잠은 왔다.

어느새 수아는 그대로 의식을 잃었다.

"이런 젠장."

귓가에서 그런 목소리가 들려왔다.

수아는 자신의 몸이 굉장히 흔들리고 있다는 걸 알았다. 이상했다. 분명 잠이 들었는데. 이번 꿈은 유난히 리얼한 것 같다.

눈앞에는 은색 실이 보였다. 그것이 사람의 머리카락이라는 걸 깨닫는 데는 약간의 시간이 필요했다.

'실바코프 씨?'

입 밖으로 목소리가 잘 나오지 않았다. 아니, 수아는 말했다고 생각했지만 실상은 입술만 살짝 달싹인 정도로 끝난 모양이었다. 그는 그녀를 내려다보지 않았으니까.

머리가 아팠다. 아무 생각도 들지 않을 정도로 멍해, 수아는 지금 이게 무슨 상황인가 하는 의문조차 가지지 못했다. 그냥 실바코프가 조금 가까이 있구나 싶을 뿐이었다.

실바코프는 혀를 한 번 찼다. 그러다 주변을 살피는 듯 시선을 돌리다 수아와 눈이 마주쳤다.

"아가씨, 정신이 들어?"

정신? 무슨 소릴까.

수아는 천천히 눈을 한 번 깜박였다. 온몸에 힘이 없었다.

"멍한 건 알겠지만, 정신 차려. 이러다 쥐도 새도 모르게 죽는 수가 있어."

그가 낮게 속삭였다.

"황태자 전하께 안전하게 있을 거라고 약속했잖아?"

수아는 미간을 찌푸리며 실바코프의 말을 이해하려고 노력했다. 그러니까……. 그녀는 간신히 손가락 하나를 까딱했다. 황태자 전하. 알. 하르페니언. 그 생각을 하자 정신이 좀 나는 것 같았다.

"무슨……."

몇 가닥으로 갈라진 목소리가 쉰 것보다도 더 처참하게 흘러나왔다. 수아는 말을 하면서도 그게 자신의 목소리라고는 바로 알아듣지 못했다.

"무슨…… 말……."

두어 번 눈을 더 깜박이자 조금 더 정신이 났다.

그녀는 실바코프에게 안겨 있었다. 그는 이제까지 본 것 중 가장 심각한 표정으로 걷고 있었고, 흔들린다고 생각하는 건 그가 그녀를 들고 걸음을 옮기고 있어서였다.

"조금 골치 아픈 일이 생겼어."

그는 중얼거리듯 말했다. 아니, 그건 소곤거림에 가까웠다. 실바코프는 작지만 또렷한 목소리로 속삭이듯 말했다.

"아가씨 목숨을 노리는 자들이 있어."

그들이 있는 곳은 어두컴컴한 작은 공간이었다. 공간이라는 묘사는 어설프지만 수아는 그렇게 표현할 수밖에 없었다. 빛은 거의 들어오지 않는 어두컴컴한 어떤 곳. 실바코프 뒤로 벽이 보이는 것도 같았지만 확실하지 않았다. 여전히 현실감은 없고, 수아는 그의 말에 멍하니 답했다.

"……네?"

"아가씨가 죽으면 황태자 전하도 힘을 잃을 거라고 생각하는 모양이야."

하지만 그 말을 듣는 순간 수아는 정신이 번쩍 났다. 안개가 낀 것만 같은 머릿속이 방해되었다. 그녀는 흐느적거리는 몸에 힘을 줘 어떻게든 바로잡으려고 했으나 무리였다. 마치 그녀의 몸이 아닌 것 같은 생각이 들 정도였다.

"아마 몸에 힘이 전혀 안 들어갈 거야. 일단 들어. 이 영지에는 재무관이 하나 있어. 크롬스라고 하는 놈인데 영주의 심복으로, 이곳 영주님이 자리를 비울 때면 거의 모든 권한을 가지고 있지."

그의 걸음이 점점 더 빨라지는 것 같았다. 저벅거리는 발소리가 귀로 들려왔다.

"원래는 그놈이 영주 대리로 황태자 전하의 접대도 맡았어야 했지. 그걸 내가 여기 들어오면서 손님 접대 같은 외부 일은 내 몫이라고 기억을 조작한 거지만."

간신히 시야가 트였다. 실바코프의 얼굴이 보였다. 그는 그녀를 내려다보지도 않은 채 말을 이었다.

"황태자 전하를 못마땅해하는 건 보였지만, 재무관만 그랬던 것도 아니라서 별 신경을 안 썼는데……. 나 참, 이렇게까지 나올 줄이야."

하지만 수아는 그의 말이 머리로 잘 들어오지 않았다. 그저 간신히 생각이라는 걸 할 정도가 되자 드는 걱정은 단 한 가지였다.

"알, 은요?"

조금씩 목소리가 되돌아온다. 실바코프는 그녀의 질문에 바로 답했다.

"무사해."

"정말이죠?"

"애초에 그분께 해를 끼치는 거 자체가 어렵기도 하고, 계속 영주님과 함께 있었으니 손을 뻗기도 힘들었을 거야. 좀 전에 내가 마석으로 연락을 취해놨으니 지금쯤 달려오고 계실걸."

다행이었다. 동시에 그에게 미안해졌다. 또 걱정을 끼치고 말았구나.

"일단 정신은 난 거지? 그럼 잠시."

실바코프는 걸음을 멈추더니, 조심스레 수아를 바닥으로 내려놓았다. 옷 위로 차가운 돌바닥의 감촉이 느껴졌다. 그러고 보니 수아는 잠옷 차림 그대로 그 위에 얇은 요 같은 걸 덮고 있었다.

"여, 여기 어디예요?"

"성의 비밀통로."

비밀통로? 도대체 방에서 잘 자고 있던 자신이 왜 여기에 있어야 하는지 제대로 생각을 하기도 전에, 실바코프가 몸을 돌렸다.

"상황 살피고 올 테니 여기 있어. 움직이지 말고."

"아, 잠깐……."

하지만 실바코프는 그녀의 말이 채 끝나기도 전에 어디론가 사라졌다. 수아는 반사적으로 자리에서 일어나려고 했지만, 다리에 힘이 풀려 있어 일어서기는커녕 하마터면 그대로 앞으로 고꾸라질 뻔했다.

"아."

수아는 간신히 손바닥을 바닥에 대며 몸의 중심을 잡았다. 한기가 돌아 몸이 떨렸다.

수아는 주변을 둘러봤지만 처음 「공간」이라고 생각했던 것 외에는 별다른 정보를 얻지 못했다. 그나마 실낱같이 존재하던 빛은 아주 작게 박혀 있는 마법석에서 나온 거라는 사실을 깨달았다.

비밀통로라고 했지. 그러면 어설프게 움직이면 안 될 터였다. 무슨 상황인지는 잘 알 수 없었지만 일단 실바코프를 기다리는 것이 나아 보였다.

수아는 몸을 웅크리며 벽에 기대어 앉았다.

'내 목숨을 노린다고?'

그제야 아까 실바코프가 했던 말이 머리 안으로 들어왔다. 솔직히 당황스러웠다. 분명 그녀는 방에서 자고 있었는데 정신을 차려보니 이상한 공간이다. 게다가 누가 자신을 죽이려고 한단다.

솔직히 현실감이 들지 않았다. 너무 추워서 덜덜 몸이 떨리긴 해도, 사실 자신은 지금 침대에 누워 자고 있는 게 아닐까? 조금 생생한, 그런 꿈.

그렇지 않으면 이렇게까지 정신이 멍할 리가 없었다. 비록 수아가 업어 가도 모를 정도로 잘 잔다는 말을 듣긴 했지만, 그건 그냥 잠자리를 가리지 않고 깊이 잘 잔다는 정도의 표현이다. 아무리 그래도 실바코프가 이 비밀통로라는 곳에 그녀를 안아 데려왔는데 모를 수 있을 리가 없었다.

수아는 자신을 손등을 꼬집었다. 아직 둔탁한 느낌이 있긴 했지만 꽤 아팠다. 안타깝게도 꿈은 아닌 모양이었다. 하지만 도대체 왜? 이제까지 이상한 낌새는 전혀 없었다. 암살 시도는커녕 수아는 실수로 넘어져서 손가락 하나라도 다친 적이 없었다. 수상한 사람을 본 기억도 없었다.

아니, 굳이 따지면 한 명이 있긴 했다. 그게 바로 실바코프였다.

'재무관이라…….'

그녀는 그 소리가 그냥 핑계일 수도 있다는 생각이 들었다. 수아는 재무관이 진짜 있는 인물인지 아닌지조차 모른다. 소개받은 적도 없다. 그런 누군가가 그녀를 죽이려고 한다는 건 실바코프의 말일 뿐이었다.

그렇다면 이렇게 멍한 것도 그가 마법을 걸어서가 아닐까? 그녀에게 그를 믿게 한 뒤에, 무언가 일을 꾸미려고……. 그렇게 생각하기 시작하자 수아는 그가 점점 더 의심스러워졌다. 내일 하르페니언이 온다는 사실도, 아니 실제로 그에게 연락을 취했다는 사실도 믿기가 힘들어졌다. 지금 이런 상황이 되면 수아는 당연히 실바코프를 믿고 의지할 수밖에 없을 것이다. 그가 고의적으로 정보를 막으며 주변 상황을 차단한다면 그녀는 별다른 수 없이 그의 말대로 할 수밖에 없을 테니까.

하지만 실바코프가, 그럴 만한 이유가 있을까?

수아는 필사적으로 머리를 굴려봤지만 아는 것이 없으니 결론이 나올 리도 없었다. 무엇보다도 아직도 머리가 안개가 낀 듯 어질어질했다.

상황도 제대로 모르는 상태에서, 어딘지도 모르는 어두운 곳에 앉아, 언제 올지 모르는 사람을 기다리는 것은 쉬운 일이 아니었다. 그녀는 몸을 웅크렸다. 추웠다. 몸 자체가 너무 차가웠다. 처음 얇은 담요라고 생각했던 것은 아무래도 침실에 있던 얇은 이불인 모양이었다. 그 이불 안에서 뭔가 잡히는 것이 있었다. 수아는 천천히 그것을 이불 밖으로 꺼냈다.

익숙한 형태의 그것은 지갑 정도 크기의 작은 가방으로, 수아의 것이었다. 보통은 침대 협탁 위에 두고 자는데 실바코프가 그녀를 데리고 나오면서 같이 챙긴 모양이었다.

수아는 급히 가방을 열었다. 다행히도 그 안에는 옷을 갈아입기 전에 넣어두었던 이즈벳 목걸이가 보였다. 그녀는 그 목걸이를 손에 꼭 쥐었다. 분명 돌멩이라 차가울 텐데도, 어쩐지 수아에게는 그 안에서 온기가 나오는 것만 같았다.

"알."

그녀는 목걸이를 쥔 손에 더욱 힘을 주었다. 괜찮다. 수아는 속으로 몇 번이나 그렇게 중얼거렸다.

"아가씨?"

수아는 고개를 퍼뜩 들었다. 실바코프였다. 그녀는 순간 그의 뒤에 다른 이들이 있나 살폈지만 다행히 눈에 보이는 건 그 한 사람뿐이었다.

"다행이다. 기절한 건 아니군."

실바코프는 한숨을 내쉬듯 중얼거리며 말하더니, 이내 털썩 수아의 옆에 주저앉았다.

"어디 갔다 왔어요?"

"주변을 좀 살피러. 일단 재무관이 이 통로를 알지 못하는 것 같아서 다행이긴 한데……. 우선 아가씨를 찾는 병사들이 더 흩어질 때까지 여기 있어야 할 거 같아."

"무슨 일이 일어난 거예요?"

그사이 어둠에 눈이 익숙해져서인지 실바코프의 얼굴이 조금 더 잘 보였다. 그는 진지한 얼굴로 그녀를 내려다보았다.

"그건 내가 묻고 싶은데. 아가씨, 뭘 먹은 거야?"

"네?"

"왜 몸에 그렇게 힘이 없다고 생각해? 한밤중에 배고파서 야식이라도 가져오게 시킨 거야?"

"아뇨, 먹은 건 딱히……. 아, 물."

"물?"

"네, 목이 말라서요. 가져오라고 시켰어요."

"물? 그거야 방에……."

실바코프는 말을 잠깐 끊고는 미간을 찌푸렸다. 그리고 수아도 뭔가 이상한 것을 느끼기 시작했다. 모든 음식은 실바코프가 체크한다고 했지. 그렇다면 마실 것은?

"다 마시고 모자라서 가져오라고 한 거야?"

"아뇨, 처음부터 물이 안 남아, 있었는데……."

그는 작게 한숨을 내쉬었다.

"주전자는 채워져 있었어, 아가씨."

"네?"

"분명히 확인했다고. 그것도 내 일이니까. 젠장, 아가씨 방에는 결계가 걸려 있었을 텐데 어느 사이에……."

맙소사. 순간 한기가 들었다.

"그러니까, 그 물에……."

"그래. 아가씨, 독 마셨어."

오싹, 소름이 끼치는 것과 동시에 말문이 턱 막혔다.

"내가 아까 해독을 하긴 했지만, 생각보다 빨리 정신을 차린 걸 봐서는 별로 치명적인 독은 아니었을 거야. 하긴, 무색무취의 효과 좋은 독을 쉽게 구할 수 있는 건 아니니 이상한 향이 나지 않도록 최대한 희석한 것이었겠지."

반대로 말하면 치명적인 독이었다면 이미 죽었을지도 몰랐다는 소리였다. 내가 몇 컵이나 물을 마셨더라? 한 컵을 모두 마시고 또 컵을 채운 것은 분명 기억하고 있었다. 최소 두 컵. 혹은 세 컵. 수아는 누군가가 자신을 죽이려고 했다는 사실보다, 겨우 물을 마시는 단순한 동작이 그녀의 목숨을 끊었을지도 모른다는 사실에 더 몸이 떨렸다.

"해독……했다고요?"

목소리가 절로 떨려 나왔다.

"응. 마법."

"아."

그러고 보니 치료마법은 독을 해독한다고 했다. 아까 들었던 독에 관한 이야기를 떠올리며, 수아는 새삼 다행이라고 생각했다. 마법 같은 게 없는 세계였다면 그냥 위세척을 하고……. 아니, 의학도 발전하지 않은 세계니까 그냥 미지근한 물을 먹고 토하는 게 고작이었겠지. 그럼 치명적이지 않은 독이라도 시름시름

앓다 죽었을지도 모르는 일이었다.

"그럼 이제 전 괜찮은 건가요?"

"한동안은 몸에 힘이 들어가진 않겠지만, 죽을 정돈 아냐. 문제는 병사들이지."

"도대체 무슨 일인 거예요?"

가라앉았던 의문이 다시 떠올랐다. 실바코프가 가늘게 한숨을 내쉬었다.

"글쎄, 나도 자세히는 몰라. 난데없이 아가씨를 죽여야 하니 결계를 풀라고 협박하더군. 황태자 전하를 홀리는 요녀를 죽여야 한다나. 일단 협력하는 척하다가 뒤통수를 치고 아가씨를 빼돌렸어."

"저를 죽이는 게 목적인 거예요?"

"최소한 나를 위협한 놈들은 그렇게 말하고 있긴 했는데……. 사로잡을 필요도 없으니 그대로 죽이라고. 흠, 그러고 보니 진짜 재무관의 짓인지도 잘 모르겠군."

"그렇군요……."

수아는 다시 시선을 바닥으로 돌렸다. 머리가 복잡했다. 실바코프의 일까지는 그럴 수 있었다. 인간이 아닌 존재라는 건 예측 자체에 넣기 어려운 부분이니까. 하지만 재무관이 이렇게 나올 거라는 가능성을, 하르페니언이 생각하지 않았을까? 그런 거라면……. 거기까지 생각해놓고 수아는 입술을 깨물었다.

그가 모든 요소를 통제할 수 있을 리가 없었다. 더구나 이곳은 남의 영지다. 신에 관련된 요소에는 굉장히 민감하게 반응해 그렇게나 대단하다는 황족에게 암살자를 줄줄이 보내기도 하는데, 황족에게 직접 해를 끼치는 것도 아니라 그 옆에 딸려 있는 요녀 하나 죽이는 건 더욱 간단히 여길 수 있을 것 같았다.

어떻게 해야 하지. 일단 실바코프의 말도 앞뒤가 맞긴 했다.

"아무튼 조금 후에는 움직여야 해. 걸을 순 있지?"

"왜요?"

수아는 고개를 들었다. 어쨌거나 얌전히 따를 수는 없었다. 그러나 그가 하자는 대로 움직일 수밖에 없는 상황이면, 최소한 왜 그런지 정도는 파악해야 했다.

"응?"

"알에게 알렸다면서요. 여긴 추적자들도 모르는 곳이고요. 그럼 알이 올 때까지 여기에 있으면 되는 거 아닌가요?"

"물론 나도 그러고 싶긴 한데……. 왜 내가 아가씨가 추운 거 뻔히 알면서 불을 못 피우고 있을까?"

실바코프는 가늘게 떨리고 있는 수아의 몸을 가리켰다. 수아는 눈을 한 번 깜박였다. 그러고 보니 불을 피우는 것도 마법으로 할 수 있겠구나. 아무래도 친숙한 개념이 아니다 보니 그런 쪽으로는 생각도 하지 못하게 된다.

"상대편에 다른 마법사가 있거든."

그는 미간을 살짝 찌푸렸다.

"아무리 이 영지에서의 내 설정이 실력 별로 안 좋은 마법사라고는 하지만, 병사들만으로 나를 협박할 수 있을 리가 없잖아? 뭐, 그 덕분에 뒤통수를 치고 아가씨를 데리고 빠져나올 수는 있었지만……. 결론부터 말하자면 내가 여기서 마법을 쓰면 그놈에게 감지당하니 쓰지 못하고 있는 거야. 그리고 하나 더 추가로 말하자면, 여기에 그냥 가만히 있더라도 곧 놈이 추적마법을 쓸 거라는 거지."

"추적마법이요?"

"아가씨 옷가지나 머리카락 같은 건 방에 남아 있을 테니까, 그걸 매개로 삼는 거지. 범위가 그렇게 세밀하진 못하지만 대충 어느 방향 어느 근처에 있다는 것 자체는 알 수 있어. 하위 마법은 아니라 발동에도 좀 시간이 걸리고 이것저것 조건이 많긴 하지만……. 어쨌건 황태자 전하가 올 때까지 버티는 건 무리야. 위치만 파악하면 비밀통로 자체를 찾지 못한다 해도 그냥 벽 부술걸."

수아는 눈을 잠깐 감았다 떴다. 골치 아픈 이야기였다.

"그러니까 들키기 전에 일단 나가야 해. 추적마법은 시전자와 추적자의 거리와 비례해서 정확도가 올라가거든. 즉 멀어지면 멀어질수록 위치 파악이 어려우니 일단 영지 밖으로 나가는 게 좋겠지."

"그게 가능해요? 병사들이 찾고 있다면서요."

"뭐, 주모자가 실제로 재무관이라고 해도 모든 병력을 동원하는 건 불가능해. 대부분의 성 안 사람들이 아가씨가 누군지 알 텐데 공공연하게 아가씨를 잡으라고 할 수 있겠어? 빈틈이야 얼마든지 있을걸. 무엇보다도……."

그는 씩 웃었다.

"내가 가장 큰 변수지. 실력이 바닥인 인간 마법사가 아니라, 꽤 실력 좋은 엘프란 말씀."

갑자기 실바코프가 굉장히 믿음직스럽게 보였다.

"그렇, 겠네요."

아냐, 겨우 이런 말로 믿으면 안 돼. 이렇게 믿게 하는 게 저 사람의 의도일지도 몰라.

"어, 그러면 기억조작마법을 써서 이 상황을 벗어나면 안 돼요? 제가 여기에 처음부터 방문하지 않았다는 식으로 조작한다거나……."

"발상은 좋은데, 그거 힘들어."

"네?"

"다수를 대상으로 하는 기억조작마법은 발동 시간이 너무 걸리거든. 내가 이 영지로 들어오기 위해 얼마의 시간을 투자했다고 생각해? 뭐, 무리를 하면 어떻게든 시도를 해볼 순 있겠지만 마법이 제대로 걸리기도 전에 내가 마력 고갈로 쓰러질 가능성이 높아. 결국 아가씨가 더 위험해지겠지."

하긴 그런 마법을 쉽게 쓱쓱 쓸 수 있을 것 같진 않았다.

고민하는 듯한 수아를 보며 실바코프가 피식 웃었다.

"생각이 많아 보이네."

"네?"

"그러니까, 아가씨는 내가 지금 이 상황을 꾸민 걸지도 모른다고 생각하고 있는 거지? 아가씨를 인질로 잡아 황태자 전하를 위협하려고 한다는?"

순간 얼굴이 굳었다. 자신이 표정 관리를 잘하지 못한다는 건 알고 있었지만 이렇게까지 금방 마음을 읽힐 줄은 몰랐다.

"그, 그렇게까지 구체적으로는 생각 안 했어요."

"아니, 뭐. 타당한 의심이야. 하지만 나로서도 아가씨에게 처음 한 이야기를 계속 되풀이할 수밖에 없군. 아가씨를 어떻게 하려거나 납치하려 했다면, 이런 복잡한 방법을 쓰지 않아도 벌써 했어. 내가 이런 상황을 꾸며봐야 무슨 이득이 있겠어?"

수아는 고개를 끄덕이려는 자신을 간신히 붙잡았다.

"나를 완전히 신뢰하라는 말은 안 할 테니, 일단 지금 당장은 믿어줘. 늦어도 오전 안에는 황태자 전하가 오실 테니, 그때까지만이라도……."

그는 갑자기 말을 끊었다. 그리고 성 안쪽이라고 생각되는 방향으로 고개를 돌리며 인상을 찌푸리더니, 곧바로 자리에서 일어났다.

"안 되겠다. 더 느긋하게 설명하고 있을 시간이 없어. 아무래도 곧 추적마법이 발동될 것 같으니, 나머지 이야기는 나중에 하고 우선 피하자."

실바코프는 수아에게 손을 내밀었다. 수아는 그 손을 멍하니 쳐다봤다. 확실히 아까 했던 생각대로였다. 지금 상황에서는 그의 손을 잡는다는 선택지 외에는 없었다. 의심이 간다고 그냥 자리에 멈추어 아무것도 하지 않을 수는 없으니까.

수아는 잠깐 망설이다가 손에 쥐고 있던 이즈벳 목걸이를 아예 목에 걸었다. 잠옷에는 주머니도 없고, 가방에 넣어봤자 잃어버리면 끝이니 차라리 체인이 끊길 위험을 무릅쓰고라도 목에 거는 게 낫겠다는 생각에서였다.

그러고는 실바코프의 손을 잡고, 자리에서 일어났다.

바깥에는 여전히 비가 내리고 있었다. 수아는 빗물에 젖어 이가 딱딱 부딪칠 정도로 몸을 떨었지만 어떻게 할 방도가 없었다. 얇은 잠옷에 실바코프가 수아를 안고 올 때 둘러싼 얇은 이불 하나가 끝. 작은 가방에는 이즈벳 목걸이 말고도 손수건이 하나 들어 있었지만 그걸로는 전혀 도움이 되지 않았다.

성의 비밀통로에서 나온 지 약 10여 분. 수아는 바짝 긴장하며 실바코프를 따라가고 있었다. 좁은 골목만을 골라 걷고 있기 때문인지 아직까지는 다른 사람과 부딪치지 않았다. 비가 오고 있는 컴컴한 밤이기에 인적이 드문 덕이 컸을 터였다. 그렇다고 해도 어두운 데다 비까지 내려 시야가 제한된 상태에서 주변을 신경 쓰며 걷는 것은 생각보다 신경이 바짝 곤두서는 일이었다.

갑자기 실바코프가 그 자리에서 멈춰 서며 그녀를 훅 잡아당겼다. 수아는 용케 비명을 지르지 않았다. 쌓여 있는 잡동사니 뒤에서 수아는 항의하듯 그를 바라보았지만, 실바코프는 이내 그녀의 위를 덮듯 바짝 다가왔다. 거의 무릎을 꿇고 벽에 몸을 붙인 채였고 수아는 그 사이에 낀 모양새였다. 실바코프는 말없이 손가락을 세워 자신의 입술에 가져다댔다. 쉿, 하는 그 모양새를 확인한 것과 동시에 그녀의 귀에 철컹거리는 갑옷 소리가 들려왔다.

"이쪽에서 소리 나지 않았어?"

남자 목소리였다. 수아는 완전히 긴장해 침을 꿀꺽 삼켰다.

"빗소리 같은데."

철컹, 철컹. 아마도 상대는 병사 둘인 모양이었다. 그들이 들고 있는 램프의 불빛이 빗속에서도 꽤 환하게 비춰왔다.

"아니면 고양이나 개 소리 아냐? 저번에 강아지에 지레 놀라서 창 휘두르다가 엎어졌잖냐."

"이 새끼야, 신병 때 이야기를 대체 언제까지 할 거냐?"

대화를 들어보면 정말 이쪽에 누군가 있으리라고 생각하고 온 것은 아닌 것 같았다. 수아는 목에 건 이즈벳 목걸이를 꼭 쥐며 최대한 벽에 붙으려고 노력했다.

둘은 잠시 투닥거리는 소리를 내더니만 이내 한 명이 깊게 한숨을 내쉬었다.

"그나저나 아, 짜증 나네. 비도 오는데……. 거, 여자 이방인이라고?"

"응. 한 10대 중후반 정도랬지?"

"지명수배범이라…… 아, 진짜 이것도 이런 일만 없으면 할 만할 텐데."

"야, 그럼 우리 같은 병사는 실업자 된다?"

"차라리 몬스터 퇴치가 낫지, 그건 돈이라도 많이 주잖아. 이건 월급도 쥐꼬리만 하면서……."

"아이고, 아서라. 네 실력으로 몬스터 잡으러 갔다가는 돌아오지도 못할걸."

말소리와 함께 철컹거리는 소리가 점점 작아졌다. 불빛도 점점 멀어져 간다. 하지만 수아는 그 소리가 들리지 않게 된 후로도 굳은 채 꼼짝할 수가 없었다.

"갔어."

실바코프가 그렇게 말한 뒤에야 수아는 간신히 숨고 있던 숨을 내쉬었다.

"바, 방금…… 이방인, 여자라고……."

"아가씨를 찾고 있는 거야."

성 안에서 도망쳐 나왔으니 병사들이 그녀를 찾는 것 자체는 이상하지 않았다. 하지만 도통 이해가 가지 않는 단어가 하나 있었다.

"그런데 지명수배범이라 했잖아요."

"음, 아무래도 주모자가 재무관이 맞나 본데."

실바코프가 작게 한숨을 쉬었다.

"네?"

"영주님이 없는 지금, 수배령을 내릴 수 있는 건 재무관뿐이거든."

실바코프는 수아에게서 몸을 떼어내며 이제는 완전히 젖어버린 머리카락을 짜낸 뒤 얼굴에 흘러내린 빗물을 털어냈다.

"심복만으로 아가씨를 잡기 어렵다고 생각한 게 아닐까? 그렇다고 공식적으로 황태자 전하가 데려온 동행을 잡으라고 할 수는 없을 테니, 아예 다른 사람을 만들어낸 거겠지. 아가씨는 지금 성에서 자고 있고, 잡으라고 전달이 내려온 현상수배범은 그냥 아예 다른 사람인 이방인 여자. 대범하게 나오는데? 현상수배까지 걸게 되면 영주가 돌아왔을 때 그냥 어물쩍 넘어가기가 힘들 텐데 말이지."

수아는 입을 살짝 벌렸다.

"잠깐만요. 그럼 영지 전체가……."

“그래, 아가씨를 잡으려고 한단 말이지.”

오싹, 소름이 끼쳤다. 마치 사냥감이 된 것만 같은 느낌은 이미 비밀통로에서 눈을 떴을 때부터 느끼고 있었다. 하지만 지금은 그걸 더 넘어서 세상 모든 것이 그녀를 얽어매려고 하는 듯한 기분이 들었다.

“빠, 빠져나갈 수 있어요?”

“일단 하수도로 나갈 거야. 그쪽까지는 병사들이 잘 모를 테니.”

수아는 부들부들 떨리는 몸을 바로잡았다.

추워서인지 겁을 먹어서인지 알 수가 없었다.

“일단은 더 포위되기 전에 움직이자.”

하지만 그녀는 이를 악물고 다시 자리에서 일어섰다. 움직이기 위해.

말이 느리다.

하르페니언은 고삐를 있는 힘을 다해 붙잡으며 그런 생각을 했다.

실제로는 이제껏 없던 속도일 터였다. 명마 칸은 그 어느 말보다 빨랐으며 그와 몇 년이나 함께하며 마음을 맞춰온 사이였다. 그러니 급박한 상황에서는 그의 마음을 읽고 평소보다 더 힘을 내주기도 했으며 그건 지금도 마찬가지였다. 그 어떤 말에 채찍을 미친 듯이 후려친다 해도 이보다는 더 빠른 속도가 나지는 않으리라.

실제로 그의 얼굴을 때리는 빗방울은 거의 바늘이 찔러오는 것처럼 느껴질 정도로 따가웠고, 비 또한 많이 잦아들어 보슬비에 불과했음에도 시야를 방해할 만큼 흐릿했다.

그건 그만큼 속도를 내고 있다는 소리였다.

하지만 느렸다.

—아가씨를 해하려는 무리 포착. 보호 중. 급귀환 요망.

도대체 무슨 일이 일어난 걸까. 이럴 줄 알았다면 절대 수아를 혼자 남겨두지 않았을 것이다. 방에 몇 겹이나 마법을 걸었고 호위도 붙였다. 마법사까지 그 곁을 지킨다. 아무리 생각해봐도 위험할 만한 변수가 없었다. 하지만 하르페니언은 자신이 방심했다는 것을 깨달았다. 원래 이런 일들은 전혀 예측하지 못한 곳에서 벌어진다. 이제까지 그도 몇 번이나 당해봤잖은가. 때늦은 후회가 뼛속까지 스며들었다.

으득, 그는 이를 악물었다. 차라리 이게 실바코프라는 마법사의 질 나쁜 장난이라면 얼마나 좋을까.

자다가 날벼락을 맞은 꼴인 영주는 좀 더 상황을 봐야 한다느니 감히 황태자 전하를 이 비가 오는 한밤중에 어떻게 내모느냐며 대신 병사를 보내겠다느니 하는 소리를 했지만, 하르페니언에게 그런 소리는 들리지 않았다. 메시지를 듣는 순간 이미 정신은 날아갔다.

이제까지 그녀가 없어질지 모른다는 절망감은 충분히 겪었다. 칼에 맞아 쓰러지는 그녀의 모습을 수십 번, 수백 번 곱씹으며 그 자신을 탓한 적이 있었다. 심지어 얼마 지나지 않은 이야기다.

그런데, 또.

하르페니언은 사람들이 극구 만류하는 걸 뿌리치며 그대로 숙소를 나섰다. 처음에는 급히 경비병들이 몇 따라오는 것 같았지만 속도를 따라오지 못해 뒤처졌다.

조금이라도 더, 조금이라도 더 빨리.

그는 타는 듯한 심정을 간신히 억누르며 계속 말을 달렸다. 한시라도 빨리 그녀의 곁에 닿을 수 있기를 기원하면서.

하수도 입구에는 경비병 두 명이 서 있었다. 실바코프는 벽 뒤에서 여유롭게 그들을 관찰하고 있었지만, 그 뒤에 있는 수아는 심장이 떨어져 나갈 것 같았다. 안 돼, 여기까지도 지키고 있어.

사실 수아가 조금만 더 여유가 있는 상태였다면 곧바로 실바코프에게 다른 길은 없느냐고 물었을 터였다. 하지만 지금 그녀는 궁지에 몰려 있었고, 그가 탈출로로 제시한 곳에 병사가 지키고 서 있다는 것만으로도 모든 도주로가 막힌 듯한 기분이 들었다.

연보랏빛 눈동자가 그녀를 향했다. 그 눈빛은 조금쯤 웃음기를 띠고 있는 것 같기도 했다. 수아가 의아함을 느끼는 것과 동시에 그는 웅크리고 있던 자리에서 일어나 쑥 앞으로 나갔다.

"여어, 수고하네?"

"어, 이아스님!"

경비병들은 당황하며 그를 맞이했다. 그리고 벽 뒤에 남은 수아도 어찌나 당황했던지 저도 모르게 일어서서 그를 따라갈 뻔했다.

"아가씨를 찾나?"

"그, 그렇……."

"이아스님은 왜 여기에 계십니까?"

한 명이 반색하며 고개를 끄덕이려는 걸 다른 한 명이 막았다.

"음? 말 못 들었나? 아, 하긴. 크롬스님은 신중한 성격이니까. 아마 내가 아가씨를 데리고 도주했다고 들었지?"

순간 둘은 엉겁결에 고개를 끄덕였다. 그리고 수아는 온몸의 피가 차가워지는 것을 느꼈다. 맙소사.

"반은 맞네. 아가씨를 내가 데리고 있는 건 맞으니까. 그런데 그게 만일의 사태를 대비해 내가 도주하는 척, 꾀기 위해서라는 말씀은 안 하시던가?"

믿은 건 아니다. 믿은 건 아니지만……. 울컥, 가슴 속에서 무언가가 치솟아 올라왔다.

"하긴 그걸 다 말씀하실 정도면 만일의 사태라고는 하지 않겠지."

경비병 둘은 서로 얼굴을 마주 보았다. 그런 그들을 보며 실바코프는 어깨를 으쓱였다.

"그럼 지금 아가씨는 어디에……?"

도망쳐야 해. 수아는 그런 생각을 하면서도 전혀 움직이지 못했다. 몸이 굳어서는 아니었다. 단지 지금 이대로 뛰면 당연히 철퍽거리는 빗물 소리가 들릴 거고, 그건 오히려 저 경비병 외에도 더 많은 추적자를 부를 수도 있었다.

어쩌지. 수아는 눈을 훔치며 주변을 살폈지만 뾰족한 수가 보이지 않았다. 그녀는 급한 대로 일단 바닥에서 돌멩이를 하나 주워 들었다.

이걸로 어떻게 할 수 있는 상대는 아니겠지만 그래도 없는 것보다야…….

"여관에 모셔놨지."

그 순간 수아는 멈칫했다. 여관?

경비병 둘도 이상하다는 듯 차례대로 물었다.

"여관이라뇨? 거기는 이미 봉쇄령이 내렸습니다만."

"갑자기 그런 말씀을 하셔도……. 도대체 어느 여관입니까?"

그 소리에 실바코프는 한심하다는 듯 그들을 바라보았다.

"방이야 크롬스님 명으로 미리 잡아놨었지. 그리고 어느 여관이냐니, 내가 자네들을 어떻게 믿고 말을 하나?"

수아는 정말 아무렇지도 않게 그런 말을 하는 실바코프를 어이없이 바라보았다. 경비병들은 서로를 살피며 머뭇거렸다.

"그, 그건……."

"뭐, 됐네. 가장 유력한 예상 도주로인 이곳을 지킬 정도면 자네들도 믿을 만하겠지. 그럼……."

그는 자연스럽게 경비병들에게 다가가 목소리를 낮췄다. 경비병들은 꿀꺽 침을 삼키며 그를 바라보았다.

"이만 자."

정말 순식간이었다. 수아는 그가 무슨 짓을 했는지 확실하게 보진 못했다. 손으로 뒷목을 친 것 같기도 하고 그냥 주문을 외운 것 같기도 했다. 풀썩. 경비병 둘이 요란한 쇳소리를 내며 바닥으로 굴렀다.

"멍청이들. 날 보자마자 연락을 했어야지."

그는 코웃음을 치며 쓰러진 경비병들의 품을 뒤졌다. 어렵지 않게 주머니 하나와 검을 빼앗은 그는 여전히 벽 뒤에 있는 수아를 불렀다.

"아가씨, 슬슬 나와."

수아는 어이없는 표정으로 쑥 고개를 내밀었다.

"뭐, 뭐예요?"

"응? 뭐긴, 보시다시피지."

"아니, 이럴 거면 미리 말을 해줘야 할 거 아니에요! 제가 얼마나 놀랐는 줄……!"

"저기서 말하면 들키잖아. 뭐, 아가씨는 영민하니까 함부로 행동 안 할 거라고 믿었지. 아가씨가 소란을 떨어도 주위가 쏠린 사이에 내가 처리하면 됐던 거고. 그런데 많이 놀란 모양이네?"

그가 수아의 얼굴을 보며 말했다. 빗속이긴 했지만 붉어진 눈이 보이지 않을 리가 없었다. 좀 모른 체 넘어가 줄 매너도 없어! 그녀는 발끈하며 쥐고 있던 돌멩이를 그대로 그에게 내던졌다.

"어이쿠."

그는 가볍게 피했고, 그것에 수아는 더 열이 받았다.

"진짜……!"

"됐고, 우선 이거 받아."

실바코프는 뭔가를 수아에게 건네줬다. 수아는 얼떨결에 받아 들고 나서야 그게 단도라는 걸 알았다.

"별로 좋은 건 아니지만…… 혹시 모르니 가지고 있어."

그 단도는 정말 수아에게도 손바닥만 한 작은 것이었지만, 생각보다 꽤 묵직했다. 그걸 받는 순간 숨이 턱 막히는 것 같았다. 그녀가 그걸 멍하니 바라보고 있자니, 실바코프가 주변을 한 번 더 살피고는 수아를 잡아끌었다.

"일단 들어가자. 이놈들을 기절시켜놓은 건 금방 들킬 거야."

하수도는 오히려 비밀통로보다 더 커다란 공간이었다. 좁은 공간을 기어갈 거라고 예상했던 것과는 달리 오히려 넓은 천장을 보며 걸어갈 수 있었다.

단지 상상보다 나은 상황이라고 할 수는 없었는데, 그 안이 상당히 지독했기 때문이다. 뼛속까지 파고드는 것 같은 이 악취도, 눈을 돌려버리고 싶은 오물들도.

"아가씨, 괜찮아?"

수아는 고개를 급히 끄덕였다. 하지만 그러면서도 자신이 정말 괜찮은지는 확신할 수 없었다.

숨이 찼다. 실바코프는 꽤 서둘러 그녀를 이끌었고 그 긴박한 분위기는 수아를 더할 나위 없이 불안하게 만들었다. 더구나 조금 전과 똑같이 걷고 똑같이 호흡을 들이쉬는데도 숨이 턱까지 바짝 찼다. 기분 탓만은 아니었다. 아마 환기가 제대로 되어 있지 않기 때문이리라.

찍!

쥐가 튀어오를 때마다 수아는 나오려는 비명을 필사적으로 억눌렀다. 무섭다. 그 감정이 이제까지와는 다를 정도로 그녀를 지배했다. 실바코프가 마법으로 불을 밝혔지만 마력이 새어 나가지 않을 정도로 조절해야 했기에 결코 밝지 않았다. 하지만 수아는 차라리 그게 다행이라고 생각했다. 희미한 불빛 사이로 드문드문 보이는 것들은 결코 유쾌한 것들이 아니었다.

오물, 쥐의 사체. 그리고 뭔가 주인 모를 뼈들.

몸이 부들부들 떨렸다. 도대체 여기에서 무얼 하고 있는 걸까. 그녀는 영화 속에 나오는 추격전도 손에 땀을 쥐어가며 간신히 봤었다. 영화관에서는 가끔 눈을 가리기도 했고, DVD로 봤을 때는 리모컨을 쥐고 일시정지를 하기도 했었다.

그런데 지금은 멈출 수도 눈을 가릴 수도 없었다.

"……안 되겠다. 조금 쉬자."

결국 실바코프가 그렇게 말할 때까지 수아는 자신의 상태를 눈치채지 못하고 있었다. 왜 쉬냐고 따지려고 했지만, 목소리는 제대로 나오지 않았고 오히려 공기를 너무 많이 들이마셔 크게 헛기침을 했다. 그 소리마저도 죽여야 한다는 생각에 수아는 몸을 웅크리며 콜록거렸다.

캑캑. 목에서 이상한 소리가 났다.

"진정해, 아가씨."

"후, 후아. 미, 미안해요."

마치 자신의 것이 아닌 소리가 난다. 실바코프는 그녀를 안쓰러운 눈으로 쳐다보았다.

“괜찮아. 아가씨, 누구에게 쫓기는 거 처음이지?”

그녀는 말없이 고개를 끄덕였다.

“불안할 거야. 옆에는 수상하기 짝이 없는 놈이 하나 있지, 낭군님은 날이 밝아야 온다고 하지.”

아. 수아는 그 말에 하르페니언을 떠올렸다. 분명 이 하수도 안으로 들어오기 전까지는 계속해서 되뇐 사람인데도 순간적으로 잊고 있었다. 수아는 그제야 실바코프가 계속 괜찮으냐고 물어본 까닭도, 급한데도 굳이 쉬어가자며 벽 한쪽으로 그녀를 안내하고 발걸음을 잠시 멈춘 까닭도 알았다.

옆에서 봐도 정상이 아닌 것 같았구나, 나.

“네, 알이, 오죠.”

그러니까 괜찮다. 그때까지만 버티면.

하르페니언을 생각하자 뭔가 울컥 가슴이 옥죄는 것과 동시에 숨을 쉬는 것이 훨씬 편해졌다.

“그래. 여기는, 음. 원래대로라면 아가씨가 올 만한 장소는 아니지. 온갖 더러운 것들이…… 뭐, 물리적인 의미 말고도 모이는 곳이니까. 음, 좀 정신 차렸어? 다시 가자. 그래도 꽤 왔으니까, 조금만 더 가면 돼.”

수아는 다시 걷기 시작했다. 조금 전보다는 훨씬 나았지만, 결코 좋다고는 할 수 없었다. 희미하기 짝이 없는 마법 불은 마치 꺼질 듯이 일렁여 그림자가 계속해서 흔들렸고, 여기저기 미로처럼 얽혀 있는 통로 안에서는 금방이라도 무언가가 튀어나올 것 같았다. 마치 그림자가 갑자기 커져 그녀를 덮치기라도 할 것 같은, 그런 느낌이었다. 밖에 하늘이 있고 해가 뜨고 달이 있는 그런 세계와는 완전하게 유리된 것만 같은.

"여기는."

그는 여전히 낮은 목소리로 중얼거리듯 말했다.

"아니, 이 영지는 치안이 굉장히 잘되어 있어. 애초에 숙박업소로 이름을 떨친 영지고, 그걸로 돈을 벌어 먹고사니까. 반대로 말하면 이 근처를 지나는 대부분의 사람이 들른다는 소리도 되지."

그의 목소리는 차분했다. 수아는 그의 말에 집중하며 걸음을 재촉했다. 나름대로 조심히 걷고 있음에도 그 뒤로 저벅거리는 소리가 꽤 크게 울렸다.

"그러니까 가지각색의 사람들이 들르게 되는 거야. 그중에는 수상한 사람들도 당연히 있고, 실제로 지명수배자가 숨어 들어오는 일도 심심찮게 일어나. 하지만 숙박업에 안전은 중요하잖아? 그래서 치안에 힘을 많이 쓰는 거지. 예를 들면 여관 봉쇄령이라는 게 있는데 이게 체계가 굉장히 잘 잡혀 있어. 한 번 봉쇄령이 실행되면 30분도 안 돼서 모든 숙소에 다 전달이 되고, 여관 주인들도 협력을 철저하게 하고."

그의 목소리를 듣고 있으니 좀 나은 것 같았다. 아마 실바코프도 그런 생각으로 이야기를 시작한 것이 아닐까.

솔직히 내용으로 따지면 지금 들으나 마나 한, 그다지 쓸모 있다고 하기 힘든 이야기를.

"단지 예외가 있다면 이 하수도지. 요즘에야 누가 이렇게 크게 만드나. 필요 이상으로 크고, 필요 이상으로 깊고, 필요 이상으로 복잡하지. 애초에 이 영지에서 지은 게 아니기 때문이야. 이곳은 신마전쟁 이전 시대부터 있던 곳이니까."

"황금시대요?"

"응, 그렇게 불렸을 때. 원래 이 자리에는 훨씬 더 큰 인간들의 도시가 있었지. 나도 와본 적이 있었고……. 어쨌거나 전 영주가 이곳을 발견해 한동안 써먹었지. 배수시설을 제대로 갖추려면 상당히 돈이 드니 운이 꽤 좋았던 거야. 초반에 이곳이 숙박업소로 이름을 떨치게 된 상당한 공로가 이 하수도에 있을걸."

"아하."

"그런데 좀 영지 규모가 커지다 보니까 외려 골치 아파지는 거지. 제대로 관리도 되지 않는 거대한 통로는 범죄자들이 무단침입을 하는 데 쓰거나 탈출로로 쓰기 딱 좋거든. 조만간 폐쇄를 하느니 마느니 하는 소리도 나오던데, 어쨌거나 아직까진 쓰고 있으니까."

즉 워낙 크고 복잡해서 마을과 통하는 입구는 대충 다 막았지만, 아직도 하수도 안에서 영지 밖으로 나가는 출구는 상당수 남아 있다는 말이었다.

"출구도 워낙 중구난방이라 다 경비병을 배치하지도 못했어. 지금 우리에겐 다행이지. 여기가 아니었다면 지금쯤 성벽을 기어 올라가면서 화살을 피하고 있지 않았을까."

마지막 말이 나름의 농담이었다는 걸 안 건 잠시의 시간이 흐른 뒤였다. 뒤늦게야 수아가 피식 웃으며 뭐라고 답하려고 한 순간.

콰앙!

뒤에서 굉음이 들려왔다. 뭔가가 짖는 소리도 함께였다.

"제기랄. 아가씨, 뛰어!"

순식간에 몸이 휙 당겨졌다. 수아는 뭐가 뭔지도 모른 채 그녀를 잡아당기는 실바코프와 함께 뛰었다. 정신이 없는 와중에서도 그의 칫, 하고 혀를 차는 소리가 선명하게 들렸다. 곧 그는 수아를 구석에 있는 작은 통로 안으로 거의 내던지다시피 밀어 넣었다. 벽에 살이 그대로 쓸렸지만 수아는 지금 그걸 느낄 만한 정신도 없었다.

"실바코프 씨?"

"잘 들어, 아가씨. 다행히 여기에서 바깥까지는 길이 별로 어렵지 않아. 내가 유인할 테니 무조건 큰 통로만, 저쪽을 향해 쭉 뛰어서 어떻게든 밖으로 나가. 나도 오래는 못 버텨!"

실바코프는 그 말만 남기고, 수아가 채 제대로 이해를 하기도 전에 몸을 돌렸다. 순식간에 혼자 남은 수아는 반사적으로 목에 걸려 있는 이즈벳 목걸이를 손에 꽉 쥐었다.

굉음, 뭔가가 짖는 소리. 결론은 어렵지 않았다. 저쪽에서 짐승을 풀었구나. 추적마법인가 뭔가로 대충의 위치를 파악한 후에 저렇게 공격을 해온 걸까?

수아는 벌벌 떨며 최대한 귀를 기울였다. 컹컹 짖는 소리와 달리는 철컹거리는 소리 사이로 희미하게 실바코프의 목소리가 들린 것도 같았다. 하지만 확실한 건 이쪽으로 다가오던 발걸음 소리와 짖는 소리가 조금씩 멀어져 갔다는 것이었다.

'우, 움직여야…….'

오래는 못 버틴다고 했다. 그래도 몸이 선뜻 움직이지 않는다. 수아는 꾹, 이즈벳을 쥔 손에 다시 한 번 힘을 주었다. 손바닥에 이즈벳이 아플 정도로 파고드는 것을 느끼며, 수아는 비틀거리며 자리에서 일어났다. 모처럼 만들어준 기회를 지체하다가 망칠 수는 없었다.

'큰 통로.'

수아는 그대로 달리기 시작했다. 후들거리는 몸은 금방이라도 쓰러질 것 같았고, 바닥에서 마치 뭔가가 그녀의 발목을 물고 늘어지는 듯 다리가 무거웠다. 하지만 그녀는 이를 악물며 뛰었다. 지독한 악취가 나는 어두운 통로는 도통 현실감이 없었지만 숨은 턱까지 차고 심장은 정신없이 쿵쾅거렸다.

악! 그런 비명을 질렀던 것 같다. 아니, 간신히 입 밖으로는 내지 않았으니 비명이라고 하기에도 뭣했다. 그나마 희미하게 이어지던 마법 불도 없으니 푹 파여 있는 돌바닥을 보지 못하고 발을 헛디뎌 그대로 앞으로 고꾸라진 것이다. 그 상황에서도 소리를 내지 않은 건 그녀의 의지라기보다는 혀를 깨물었기 때문이었다. 수아는 접질린 발목이 아픈 건지, 넘어지면서 전체적으로 충격을 받은 몸이 아픈 건지, 아니면 깨문 혀가 아픈 건지 가늠을 할 수가 없었다. 그냥 너무 아파서 눈물이 핑 돌았다.

"아, 아야……."

간신히 소리를 낼 정도가 되자 수아는 조심스레 몸을 살폈다. 발을 움직이자 온몸이 부서지는 것 같았다. 혹시 뼈가 부러졌나 겁이 더럭 났다. 하지만 한두 번 심호흡을 하자 몸이 생각대로 움직였다. 혀는 있는 힘껏 깨물어 피비린내가 났지만 상처가 심한 것 같지도 않았다.

수아는 자리에서 일어나 절뚝거리며 다시 걷기 시작했다. 조금만 더 가면 출구가 있다고 했다. 이대로만 쭉 가면…….

뒤가 소란스러워지는 것 같았다. 아니, 아직 조용한가? 어차피 물 흐르는 소리가 허공에 울려 정신을 제대로 차릴 수가 없었다. 금방이라도 개 짖는 소리와 달려오는 소리가 들릴 것 같은 그런 느낌이 들었지만, 그냥 착각일지도 몰랐다.

이런 추적에 쓰이는 개라면 작은 애완견 종류는 아니겠지. 문득 렉스가 생각났다. 렉스가 그녀를 잘 따른 건 하르페니언의 개였기 때문이다. 하지만 그 정도 크기의 개에게 물린다면? 오싹 몸이 떨렸다. 피투성이가 된 자신의 모습이 선명하게 뇌리에 떠올랐다.

"어?"

하지만 그 공포에 질린 상상이 무색하게, 수아는 순간 어디선가 불어오는 바람을 느꼈다. 꽉 막힌 하수도 안에 바람이 분다는 의미는 단 한 가지다. 수아는 힘을 얻어 절뚝거리면서도 앞으로 계속 나아갔다. 착각이 아니었다. 분명 바람이 조금씩 불어오고 있었다.

휴. 수아가 간신히 가슴을 쓸어내렸을 때였다.

컹! 짖는 소리가 이번에는 분명하게 귓가로 들렸다. 수아는 반사적으로 멈칫, 잠깐 몸을 굳혔다가 앞으로 뛰기 시작했다. 발이 욱신거리며 점점 더 아파져 왔다. 뒤에서 들리는 소리가 점점 커지고 있었다. 그녀는 있는 힘껏 뛰었지만, 비틀린 발 때문에 제대로 속도가 나지 않았다.

제발, 제발, 제발!

점점 빗방울 소리가 들리기 시작했다. 태어나서 이렇게 빗소리가 반가운 적이 또 있었을까. 수아는 숨이 턱까지 차오른 자신의 몸을 무시했다.

컹컹! 짖는 소리는 바로 뒤에서 들려왔다. 철컥거리는 병사들의 갑옷 소리까지도 뚜렷이 들렸다.

곧 잡힐 거라는 공포가 뒷덜미까지 내려온 순간, 수아는 눈앞의 출구를 보았다. 둥근 창문같이 생긴 통로의 끝이었다.

"저기 있다!"

동시에 또렷한 사람의 목소리가 들렸다. 수아는 뒤를 돌아보지 않았다. 아니, 돌아보지 못했다. 그녀는 그 소리를 들으며 있는 힘껏 출구로 몸을 날렸다.

아프다. 처음에 든 생각은 그거였다. 돌과 흙에 몸이 잔뜩 쓸렸다. 몸에 두르고 있던 얇은 이불은 아까 하수도에서 달릴 때 이미 벗겨진 지 오래였다. 아마 여기저기 상처가 잔뜩 났을 터였지만, 지금의 수아에게는 그게 중요한 문제가 아니었다.

뭔가 눈앞에는 나무가 있었고, 곧 수아는 자신이 나무 사이에 엎드려 있는 모양새라는 걸 깨달았다. 비가 내려 몸을 때리고 있었고, 축축한 흙은 기분 나쁘게 그녀를 뒤덮었다. 반사적으로 자리에서 일어나려 발버둥을 쳤지만 몸에 힘이 들어가지 않는지, 아니면 어디를 다친 건지 푹 꺾여 그대로 얼굴을 흙에 박았다. 코에서 시큰한 아픔이 느껴지며 눈물이 핑 돌았다.

컹컹!

잠깐 정신을 잃은 것 같았는데 아무래도 그건 아닌 모양이었다. 뒤에서 개가 짖는 소리는 여전했고, 수아는 자신이 출구에서 그대로 데굴데굴 구르다가 나무에 걸려 멈춘 상태라는 걸 간신히 깨달았다.

일어나야 해. 도망쳐야……!

여전히 주변은 컴컴했고 비까지 내리고 있었다. 하지만 하수도에 들어가기 전보다는 아주 조금 밝아져 있어 사방을 분간하지 못할 정도는 아니었다. 그녀는 어떻게든 자리에서 다시 일어서려고 했지만 그 노력은 전혀 쓸모없이 다시 철퍼덕 앞으로 넘어졌을 뿐이다. 그녀가 그렇게 땅에서 허우적거릴 때, 뒤에서 절망적인 소리가 들려왔다.

"여기 있다!"

안 돼. 수아는 필사적으로 앞으로 기어가기 시작했다. 이대로 죽을 순 없다. 알을, 하르페니언을 다시 본다고, 무사히 있겠다고 약속했다.

그러니까……!

다음 순간 그녀의 눈에 보인 것은 그녀를 덮치는 커다란 개의 이빨이었다. 수아는 채 눈도 감지 못했다.

하지만 그 이빨은 그녀를 갈기갈기 찢어놓는다는 목적을 이루지 못했다.

켕! 개는 비명과 함께 수아의 시야에서 사라졌다.

병사들의 비명 소리가 들렸다. 그녀가 멍하니 시선을 돌리자, 거기에는 익숙한 뒷모습이 보였다.

알.

그녀는 차마 그 이름도 부르지 못했다. 수아는 더할 나위 없는 안도감과 함께, 그대로 정신을 잃었다.

수아가 다시 눈을 떴을 때 가장 먼저 느낀 것은 그녀의 허리를 감고 있는 단단한 팔이었다. 아, 아까 본 것이 꿈이나 환상이 아니었구나. 그렇게 마음을 놓으며 눈을 뜨자 하르페니언의 모습이 보였다. 그는 그녀를 보지 않고 주변을 경계하며 살피고 있는 모습이었지만 수아는 그 모습만으로도 눈물이 핑 돌 정도의 안도감을 느꼈다.

다행이다. 만났어.

하지만 상황이 그다지 좋아 보이진 않았다. 빗방울이 아직 그녀의 몸을 때리고 있었고, 이내 처음에는 느끼지 못하던 통증과 추위가 덮쳐왔다. 더구나 피비린내 또한 훅 끼쳐왔다.

아마 그렇게 오래 정신을 잃고 있던 건 아닌 것 같았다.

그때 하르페니언의 시선이 그녀에게 내려왔다.

"수아."

"……알."

찢어질 듯이 목이 아팠지만 목소리는 제대로 나왔다. 일렁이는 금빛 눈동자를 보며, 수아는 그만 눈물을 쏟아낼 뻔했다.

'어?'

하지만 이상했다. 뭔가 기묘한 위화감이 들었다. 금빛 눈동자. 수아는 그 눈을 좋아했다. 금빛이라고는 하지만 그 안에 온갖 색들이 섞여 있어 결국 금색 하나라고는 말할 수 없게 되는 눈동자. 그 눈동자에는 정말로 다정한 빛이 숨어 있어서 무어라고 그녀에게 말을 걸어오는 것만 같은 느낌이었다.

하지만, 지금은?

"알?"

분명 같은 눈동자다. 하지만 뭔가 다르다. 아무리 지금이 급박한 상황이라고는 하지만 그것만으로는 설명하지 못하는, 그 무엇.

그러나 그 의문을 표할 시간은 없었다.

"찾았다!"

이미 질리도록 들은, 갑옷이 철컹거리는 소리와 동시에 나무 사이로 무장한 경비병들이 나타났다. 하나, 둘, 셋, 넷. 얼핏 봐도 다섯 명이 넘는 숫자였다. 모두 투구까지 뒤집어쓴 완전무장 상태였다.

"목숨 아까운 줄 모르는군."

그녀를 안고 있는 남자가 낮게 으르렁거리듯 말했다. 그리고 그 목소리에 수아는 더욱더 낯섦을 느꼈다. 분명히 하르페니언이다. 하지만,

뭔가 다르다.

"감히 황족을 향해 검을 겨누나."

이 목소리는 분명히 하르페니언인데, 왜?

"황태자 전하는 영주님과 같이 가셨다."

"그런 가짜 문신에 우리가 속을 것 같나!"

뭐? 수아는 그 와중에도 얼빠진 얼굴로 경비병들 쪽을 쳐다보았다. 설마 황태자의 얼굴도 모르나? 음, 딱히 대대적으로 환영식 같은 건 안 했으니 모를 수도 있긴 하겠다. 하지만 아무리 그래도…….

"재미있군. 끝까지 덤비겠다는 거냐."

그는 피식 웃었다.

그리고 수아는 하던 생각도 잊은 채 오싹한 느낌으로 다시 그를 보았다. 제정신이 아닌 건 지금 그녀일지도 몰랐다. 쫓기고, 다치고, 그리고 힘들어서.

그렇지만…….

원래 알이 이런 식으로 웃는 사람이었나?

……당신은, 누구야?

"가짜에게 속을 정도로 우둔하진 않다!"

경비병들은 일제히 검을 빼 들었다. 수아는 흠칫 몸을 떨며 반사적으로 그의 옷자락을 꽉 움켜잡았다. 칫, 그는 작게 혀를 차며 검으로 날아오는 검을 막았다.

챙! 검이 부딪치는 소리와 함께 몸이 크게 떨렸다. 그 생생한 느낌에 그녀는 이를 악물었다. 그들을 살해하려는 자가 정정당당하게 일대일로 올 리가 없었다. 비록 정확히는 볼 수 없었지만 최소 셋 이상의 병사들이 그들에게 달려든 것 같았다. 칼이 부딪치는 소리가 빗속에서도 요란하게 울렸다.

그는 몇 번인가 검을 막아냈지만 꽤 힘에 부치는 것이 뚜렷하게 느껴졌다. 흐트러진 숨소리가 수아의 귀에 들려온다.

그리고 수아는 확신했다.

아, 이 사람은.

알이 아니구나.

그가 검을 다루는 모습은 몇 번 보지 않았지만 이런 식은 아니었다. 단순히 불리한 상황 때문만은 아니다. 단지, 그 기세와 느낌이 너무나도 달랐다.

갑자기 겁이 더럭 났다. 그녀는 상황도 잊고 그의 품에서 벗어나고 싶다는 생각을 했다.

순간 그녀를 안고 있던 남자의 몸이 크게 휘청했다.

그때를 놓치지 않고 경비병들이 일제히 덤벼들었다. 어둠 속에서도 번쩍이는 검날이 수아의 눈에 유독 선명하게 보였다.

그녀에게 똑바로 내려오는 그 검이.

이런 모습을 본 적이 있었다. 이럴 때 검의 움직임은, 그 내려오는 모습은 유난히도 느린 슬로모션으로 똑똑하게 보인다. 수아는 알았다. 이제 저 검은 그녀에게 내려올 것이다. 그녀를 안고 있는 남자가 막아주기에는 너무 늦었다.

알.

그 이름은 차마 입 밖에도 내지 못했다. 그리고 완전히 죽음을 예감한 순간, 거짓말처럼 검이 사라졌다.

"수아!"

아니, 사라진 것이 아니다. 검을 든 남자가 그대로 고꾸라져 그녀의 시야에 검이 보이지 않는 것뿐이었다. 그리고 쓰러진 남자의 너머로, 나무 사이에 서 있는 남자가 보였다.

"알?"

그는 숨을 몰아쉬며 거칠게 어깨를 들썩이고 있었다. 한눈에 봐도 이곳까지 있는 힘을 다해 달려온 것이 보일 정도였다.

"허억!"

"뭐, 뭐야?!"

경비병들이 당황하는 소리가 들렸다. 수아도 눈을 크게 떴다.

그곳에는 하르페니언이 있었다.

그녀를 안고 있는 남자와, 똑같은 모습의.

"감히."

그는 이를 갈듯이 말했다.

그것뿐이었다.

하지만 무서울 정도의 기백에, 저도 모르게 한발 물러나는 자도 있었다. 새로 모습을 드러낸 그는 곧바로 경비병들에게 몸을 날렸다.

그는 평소와 같이 검을 휘두르지 않았다. 조금 전 내던진 검은 수아를 해하려던 놈의 어깨를 뚫어 지금 그의 손에 없기 때문이었다. 대신 그는 품 안에서 꺼낸 단도를 들고 있었다. 장검과 단검이라면 당연히 후자가 불리하지 않을까 싶었지만 그건 전혀 문제가 되지 않았다.

상대가 실력이 모자란 이들은 아니었을 터였다. 하르페니언의 얼굴을 한 남자도 방금까지 상당히 고전했을 정도였고, 무엇보다도 그들은 투구부터 갑옷까지 방어구로 온몸을 보호하고 있었다. 하지만 하르페니언은 그런 건 상관없다는 듯 단도 손잡이 끝으로 갑옷 사이의 급소를 정확히 찔러 들어갔다. 그 동작은 거의 눈에 보이지도 않을 정도였다.

컥, 윽. 그런 소리만 내고 경비병들은 하나둘씩 쓰러져 갔다. 방금까지만 해도 그렇게나 무서웠던 이들이 어이없이 땅으로 널브러진다. 물론 그들이 가만히 쓰러뜨려 주기만을 기다린 것은 아니다. 첫 동료가 쓰러진 직후 일제히 덤벼들었지만, 하르페니언이 그 공격을 가볍게 피하며 반격한 것이다.

그가 마지막으로 시선을 돌린 것은 수아를 해하려다 날아온 그의 검을 어깨에 꽂은 채 땅을 구르던 남자였다. 그는 동료들이 당하는 동안 간신히 검을 뽑고 상처를 누르며 일어났지만 그뿐이었다. 하르페니언은 발로 놈의 무릎을 쳐 다시 바닥으로 내동댕이쳤다. 그러고는 그의 가슴을 짓눌렀다.

커헉, 바람 빠지는 소리가 났다. 그는 차가운 눈으로 남자를 한 번 다시 쳐다본 후 그대로 발끝으로 놈의 턱을 올려 찼다. 경비병은 그대로 정신을 잃었다.

"대단하시군요."

수아를 안고 있는 남자가 감탄사를 냈다.

하르페니언은 바닥에 떨어져 있는 피투성이의 검을 들어 올렸다. 그러고는 자신과 같은 얼굴을 한 남자에게 몸을 돌렸다.

"수아를 놔."

굉장히 기묘한 장면이었다. 같은 얼굴을 한 두 남자가, 서로를 바라보고 있었다. 수아는 그제야 팔로 허리를 감고 있는 남자의 품 안에서 벗어나려고 몸을 비틀었다. 하지만 남자의 팔은 꿈쩍도 하지 않았고, 오히려 통증만이 몸을 달렸다. 그녀가 약한 신음을 냈다.

순간 하르페니언의 시선이 수아에게 내려왔다. 금안.

약간 떨어진 거리였음에도, 주변이 어두웠음에도, 비가 내리고 있었음에도 그녀는 그의 눈을 확실히 알아볼 수 있었다.

아, 알이다.

그제야 안도감이 몰려왔다.

"아, 물론. 당연합니다, 황태자 전하."

하지만 그는 말과 달리 수아를 더욱 자신의 품으로 안았다. 그녀는 깜짝 놀라 몸을 굳혔고 그걸 본 하르페니언의 표정이 변했다.

"놓으라고 했다."

"이런, 이런. 지극정성이시군요. 왜, 이런 생각은 해보지 않으시는 겁니까? 당신이 없는 사이, 이미 다른 사람과 이런 사이가 됐을 거라고는?"

그러면서 남자는 다른 한 손으로 수아의 뺨을 슬슬 쓰다듬으며 더욱 자신의 품 안으로 끌어당겼다. 수아는 기겁했다. 하르페니언과 같은 크기의 손이다. 그의 모습을 하고 있으니까. 하지만 그 느낌에 오싹 소름이 끼쳤다.

"네놈."

그의 목소리가 더욱 낮아졌다. 거의 으르렁거리는 듯한 음색이었다.

"아이쿠. 아뇨, 전 싸우자는 게 아닙니다. 단지 하나만 기억해주신다면 아가씨는 바로 놔드리죠."

그는 천천히 원래의 모습으로 되돌아왔다. 은빛 머리카락이 수아의 눈에도 확실히 보였다.

실바코프. 외모변형마법이라는, 폴리모프를 사용할 수 있는 엘프.

하르페니언이 으득 이를 갈았다. 자신의 모습을 하고 있는 다른 남자의 품에 안긴 수아의 모습도 싫었지만, 「다른 남자」의 품에 있는 걸 보니 더더욱 견딜 수 없었다.

"원하는 게, 뭐지."

그는 당장이라도 뛰쳐나갈 것 같은 몸을 억누르며 간신히 물었다. 저 마법사가 무슨 생각인지, 어떤 힘을 가졌는지 전혀 모른다. 그렇지 않아도 저렇게 다친 수아를 더 위험에 빠뜨릴 수는 없었다. 타들어 가는 자책감과 질투가 몸을 태웠다.

"저는 황태자 전하께 대항할 생각이 없습니다. 하나만 알아주셨으면 합니다. 전 어쨌거나 아가씨를 끝까지 보호했고, 한마디로 「적」이 아니지요."

하르페니언은 그를 거의 죽일 듯이 노려보았지만 결국 고개를 끄덕일 수밖에 없었다. 실바코프는 그것만으로도 충분하다는 듯, 수아의 뺨을 쓰다듬고 있던 손을 뗐다. 그리고 그녀를 안고 있는 팔에서 힘을 풀자, 이미 혼자 서 있을 힘이 없었던 수아의 몸이 비틀거렸다.

"수아!"

동시에 실바코프는 살짝 내던지듯 그녀의 몸을 하르페니언에게 밀쳤다. 땅에 닿은 발목이 욱신거렸다. 수아가 그대로 땅으로 무너지는 순간, 하르페니언이 거의 몸을 날리다시피 다가와 그녀를 받아 들듯 붙잡았다. 그 여파로 하르페니언 또한 잠시 균형을 잡지 못해 크게 휘청거렸지만 다행히 넘어지지는 않았다.

"수아."

"알."

흠뻑 젖어 체온이 내려갈 대로 내려간 차가운 피부였지만, 하르페니언은 그 사이로 뛰고 있는 맥박을 확인했다.

살아 있다.

그는 조심스레, 하지만 단단히 그녀의 몸을 안아 들었다. 한 손으로는 그녀의 목을 받치고 다른 한쪽 팔로는 그녀의 두 다리를 들어 올렸다.

수아 또한 말로 표현할 수 없을 정도로 안도한 것은 마찬가지였다. 일순간에 몸의 긴장이 모두 탁 풀렸다. 알, 알, 알. 그녀는 소리 없이 외치며 그의 가슴에 얼굴을 묻었다. 익숙한 체취, 익숙한 품. 육체는 아까부터 한계에 달해 있었다. 그녀는 비로소 안심하고 정신을 잃을 수 있었다.

하르페니언은 망토를 벗어 축 늘어진 그녀의 몸 위를 덮었다. 그의 옷도 푹 젖어 있기는 마찬가지였지만 계속 맨살을 내보이고 있는 것보다는 나을 터였다. 망토를 덮어주기 직전까지 보이던, 온몸에 가득한 상처들에 가슴이 아팠다. 그는 다시 한 번 으득 이를 악물었다.

그 모습을 물끄러미 바라보고 있던 실바코프가 입을 열었다.

"주동자는 아마도 재무관인 것 같습니다. 나머지는 뭐, 이놈들처럼 알면서 함께 가담한 놈들도 있겠고 그냥 영주의 명이라고 해서 영문도 모른 채 움직인 놈들도 있겠죠."

그제야 하르페니언의 시선이 다시 실바코프에게 향했다. 은발의 마법사는 완전히 제 모습으로 돌아간 상태였다. 하르페니언은 미간을 찌푸리며 인간에게는 도저히 있을 수 없는, 긴 귀를 가진 그를 보았다.

조금 전까지 그의 모습으로 변해 있던 마법도, 지금의 귀 모양 또한 보통 인간으로는 볼 수 없었다.

"넌 누구냐."

"이런, 모르시겠습니까?"

"겉모습만으로는 엘프군."

"바로 보셨습니다."

그는 싱긋 웃었다.

"절멸한 종족 아니었나."

"그렇게 보이는 거겠지요. 인간들 사이에서도 여러 학설이 있지 않습니까."

"이 이상, 인간이 가지 않은 지역이 있다는 건가?"

"인간이 가지 않는 장소는 없어도 가지지 못한 마법은 있지요. 그 마법은 다시 인간에게 가지 못한 장소를 만들어냅니다. 아, 잠시."

실바코프는 무언가 중얼거렸다. 그것이 스펠이라는 걸 알고 하르페니언은 한 걸음 뒤로 물러섰지만, 실바코프는 이내 고개를 저으며 손바닥 위로 작은 불꽃을 올렸다.

"보조마법입니다. 전하라면 이게 위험한 것이 아니라는 것 정도는 아시겠죠."

원래 눈에는 보이지 않는 마법이지만, 지금은 실바코프가 일부러 눈에 보이게끔 형상화를 하고 있었다. 하르페니언은 잠깐 그것을 바라보다가 살짝 고개를 끄덕였다. 실바코프는 천천히, 오해받지 않도록 느릿하게 손을 움직여 그 불꽃을 공중에 띄웠다. 불꽃 또한 그다지 빠르지 않은 속도로 수아에게 내려앉았고, 순간 확 하는 기운과 함께 그녀의 몸이 따뜻해지는 것이 느껴졌다. 한순간에 완전히 옷이 마를 정도는 아니었지만 체온을 올리는 데는 제법 도움이 됐을 터였다.

"일단 전 아가씨나 전하께 해를 끼칠 생각이 없습니다."

"애초에 넌 이 영지에서 자란 것도 아니겠군. 왜 수아에게 접근했나."

"원하는 바가 있으니까요. 뭐, 그 결과로 아가씨의 목숨을 구했으니 다행인 것 아닙니까?"

하르페니언은 바로 답하지 않았다. 그는 시선을 잠시 수아에게 떨어뜨렸다. 여전히 그녀의 안색은 창백했다.

확실히 그의 불찰이었다. 몰랐다는 핑계는 통하지 않는다. 자리를 비운 것은 그였다. 같이 가면 안 되느냐고 물어본 그녀에게 고개를 저은 것도 그였다. 안전할 거라고 보장한 것도 그였다.

"확실히."

그는 다시 실바코프를 보며 살짝 고개를 숙이며 말했다.

"수아를 구해주어, 고맙다."

그 소리에 이상한 표정을 지은 것은 실바코프였다. 하지만 하르페니언의 말은 계속 이어졌다.

"하지만 수아에게 접근하는 건 어떤 목적으로든 용납 못 해."

실바코프는 이내 피식 웃었다.

"죄송합니다만, 전하. 저는 엘프라서요. 인간 황족의 명은 듣지 않습니다만?"

그 순간이었다. 저쪽에서 개 짖는 소리가 울렸다. 두 남자의 시선이 잠시 그쪽으로 향했다가 허공에서 얽혔다.

"일단 뒤처리는 하고 계속 이야기하는 게 좋을 것 같군요."

그건 하르페니언도 동감이었다. 그는 최대한 수아가 비를 맞지 않도록 몸으로 보호하며 등을 돌렸다.

어느새 주변은 서서히 밝아오고 있었다.

아침이었다.

수아가 죽을 뻔한 곳은 영지 뒤편에 있는 야트막한 뒷산이었다. 그다지 높지도 험하지도 않았지만 나무가 빽빽한 편이었기에 말을 타고 오르기는 약간 곤란한 지형으로, 하르페니언이 수아를 구할 수 있었던 것은 아이러니하게도 경비병들이 수아를 찾느라 등불을 들고 있었기 때문이다. 비가 오는 어두운 산 속에서 불빛들이 이리저리 움직이고 개 짖는 소리까지 들리는데 위치를 파악하지 못한다면 그것이 더 이상했다. 하르페니언은 칸을 대기시켜놓고 급히 산을 올랐고, 정말 간발의 차로 그녀를 구할 수 있었다.

조금이라도 늦었다면 어떻게 됐을까. 5초, 아니 1초만 늦었어도 그녀의 목숨은 없었을지도 모른다. 그런 생각을 하면 할수록 오싹했다.

상처 때문일까, 아니면 계속 비를 맞아서일까, 아니면 둘 다일까. 수아의 몸은 열로 끓어오르고 있었다.

그는 으득, 몇 번째인지도 모르게 이를 악물었다. 심장이 터져나갈 것 같았다. 입안에서 훅 피비린내가 올라왔지만, 그런 것 따위는 제대로 느껴지지도 않았다. 자책감과 분노로 반 정도 정신이 나갈 것만 같았다.

그 뒤로 더 이상의 전투는 없었다. 사정을 모르는 병사들은 문신을 한 검은 머리의 남자가 이방인 여자를 안고 있다는 사실만으로도 바로 황태자와 그 동행을 떠올렸고, 실제로 가담한 병사들 또한 일이 글렀다는 것 정도는 알아차렸는지 굳이 그에게 덤벼들지 않았다.

하르페니언은 그대로 영주관으로 돌아와 먼저 수아를 그녀의 침대에 누였다. 그리고 일단 실바코프에게 그녀의 보호를 부탁한 후 곧바로 재무관에게 갔다. 물론 실바코프가 여러모로 수상해 내키지는 않았지만, 판단은 빨랐다. 어차피 이제까지 수아와 계속 함께 있던 이상 무슨 짓을 하려고 했다면 벌써 했을 것이다. 더구나 폴리모프 마법을 본 순간 인간이 아닌 이종족이라는 것도 확인했다. 그러니 지금은 그가 제일 안전할 터였다. 무엇보다도 하르페니언은 재무관을 놓치고 싶지 않았다.

해가 막 터오는 때라 영주관에는 막 이른 하루를 시작하려는 일부 고용인들만이 일어나 있었다. 물론 한낮이라 모든 고용인들이 일하고 있었다 하더라도 황태자가 직접 모습을 드러냈는데 그를 막아설 간 큰 이들은 없을 터였다. 재무관의 방은 문이 잠겨 있었지만 검으로 베어 넘겼다.

재무관은 벌벌 떨며 짐을 챙기다 예상보다 빨리 들이닥친 황태자를 바라보았다. 그리고 정신없이 바닥에 고개를 박으며 무어라고 변명 같은 걸 중얼거렸지만, 하르페니언은 성큼성큼 그에게 다가가 한 손으로 멱살을 쥔 채 들어 올렸다.

재무관의 입에서 비명이 터져 나왔다. 그건 목이 졸려 숨이 막혀서만은 아니었다.

그는 창백한 얼굴로 캑캑거리는 재무관을 무표정하게 노려보았다. 너무 화가 나니 머리가 오히려 차분해지는 것 같았다. 감히 황족의 비호를 받는 이에게 검을 겨눴다. 그 상대가 설사 수아가 아닐지라도 참수당해 마땅한 죄였다. 하지만 그는 눈앞의 상대를 편하게 죽일 생각은 전혀 없었다.

아무 힘도 없는 그녀가 어둠 속에서 쫓겼다. 실바코프가 슬쩍 이야기한 바로는 독까지 먹었다고 했다. 얼마나 괴롭고 얼마나 무서웠을까. 그 원흉이 눈앞에 있다. 재무관은 하르페니언의 눈에서 무언가를 읽었는지 몸을 부르르 떨더니, 이제는 거의 새파래져 가는 안색으로 캑캑거리며 말했다.

"큭, 신께 저주받은……!"

그가 침을 뱉으려는 듯 입술을 모으는 순간, 하르페니언은 미련없이 멱살을 잡은 손을 놓았다. 재무관은 다시 비명과 함께 땅에 널브러졌고, 하르페니언은 재무관의 몸에 발을 꽂아 넣듯이 차올렸다. 그는 심하게 기침을 하며 몸을 웅크렸다. 전혀 단련한 적 없는 문인의 몸이니 아마 무인과 받는 고통의 정도가 다르리라. 그의 발버둥에, 하르페니언은 점점 더 화가 나는 걸 느꼈다.

이 정도의 각오도 없이 수아에게.

그는 아무 말 없이 그의 다리를 짓밟았다. 곧 뼈가 부러지는 둔탁한 소리가 울렸고 곧이어 엄청난 비명이 쏟아졌다. 제정신으로 뼈가 부서지는 걸 느끼는 건 꽤 고통스러울 것이다.

하르페니언은 그렇게 생각하며 발에 더 체중을 실었다. 새된 비명이 다시 그의 귀를 때렸다.

시끄러웠다. 그는 발을 놈의 목으로 옮겼다. 당연히 비명은 제대로 나오지 않았고, 곧 목이 졸리는 듯한 소리만이 방에 가득 울렸다. 입에서 거품이 뿜어져 나오는 걸 보며 하르페니언은 정말 딱 죽기 직전에 발을 뗐다. 하지만 그 후에도 방은 조용했다. 재무관이 기절해버린 탓이었다.

그리고 거의 곧바로, 문이 벌컥 열렸다.

"황태자 전하!"

영주였다.

"왔나."

그는 순간적으로 무슨 상황인지 파악한 듯했다. 영주는 그대로 무너지듯 무릎을 꿇고 땅에 머리를 박았다.

"주, 죽을죄를 지었습니다! 제 영지에서 이런 일이……!"

그는 쿵, 쿵 소리가 나도록 몇 번이고 땅에 머리를 박았다. 하르페니언은 그 행동을 제지하지 않았다.

"그 어떤 처분이든 달게 받겠습니다!"

아마 영주는 살아 있는 것이 아닌 느낌으로 영지로 달려왔을 터였다. 도착한 시간만 해도 그렇다. 날이 밝았다고는 해도 아직 이른 아침이다. 속도를 조금 내는 정도로는 절대 도착하는 것이 불가능한 시간. 그런데 영주가 지금 이 자리에 있다는 건 그야말로 혼신의 힘을 다해 말을 달렸다는 뜻이었다.

도착하자마자 이곳으로 달려왔는지 영주의 복장은 아직 외출복 상태 그대로였고 외투는 비에 푹 젖어 있었다. 신발조차 갈아신지 못했는지 바닥이 흙으로 질퍽거렸다. 방에 들어오면서 문을 활짝 열어젖힌 뒤 채 닫지도 못했다. 차마 방 안을 들여다볼 정도의 배짱이 있는 사람은 없는 듯 시야에 보이는 사람은 없었지만, 안절부절못하는 이들의 발소리와 웅성거리는 소리는 선명하게 들렸다.

"황족에게 칼을 겨눈 거나 마찬가지라는 걸 알고 있겠지."

"죽을죄를 지었습니다!"

쾅! 영주는 더욱 세게 머리를 박았다. 아무리 푹신한 카펫 바닥이라고 해도 저렇게나 맹렬한 기세로 머리를 박는데 사람 살이 무사할 리가 없었다. 이마가 붉게 물들고 상처가 터져 피가 흐르기 시작했다. 하르페니언은 무심한 눈으로 그런 그를 내려다보았다.

"하루 주겠다."

하르페니언은 기절해 있는 재무관을 영주 쪽으로 차버렸다. 재무관은 아슬아슬하게 영주의 몸을 스치고 한구석으로 구르듯 널브러졌다.

"처분은 그 후에 생각하지."

"황송합니다!"

그 말과 함께 영주는 더욱 세게 머리를 바닥에 박았다. 하르페니언은 영주에게 더 이상 시선을 두지 않은 채 재무관의 방을 걸어 나왔다.

영주는 아둔하지 않다. 어떻게 처신하는 것이 가장 좋을지 확실히 알 터였다. 복도로 나서자 주변에서 쩔쩔매고 있던 사람들이 급히 무릎을 꿇으며 고개를 숙였다. 공포에 질린 시선은 보지 않아도 알 수 있었다.

급격하게 피로가 몰려들었다. 그는 곧바로 수아의 방으로 발걸음을 돌렸다. 더 이상 그녀 외의 것에 신경 쓰고 싶지 않았다.

실바코프는 그 짧은 시간에 이것저것 처리를 한 모양이었다. 방문 앞에 서 있던 경비병들이 방 안으로 들어가는 그를 향해 창백한 안색으로 깊이 고개를 숙였다.

"오셨습니까, 전하."

실바코프 또한 더할 나위 없이 정중한 말투로 그에게 깊이 고개를 숙였다. 그는 미간을 찌푸렸지만 다른 말을 하지 않고 곧바로 침대에 누워 있는 수아에게 다가갔다. 하녀들이 물수건으로 그녀의 얼굴을 닦아주고 있다가 급히 물러났다.

그녀는 잠들어 있었다. 아니, 기절해 있다고 하는 표현이 맞을 것이다. 여기저기 선명히 나 있는 상처와 멍, 그리고 창백한 안색에 그는 다시 한 번 이를 악물었다.

"수아."

당연히 대답은 없었다. 그는 장갑을 벗고 그녀의 얼굴을 쓰다듬었다. 여전히 주변에서는 기겁하여 숨 넘기는 소리가 났지만 그는 그쪽에 눈길도 주지 않았다. 그사이 하녀들이 젖은 옷을 갈아입히면서 대충 정돈을 했을 텐데도 그녀의 얼굴과 몸은 엉망이었다. 더구나 몸이 너무 뜨거웠다.

익숙한 상황이었다. 그래, 수아가 칼에 맞아 생사를 헤맬 때. 그런 상황을 만들지 않겠다고 다짐한 게 얼마나 되었다고 또 이렇게 됐나.

"신관을 불렀습니다."

실바코프의 말에 그는 가볍게 고개만을 끄덕였다. 그가 손짓을 하자 하녀들이 최대한 조용히 물러났다. 턱, 방문이 닫히는 소리와 함께 실바코프의 말투가 변했다.

"좀 진정하시죠, 황태자 전하. 지금 기세가 얼마나 흉흉한지 아십니까?"

하르페니언은 힐끗 눈 끝으로 그를 바라보았다.

"아가씨가 깨어나도 무서워서 울 거 같다 이겁니다. 일단 좀 전하부터 씻으십시오."

하르페니언은 아직도 비에 흠뻑 젖은 채인 데다 곳곳에 진흙과 피가 묻어 몰골이 말이 아니었다. 일단 옷을 갈아입을 필요는 있었지만……. 그는 수아의 뺨에서 손을 떼고 작게 한숨을 내쉬며 곁에 있는 의자를 아무렇게나 잡아당겨 앉았다.

"신관은 언제쯤 오나?"

"급히 전갈을 넣었으니 슬슬 올 때가 되지 않았을까요? 이곳 영주님은 성안에 신관을 대기시키질 않으니."

"이곳 영주님?"

"음, 지금 모습으로는 우리 영주님이라고 해야 할까요?"

"넌 누구지."

"아까와 같은 질문인데요?"

하르페니언이 그를 노려보자 이내 그는 어깨를 으쓱했다.

"어차피 전하는 절 믿지 않으실 거 아닙니까?"

"그건 내가 판단한다."

"아가씨에게는 대충 말씀드려놨으니, 후에 그걸 들으시는 편이 나을 거 같군요. 지금 전하는 제가 무슨 말을 하든 씹어 먹을 눈빛이십니다만?"

저 능글거리는 태도가 지독히도 마음에 들지 않았다. 산에서 그가 한 말이 다시금 떠올랐다. 자신이 없는 사이에 어떤 사이가 되었는지 아냐고?

"워워, 그렇게 노려보지 마십시오."

그리고 이렇게 진심으로 살의를 표출하는데도 겁에 질리지 않는 상대도 드물었다. 만만한 상대가 아니라는 점에 더욱 짜증이 났다.

하르페니언은 스스로 진정하려고 노력했다. 실바코프가 아무리 그의 속을 긁는다 해도 어쨌건 그가 없었다면 수아는 죽었을 것이다. 그 사실만으로도 무얼 요구한다 해도 할 말이 없을 터.

하지만 그렇다고 해서 상대가 지독히도 마음에 들지 않는다는 사실이 변하는 것은 아니다.

실바코프는 빙글빙글 웃으며 수아에게 시선을 돌렸다. 그리고 노골적으로 수아의 몸을 시선으로 훑기 시작했다. 이불로 덮여 있는데도 마치 벗은 몸을 훑는 것 같은 느낌에, 하르페니언은 벌떡 일어나 수아와 그의 사이에 섰다.

"너."

"아가씨는 꽤 몸매가 좋죠?"

하르페니언의 진득한 살기가 담긴 목소리에도 실바코프는 태연하게 이어 말했다.

"피부도 매끈매끈. 커다란 눈으로 사람 올려다보는 것도 꽤 가슴 설레게 하고 말입니다."

아까부터 눈앞의 남자가 자신을 계속 도발하고 있다는 것 정도는 하르페니언도 알고 있었다.

문제는 그가 그 도발에 굳이 넘어가지 않을 이유를 찾을 수 없다는 것이었다. 그는 그냥 눈앞의 남자를 없애 두 번 다시 수아의 곁에서 알짱거리지 못하는 게 좋겠다는 결론을 막 내리려던 차였다. 하지만 이어지는 그의 말에 하르페니언은 생각을 바꿀 수밖에 없었다.

“분위기도 독특해요. 아가씨 세계의 사람은 모두 저런 식일까요?”

하르페니언은 곧바로 반응하지 않고 말없이 그를 바라보았다. 어디까지 알고 있는 걸까. 또, 어떻게? 수아가 직접 말했다는 선택지는 처음부터 없었다. 그녀는 그렇게 아둔한 여자가 아니다.

그리고 그걸 굳이 그에게 말하는 이유는.

하르페니언은 그 순간 확신했다. 애초에 저 엘프는 수아에게 용건이 있던 것이 아니었다. 그가 수아에게 접근한 것은, 아마도 그녀가 하르페니언의 일행이기 때문에. 혹은 연인이기에. 그렇지 않다면…… 어쩌면, 그의 저주가 통하지 않는 존재이기 때문에.

그는 내뱉듯 말했다.

“이야기를 할 필요가 있겠군.”

“얼마든지요.”

잠시 안온하지 못한 기류가 둘 사이에서 흘렀다.

그때, 노크 소리가 들려왔다. 신관이었다.

머리가 울렸다. 어쩐지 멍한 기분이었다. 수아는 한참이나 천장을 바라보고 있다가 조심스레 몸을 일으켰다. 생각보다 몸이 가뿐했다. 그러다 정신을 잃기 전에는 부서질 것같이 아팠던 발목이 지금은 아무렇지도 않다는 걸 깨달았다.

수아는 발목을 내려다보았다. 분명 퉁퉁 부어 있었는데 평소와 같이 멀쩡했다. 그녀는 작게 한숨을 내쉬며 침대에서 내려왔다. 신관이 다녀갔구나. 또 알이 얼마나 안달복달했을까.

수아는 주변을 살폈다. 그녀가 며칠 묵었던 영주관의 방이었다. 그녀는 아무 생각 없이 주전자를 집어 물컵에 물을 따랐다. 그리고 그걸 마시려다가 멈칫했다. 피식 웃음이 나왔다. 그런 꼴을 당하고서도 아무거나 마시려고 하다니. 그녀는 그냥 물컵을 내려놓았다. 목이 꽤 탔지만 뭔가를 마실 생각 자체가 싹 사라져 있었다.

방 안은 한없이 조용했다. 얼마나 시간이 지났나 커튼을 살짝 걷어 창문 밖을 확인하니 밖이 꽤 밝았다.

오후쯤 되는 시각이었다.

수아는 어떻게 해야 할지 잠시 망설였다. 밖이 어떤 상황인 줄 알 수 없으니 나가기가 망설여졌다. 그렇다고 초인종 줄을 잡아당겨 종을 울린다는 선택지도 택할 수 없었다. 달려올 사람이 정말 믿을 만한 사람일까? 독을 먹었던 그때, 물을 가져온 하녀도 아마 한통속이었을 텐데.

갑자기 불안감이 더럭 몰려왔다. 그녀는 무의식적으로 목을 더듬었다. 다행히 이즈벳 목걸이는 목에 제대로 걸려 있었다. 수아는 꽉 목걸이를 쥐며 어깨를 떨었다.

왜, 알이 곁에 없지?

그가 돌아왔다. 그의 품 안에서 안도하며 완전히 정신을 놓았던 기억이 있었다. 그의 앞에서 다른 남자 품에 안겨 있다는, 그 끔찍한 상황에 치를 떨었던 기억 또한 있었다. 실바코프가 진심이 아니라는 걸 알면서도 혹여나 하르페니언이 오해할까 봐 얼마나 무서웠던지. 더구나 안전히 있겠다고, 걱정할 일을 만들지 않겠다고 했는데 결국 이렇게 되고 말았다.

"알?"

이 방 안에는 자신 혼자밖에 없다는 걸 알면서도 수아는 그의 이름을 불러보았다. 당연히 대답은 없었다.

"어디, 있어요?"

저번에는 계속 옆에 있어주지 않았던가. 제발 가서 쉬라고, 식사를 하라고 수아가 몇 번이나 말해야 할 정도로 무리해서. 물론 그때와 지금은 상황이 다르지만, 그래도.

속이 답답했다. 수아는 주변을 두리번거리다가 협탁 위에 있는 물건을 발견했다. 수아의 작은 가방과 실바코프가 건네주었던 단검. 수아는 그쪽으로 다가가 단검을 들었다. 묵직한 금속의 무게가 느껴졌다. 생각해보니 위기의 상황에서도 도망치려고만 했을 뿐 검을 쓸 생각은 전혀 하지 못했다.

그녀는 입술을 꽉 깃이겼다. 어디까지 어린아이인 걸까. 물론 그녀가 맞서 싸울 만한 실력 따윈 되지 않으니 도망가는 쪽으로 방향을 잡은 것은 틀리지 않았다. 하지만 마지막 순간에는? 쓸모가 있든 없든, 더 이상 도망가는 것도 피하는 것도 불가능하다면 검을 잡는 것이 맞지 않은가. 하지만 그녀는 끝까지 검의 존재조차 떠올리지 못했다. 무의식적으로 누군가가 그녀를 지켜줄 거라고, 그렇게 생각했던 걸까.

그녀는 단검을 빼 들었다. 스스릉, 너무 부드러워서 오히려 소름 끼치는 소리와 함께 검집에서 검이 모습을 드러냈다. 검은 생각보다 투박해 보였고 날에 여기저기 흠집이 나 있었다. 하지만 오히려 그래서 더 현실감이 있었다. 아마, 실전에서 몇 번이고 쓰였던 검이겠지.

다시 겁이 더럭 났다. 그때 검을 떠올렸다 하더라도, 제대로 잡기나 할 수 있었을까? 오히려 그 상황에서 스스로를 찌르지 않으면 다행이었을 터였다.

순간 너무나도 무력한 기분이 들었다.

난 아무것도 할 수 있는 일이 없구나.

수아는 검 손잡이를 꽉 쥐었다. 이걸로 누군가를 찌른다는 생각만 해도 정신이 아찔할 정도였다. 서울에서 태어나고 자란 그녀는 말 그대로 닭 한 마리 잡아본 적이 없다. 하지만 그건 하지 못하는 것이 아니라 하지 않았던 것뿐일 터다. 닭요리는 즐겨 먹지만 닭 잡는 건 무서워요, 징그러워요, 못 하겠어요. 그건 누구든 어리광을 받아줄 사람이 있을 때만 가능한 소리였다.

벌컥. 예고 없이 문이 열렸다. 수아는 검에 정신을 집중하다가 깜짝 놀라 작게 비명을 지르며 검을 꽉 쥐었다. 날을 문 쪽으로 향하게 하며 고개를 돌리자 거기에는 굉장히 익숙한 이가 서 있었다.

"수아?"

"알……?"

그는 수아의 손에 있는 검을 보고는 잠깐 놀란 듯하더니 이내 방문을 닫았다. 철컥, 문을 잠그는 소리가 유난히 크게 들려왔다. 하르페니언은 수아에게 성큼성큼 다가왔고, 수아는 저도 모르게 움찔 몸을 뺐다. 그걸 본 그가 도중에 멈춰 섰다.

"몸은……."

"괜찮아요."

검을, 검을 내려야. 하지만 그런 생각과는 달리 수아는 검을 오히려 자신 쪽으로 더 바짝 끌어당겼다.

"수아?"

"알, 진짜 맞아요?"

의도한 것도 아닌데 이상하게도 목소리가 날카롭게 나갔다. 진짜가 맞냐니. 수아는 스스로 물으면서도 자신의 질문이 웃겼다. 그는 하르페니언이었다. 그녀가 그를 몰라볼 수는 없었다.

그는 난감한 표정으로 그녀를 바라보았다. 그의 시선에는 여러 가지 복잡한 감정이 모두 섞여 있었다. 자책, 당황, 슬픔. 그 시선에 정신이 번쩍 들었다. 그녀는 검을 빳빳하게 세우고 있었던 손에서 힘을 뺐다.

"아니, 제 말은…… 그러니까."

그녀를 구하기 위해 밤새 빗속을 달려와 준 사람이다. 미칠 듯이 걱정을 했을 테고 지금은 계속해서 혼자 자책하고 있을 터였다. 그런데 도대체 자신은 이게 무슨 말인가.

그녀가 시선을 내리까는 순간 하르페니언이 성큼 그녀의 곁으로 다가왔다. 깜짝 놀라 다시 그를 바라보는 순간 어떻게 되었는지도 모른 채 검을 빼앗겼다.

"위험해."

그는 매우 익숙하게 바닥에 떨어져 있는 검집을 주워 검을 집어넣었다. 수아는 그런 그를 멍하니 쳐다보았다.

"잘못 다루다가는 다치니까……."

그는 변명하듯 그렇게 말하고 검을 내려놓은 뒤 머뭇거렸다.

"내가, 다른 사람으로 보이나."

"아뇨."

수아는 비로소 참고 있던 숨을 크게 내뱉었다.

"미안해요."

"왜 그대가 사과를……."

더 볼 것도 없었다. 수아는 그의 말이 끝나기도 전에 그의 목에 팔을 감았다. 그의 몸이 움찔거렸지만 신경 쓰지 않았다. 익숙한 체취가, 느낌이, 안도가 다시 한 번 몸을 휘감았다. 그리고 그때서야 수아는 자신이 얼마나 긴장하고 있었는지를 깨달았다. 그리고 얼마나 무서워하고 있었는지도.

"보고, 싶었어요."

목소리에 울음이 섞였다. 아냐, 이러면 안 되는데. 알이 걱정할 텐데.

하르페니언이 그녀의 허리에 팔을 둘렀다. 단단한 팔이었다. 방금 한 다짐도 소용없이 수아는 그대로 무너져 내렸다. 그녀는 그대로 하르페니언을 안은 채 오열했다. 그녀를 끊임없이 도닥이는 그의 손길을 느끼면서, 계속.

그 뒤로 수아는 아무것도 알려고 하지 않은 채 방에만 있었다. 신관도 한동안 쉴 필요가 있다고 말했다. 약한 쇼크 상태라는 진단이었다. 수아는 계속해서 길게 잠을 잤고, 어쩌다 일어나도 멍하니 앉아만 있었다. 그러다가 음식을 먹고, 다시 잤다.

처음 하루는 혼자 있거나 하르페니언과 둘만 있었다. 자다가 눈을 뜨면 하르페니언이 있거나 없거나 하는 상황이었다. 아무도, 심지어 시중을 드는 사람조차 보이지 않았다.

그녀 곁에 있는 하르페니언은 아무 말도 하지 않았다. 그녀의 곁에 있다가 그녀가 깨어나면 물을 떠줬고, 다시 그녀가 잠들 수 있도록 손을 잡아줬다. 수아는 그 체온이 좋았다. 투박하고 거친 손이 좋아, 졸리지 않은데도 그 손을 잡고 한참이나 눈을 감고 있기도 했다.

다음 날부터는 하녀들이 드나들었다. 익숙한 얼굴도 있고 처음 보는 얼굴도 있었다. 수아는 굳이 그들에게 말을 걸지 않았고 그들 역시 수아에게 말을 걸지 않았다. 하녀들은 처음보다 더욱더 긴장한 얼굴로 그녀의 시중을 들었다.

문득 실바코프가 궁금해졌지만 딱히 묻지 않았다. 구해준 건 고마웠지만, 하르페니언의 앞에서 멋대로 몸을 매만졌던 걸 생각하면 끔찍했다. 그냥 그 기억을 잊었으면 싶었다. 절대 생각하고 싶지 않았다.

그렇게 며칠이 흐르자 수아는 이대로는 안 되겠다고 생각했다.

사실 아무것도 하지 않아도 천천히 흐르는 공기가 느긋하니 좋았다. 생각해보면 이 세계에 와서 이렇게 있는 건 처음이었다. 언제나 뭔가를 해야 한다는 생각에 쫓겼다. 말을 배우고, 글을 배우고, 무언가를 해서 알을 찾아야 하고. 암살자의 칼에 쓰러졌을 때조차 빨리 나아야 한다는 강박에 가까운 생각으로 언제나 초조했다.

그런데 지금은 정말 완벽한 휴식 상황이었다. 배가 고프면 음식이 나오고 졸리면 자면 된다. 하르페니언이 보고 싶을 때 부르면 바로 온다. 아니, 눈을 뜨면 그가 곁에 있을 때가 더 많았다. 더할 나위 없는 천국이었다.

하지만 누군가가 쉰다면 누군가는 일한다. 그 사실을 수아는 잘 알고 있었다. 어리광은, 이 정도 부렸으면 됐다.

"언제 떠나요?"

마침내 수아는 그렇게 물었다. 막 방 안으로 들어오던 하르페니언은 옷을 갖춰 입고 서 있는 그녀를 보더니 조용히 대답했다.

"그대가 원할 때."

"원하지 않으면요?"

"그럼 떠나지 않아도 돼."

진심으로 대답하는 그의 말에 수아는 굉장히 미안해졌다. 이제까지 의식적으로 차단했던 주변 생각이 일시에 밀려들었다.

"어…… 임무는요?"

"상관없다."

그는 끊어 말했다.

"나 대신 사람을 보내면 되니까."

그 말이 어느 정도의 희생을 요하는 건지 수아는 종잡기 어려웠다. 빈말은 하지 않는 사람이니까, 그는 정말로 수아가 원하는 대로 할 터였다.

며칠 만의 대화였다. 수아는 그에게 다가갔다. 어쩐지 그 사이에 좀 마른 듯도 싶었다. 그의 눈을 올려다보았다. 황금빛 눈동자가 언제나와 같이 일렁였다. 이렇게 시선을 마주하는 것도 얼마 만일까.

수아는 눈을 감은 채 그대로 그에게 안기듯 기댔다. 가볍게 이마를 그의 가슴에 댔다.

"수아?"

그는 약간 당황하며 그런 그녀의 팔로 어깨를 감싸왔다.

"화, 난 거 아니에요."

그녀는 작게 숨을 토해냈다.

"걱정, 많이 했을 텐데…… 미안해요."

단지 조금 지쳤을 뿐이다. 팽팽하게 당겼던 실이 끊어지듯, 그냥 그렇게 무너졌을 뿐이었다.

그녀를 안은 하르페니언의 팔에 힘이 들어갔다.

"지금은 괜찮은가."

"어때 보여요?"

하르페니언은 대답 대신 한 손으로 천천히 그녀의 뺨을 쓸어내렸다. 수아는 살짝 미소 지으며 눈을 떴다. 다시 황금빛 눈동자가 보이고, 그 금안이 가까이 다가오는 걸 느끼며 다시 눈을 감았다.

처음에는 그저 입술만 닿았다 떨어졌다. 그다음에는 조금 더 깊게, 그리고 그다음에는 역시 좀 더 깊게.

사이사이 들뜬 숨을 내뱉었던 것은 기억하고 있다. 숨을 쉬기 힘들어서 몇 번이나 공기를 들이켠 것도, 충분히 공기를 들이마시기도 전에 다시 하르페니언의 입술이 덮쳐온 것도. 정신을 차리니 그녀는 거의 힘이 빠진 채로 그에게 매달려 있었다. 아니, 정확히는 그냥 주저앉을 것을 하르페니언이 팔로 허리를 감아 그녀를 지탱하고 있었다. 어느 사이엔가 그녀의 몸은 완전히 그의 품 안으로 들어가 있었다.

그녀가 호흡을 가다듬는 사이 하르페니언은 수아를 가볍게 안아 올려 소파로 그녀를 데려갔다. 물론 그녀만 내려놓은 것은 아니었다. 그는 같이, 정확히 말하면 수아를 안은 채 소파 위로 앉았다. 수아는 완전히 그의 위에 올라탄 모양새가 되었다.

그사이에도 하르페니언의 손은 그녀에게서 떨어질 줄을 몰랐다. 천천히 목덜미를 쓸며 얼굴을 매만졌고 허리를 감은 손으로 등을 쓸어내렸다. 그 손길은 노골적이라기보다는 소중한 것을 어루만지는 듯한 느낌이었다.

이제까지와는 조금 다른 편안함이 그녀를 감쌌다. 이 자세로는 그의 심장 소리가 그대로 귓가로 들려왔다. 잠시간 그 두근거리는 소리를 듣고 있자니, 새삼 묻어놨던 사실 하나가 다시 떠올랐다. 저주의 문양은, 이 심장을 여전히 움켜쥐고 있다는 걸.

"떠나요."

수아가 입을 열어 말했다.

"되도록 빨리요. 이제, 전 괜찮아요."

그는 바로 답을 하지 않았다.

"알?"

"조금은…… 조금만 더 이대로 있어도 좋다고 생각했는데."

의외의 말에 수아의 눈이 동그랗게 변했다. 그 표정을 보며 하르페니언은 약간은 부드럽게 미소 지었다.

"언젠가 그대에게 쉴 수 있는 곳을 주고 싶다고 생각했으니까. 조금, 웃기는 형태긴 하지만 어느 정도는 비슷하지 않았나."

뭐라고 대답해야 할지 몰라 멍하니 그를 바라보자 그는 작게 한숨을 내쉬었다. 거의 붙어 있는 모양새였기에 그 숨은 귓가 바로 앞에서 들려왔다.

"이기적인 생각이지만."

"네?"

도대체 어디에서 그런 결론이 나오는지 알 수 없어 수아는 저도 모르게 되물었다. 그런 그녀를 보며 하르페니언이 다시 한 번 미소 지었다.

"평소의 그대군."

"네? 어, 아니…… 네. 네?"

아마 엄청나게 바보처럼 들릴 대답이라는 걸 뻔히 알면서도 수아는 뭐라고 말해야 하는지 갈피를 잡을 수가 없었다. 하르페니언은 어? 어? 하고 있는 수아에게 고개를 숙여 살짝 입을 맞췄다. 이번에는 입술만 살짝 스쳤지만 수아는 그제야 새삼, 확 얼굴이 붉어졌다. 그녀는 곧바로 그의 품에서 빠져나와 소파 밖에 서려고 했지만 하르페니언이 놔주지 않았다. 그녀를 안고 있던 팔은 순식간에 힘이 들어가며 단단하게 굳었다. 아니, 오히려 힘을 주어 몸이 더 밀착했다.

"그대가 의지하는 게 나뿐이면 좋겠다는 이야기는, 한 적이 있었지."

그는 소곤거리듯 말했다. 귓가에서 들려오는 낮은 목소리에 수아는 어떻게 해야 할지 몰라 안절부절못하다 고개를 확 숙였다.

"이대로도 좋다고 생각했어. 그대가 지친 것이 보이면서도, 그래서 평소의 그대로 돌아왔으면 좋겠다고 생각하면서도, 웃으면서 이야기하는 모습을 보고 싶으면서도 한편으로는 이대로도 괜찮다고…… 그렇게."

시선을 마주칠 수가 없었다. 그때 갑자기 그녀의 뺨을 쓰다듬던 그의 손에 힘이 들어가더니 그대로 그녀의 고개를 들어 올려 억지로 그의 눈을 보도록 했다. 수아는 그 행동 자체보다는 그가 힘으로 그녀를 강제했다는 것에 놀라 멍하니 그를 바라보았다.

"난 그대가 어떤 모습이라도 좋아."

"네. 네?"

"수아. 난 그대가 곁에만 있어준다면 어떤 모습이라도 상관없어. 화를 내도, 울어도, 짜증을 내도."

그의 목소리는 낮고 나직했고, 그리고 또렷했다.

"그러니까 내 앞에서 계속 버티지 않아도 돼. 난 그대의 어떤 모습이든 다 좋으니까. 억지로 웃을 필요도, 괜찮은 척할 필요도 없어."

그래서 이번에는 조금은 기뻤는지도 몰라. 날 의지해줘서. 그렇게 그는 부드럽게 웃었다. 붉어진 얼굴로 그를 바라보는 수아의 눈꺼풀에 살짝 입을 맞추고, 다시 품 안으로 그녀를 끌어당겼다.

"조금 더, 쉬어도 좋아. 수아."

"알."

수아는 가슴 속에서 뭔가가 울컥 올라오는 것을 느꼈다. 그건 마냥 기쁜 것도 슬픈 것도 아닌, 스스로도 무어라고 정의 내릴 수 없는 그런 감정이었다.

툭. 눈물이 흘렀다.

"무서웠어요."

"응."

"아팠고."

"그래."

"죽고 싶지 않았어요."

"응."

"너무 춥고, 아프고, 무서워서 알이 왜 빨리 오지 않나 원망도 했고요."

"당연해."

오열은 없었다. 그냥 눈물이 흐를 뿐이었다.

그래서 그녀는, 이번에는 웃었다. 다시 고개를 들고, 그를 올려다보았다.

"하지만 무엇보다도…… 알이 보고 싶었어요."

이번에는 그가 살짝 놀란 듯 눈을 뜨다가, 곧 마주 웃었다. 어느샌가 익숙하고 또 익숙해진, 크진 않지만 부드럽고 온화한 그의 미소.

다시 한 번 입술이 겹쳤다. 이번에는 아주 부드러운, 하지만 여전히 길디긴 키스가 이어졌다.

"그 엘프가 우리를 따라오겠다고 하더군."

며칠 만에 서로 대화를 나누면서 보내는 식사시간이었다. 그 말에 수아가 살짝 놀란 듯 눈을 동그랗게 떴다.

"아, 벌써 이야기 들었어요?"

그 시선에 하르페니언은 마음이 더할 나위 없이 평온해지는 것을 느꼈다.

물론 그가 했던 말대로 하르페니언은 수아가 오롯이 그에게만 의지하는 상황 또한 좋았다. 아무것도 생각하지 않고, 그만을 찾으며, 아무것도 하지 않으려고 하는. 그런 그녀의 세계에는 하르페니언이 전부였다. 만약 그가 수아를 정말로 감금했더라면 중간에는 여러 가지 일이 있었겠지만 결국 이렇게 되었을 거라는 생각이 들었다. 그러자 뭔가 설명하기 힘든 묘한 만족감이 그를 뒤덮었다. 그래서 정말로, 좀 더 그렇게 있어도 나쁘지 않을 거라는 생각이 든 것도 사실이었다.

하지만 평소처럼 그를 바라보고, 그에게 집중하고, 그의 애칭을 부르고, 그의 말에 반응하는 그녀를 보자 그는 역시 수아의 이런 모습이 좋다고 생각했다. 생기 있는 눈동자와 그를 똑바로 쳐다보는 모습, 그리고 오밀조밀한 입술을 움직이며 말을 하는 모양새가 견딜 수 없을 만큼 사랑스러웠다. 동시에 자신이 어떻게 이런 그녀의 모습을 보지 않고 살 수 있다고 생각했는지 도무지 이해가 가지 않았다.

"그래. 원래는 그대가 일어나면 같이 이야기를 할 생각이었지만, 아무래도 그대는 좀 더 쉴 필요가 있었으니까."

결국 실바코프는 수아에게 했던 이야기를 하르페니언에게 좀 더 자세하게 되풀이할 수밖에 없었다. 하지만 그 이야기의 끝은 꽤 유익한 결론을 도출해냈다.

"나를 지켜보기 위해 따라붙겠다고 하더군. 그대에게도 대충은 말해놨다고 하던데."

"네, 들었어요. 음, 허락한 거예요?"

"딱히 허락이라고 할 것도 없지 않나. 그대도 이미 동의했다고 하던데."

"네? 제 동의가 중요한 게 아니잖아요."

"아니, 가장 중요하지."

그 소리에 수아의 뺨이 훅 붉어지는 것이 보였다. 그녀는 당황한 것을 보이지 않으려고 살짝 고개를 저으며 스푼을 내려놓았다.

"아뇨, 전 그냥 알이 허락하면 괜찮다는 것 정도였어요. 솔직히 제가 판단할 일도 아니고……. 사실 굉장히 수상하잖아요, 그 사람."

"그렇긴 하지. 그래서 조건을 달았어."

"조건이요?"

"그대의 보호."

하르페니언은 그녀의 어깨 쪽으로 시선을 던졌다.

지금은 옷에 가려져 보이지 않지만, 저 자리에는 지워지지 않는 흉이 있다. 이번에는 그나마 깊은 상처가 없긴 했으나 지금이 그때보다 나은 상황이라고는 할 수 없었다.

"벌써 두 번째야. 심지어 이번에는 각별하게 주의했고, 변수 같은 건 없을 거라고 생각했다. 하지만 결국 그대 목숨을 또 위험하게 했지."

"하지만 그건……."

"내 탓이든 내 탓이 아니든, 그대가 위험했다는 사실만은 변하지 않으니까."

그 말에 수아의 말문이 막혔다.

"내 능력 부족이지. 솔직히 말해 어디까지 경계해야 할지 감이 오지 않아."

그는 너무 오랫동안 혼자 있었다. 이번 상황에서도 하르페니언 혼자였다면 문제가 되지 않았을 터였다. 재무관이 미쳐 날뛰든, 영지 자체가 작정하고 그를 살해하려 했든 그에게는 조금의 영향도 미치지 않았을 테니까. 하지만 혼자 살아남는 것과 함께 살아남는 것은 아예 달랐다. 어디까지 신경을 써야 할지 몰랐다. 수아를 지킨다는 의미에서 보면 확실히 그는 무능력하기 짝이 없었다. 누워 있는 수아를 바라보며 이번엔 그나마 여러 행운이 따라줬기에 그녀가 살아 있을 수 있다는 생각을 했다. 이대로 가다간 정말 그녀를 죽게 할 수도 있었다.

"그러니 다른 호위가 있다면 훨씬 낫겠지."

하지만 지금 신뢰할 만한 이들은 곁에 없다. 그렇다면 그런 인물을 찾아야 했다.

"실바코프 씨가 호위라고요?"

수아는 미심쩍은 표정을 지었다. 물론 실바코프가 이번에 그녀의 목숨을 구해준 것은 맞다. 하지만 믿을 만한 이는 전혀 아닐 텐데. 그 표정을 보고 하르페니언이 작게 웃었다.

"확실히 믿기 힘든 인물이긴 하지. 하지만 그대를 보호한다는 부분은 걱정하지 않아도 돼. 엘프의 맹약이었으니까."

"엘프의 맹약이요?"

"엘프라는 종족에겐 맹약이라는 게 있어. 한마디로 목숨을 건 약속 같은 거지. 보통의 서약 같은…… 그러니까 「인간」의 것과는 완전히 달라. 지키지 않으면 목숨을 잃을 정도로 강력한 제약을 가지고 있다고 하니까."

처음 듣는 이야기였다. 수아가 하르페니언을 바라보자 그는 속으로 다시 한 번 웃었다. 어떤 이야기를 할 때, 그녀가 그에게 집중하는 이 느낌이 좋았다.

"더구나 그 맹약은 본인의 문제로만 끝나는 게 아니야. 지키지 못하고 죽는다면 부탁해놓은 다른 엘프가 그 맹약을 시행하지. 그리고 그 엘프도 지키지 못하면 그다음 엘프가……. 그런 식으로 맹약이 모두 이루어질 때까지 계속돼."

"와."

수아가 살짝 입을 벌렸다.

"옛날이야기 같아요."

"나도 처음 맹약에 관해 알았을 땐 그냥 허무맹랑한 이야기가 아닐까 싶었어. 솔직히 골치 아프잖나. 심지어 맹약에 관련된 엘프는 그 사항에 대해서는 거짓말도 하면 안 된다던데, 굳이 그런 제약을 스스로에게 걸 필요가 있을까? 하지만 허구의 이야기라고 하기에는 기록이 너무 세세하고 다양했지."

신마전쟁으로 많은 기록이 상실되었지만 완전히 사라진 것은 아니었다. 특히 엘프의 맹약은 꽤 특이한 케이스라고 여겼기에 한때 그에 관한 연구가 활발하게 이루어졌었다. 정작 그 대상을 찾을 수 없으니 더 이상 연구 진척이 불가능하여 지금은 꽤 시들해지긴 했지만, 엘프의 맹약이라는 존재 자체는 마법이나 역사를 깊게 공부하는 이들이라면 대부분 알고 있을 정도로 유명했다. 하르페니언 또한 그 맹약이 혹여 저주와 관련이 있을까 하여 한동안 꽤 깊이 조사하기도 했었다.

"그래서 나도 엘프의 맹약으로 그대의 보호를 요구했어. 그자는 꽤 못마땅한 것 같았지만 결국엔 수락했지."

물론 쉽게 고개를 끄덕였을 리 없다. 하지만 하르페니언은 맹약을 하지 않는다면 동행 또한 할 수 없다고 못을 박았다.

실바코프는 피식 웃으며 그렇게 되면 뒤로 따라붙으면 된다고 비아냥거렸지만 하르페니언은 말을 번복하지 않았다.

사실 웃기는 짓이었다. 실제로 동행이 급한 건 실바코프가 아니라 하르페니언 쪽이다. 그에게는 이것이 마지막 기회나 마찬가지였다. 지금 하르페니언은 그 스스로 할 수 있는 일 중 해보지 않은 일이 없었다. 하지만 실바코프라는 변수가 생기면 이야기는 달라진다. 변수가 많을수록 같은 길이라 하더라도 방향이 달라질 수밖에 없을 것이고, 그 달라진 경로를 통해 또다시 변수가 생길 터였다. 그러니 그게 뭐든 일단 무작정 시도해보지 않으면 안 됐다. 남은 시간도 겨우 1년 남짓인 지금 시점에서는 더더욱.

하지만 미친 자는 어디로 튈지 알 수 없는 법이다. 하르페니언은 실바코프의 설명을 들으면서도 정말로 그의 제안을 거절하고 목숨이 끊어질 때까지 수아와 둘만 있는 것도 나쁘지 않을 거라고, 잠시나마 그런 생각을 진심으로 했으니까.

그러나 그렇게 되면 수아를 보호할 수 있으리라는 장담이 불가능했다. 그는 자신의 능력 부족을 뼈저리게 체감한 차였고, 따라서 수아의 보호를 위해서라면 그의 동행을 허락할 수 있으리라는 타협안을 스스로에게 제시할 수 있었다.

실바코프는 그런 그를 보며 무슨 생각을 했는지, 결국 마지막에는 작게 한숨을 쉬며 그의 제안을 수락했다.

수아가 고개를 갸웃했다.

"그러니까, 제 보호를 엘프의 맹약이라는 걸로 약속했다는 거죠?"

"그래. 정확히는 내 스물일곱의 생일날까지 「홍수아를 무조건 적으로 보호하도록 노력」하겠다는 정도지만. 그냥 보호하겠다는 말을 맹약으로 걸면, 만약 그대가 실수로 스스로 손으로 벤다 하더라도 그놈의 심장이 날아간다더군. 어쨌거나 그대를 보호하지 못한 셈이 되니까."

그 극단적인 예시에 수아는 눈을 두어 번 깜박였다. 솔직히 현실감이 없었다. 엘프에, 지키지 못하면 목숨이 날아가는 맹약에, 심지어 그 대상이 자신이란다.

"어……. 그 맹약이라는 게 꽤 대단해 보이는데, 그렇게 간단히 할 수 있는 거였어요?"

"나도 방법까지는 정확히 몰랐는데, 의외로 간단하더군. 엘프의 귀를 보이면서 본명과 맹약이라는 단어를 넣어 선언하고, 만일의 경우 이어질 엘프까지 지정하면 끝. 꽤 신기한 느낌이었어. 처음으로 놈이 엘프라는 걸 믿겠더군."

조화의 상징, 온화함의 상징, 선함의 상징. 하르페니언이 그동안 문헌에서 보아온 엘프의 이미지는 그러했으니, 당연히 실바코프와는 전혀 맞지 않을 수밖에 없었다. 하지만 맹약 과정에서 하르페니언은 왜 엘프를 조화의 상징이라고 하는지 알 수 있었다.

"말로 표현하기는 힘들지만, 굳이 말하자면 세계가 그를 온화하게 내려다보는 것 같은 느낌이었어. 정말 이자가 자연의 일부구나 하는 느낌."

만약 누가 그에게 이런 되지도 않는 엉터리 설명을 했다면 하르페니언은 의심부터 했을 것이다. 하지만 그 말에 수아는 쿡쿡 웃었다.

"아, 신기하네요. 나도 보고 싶은데. 그 실바코프 씨에게 그런 느낌이 났었다니."

그 대답에는 당연히 하르페니언의 이야기를 믿는다는 전제가 깔려 있었다. 그 모습을 보며 하르페니언은 또 하나, 실바코프를 경계했던 이유가 조금씩 녹아내리는 것을 느꼈다.

"하지만 못마땅하긴 마찬가지야."

"네?"

"그놈이 그대에게 접근할 수 있다는 게."

"어……. 하지만 맹약을 했다면서요?"

"아니, 지금은 단순한 질투 문제야."

수아는 잔으로 손을 뻗다가 그대로 멈췄다. 하르페니언은 그런 그녀에게 계속 담담히 말을 이었다.

"물론 보호라는 단어에는 그대에게 강제하는 행동 또한 취하지 않는다는 뜻도 있겠지. 그러니 뒷산에서와 같은 짓은 못 하겠지만……."

그 소리에 수아의 얼굴이 확 달아올랐다. 그래, 그랬다. 방금까지만 해도 실바코프가 그런 짓을 했다는 걸 잠시 잊고 있었다. 그리고 그전에도 멋대로…….

수아는 새삼 지금 이곳이 티룸이 아니라서 다행이라고 생각했다. 만약 지금 그녀와 하르페니언이 티룸 소파에 앉아 있었다면 이 정도 반응으로 끝나지 않았을 것임을 잘 알기에.

하르페니언은 수아의 붉어진 얼굴을 보며 작게 한숨을 내쉬었다.

"그때를 생각하면 정말…… 질투로 머리가 이상해질 것 같아서. 그대에게 평생 다른 남자 따위 접근시키지 않고 싶지만, 아무래도 불가능하겠지."

"다, 다른 남자랑 바람 안 피운다니까요!"

그 반응에 하르페니언은 다시 살포시 미소 지었다.

"그건 믿어. 그대라면 설사 다른 놈에게 끌린다 하더라도, 나를 버리진 않겠지."

윽. 뭔가 정곡이라, 수아는 그만 입을 다물었다. 뭔가 하르페니언의 눈빛이 그녀를 꿰뚫어보는 것 같았다.

"하지만 그대가 조금이라도 다른 놈에게 설렌다는 것 자체가 싫은걸. 더구나 저 엘프는…… 엘프 같지는 않지만 그래도 꽤 괜찮게 생기지 않았나. 보통 여자라면, 아니 이성이라면 꽤 호감을 느낄 만한 상대니까."

수아는 바로 대답하지 못했다. 이번에는 정곡을 찔려서가 아니라, 그저 그의 말이 잘 이해가 가지 않아서였다. 실바코프가 하르페니언이 이런 말을 할 정도로 미남이었나? 물론 전반적으로 꽤 준수하다는 느낌이었고 은발도 반짝반짝 신비롭고 예뻤고.

기억을 잘 더듬어보니 확실히 잘생긴 축에 속하긴 했다. 여기에 능력도 있고, 그녀의 목숨도 구해줬고, 말도 꽤 잘하고…….

"수아?"

그녀가 생각이 잠기자 하르페니언이 불안한 듯 그녀의 이름을 불렀다.

"어, 아뇨. 실바코프 씨가 인기 있을 타입인가 싶어서요. 확실히 수상한 것만 아니면 그렇겠네요."

그 순간 하르페니언의 표정이 굳은 것이 확연히 보일 정도였다. 수아는 별생각 없이 말하다 그 반응에 곧바로 고개를 저었다.

"아, 그런데 전 별로예요."

"왜지?"

"네?"

"방금 그대의 입으로 인기 있을 타입이라고 하지 않았나. 왜 그대에게는 예외인 거지?"

태연한 척하지만, 하르페니언의 초조함이 수아에게까지 느껴질 정도였다. 하지만 그 질문에 대한 대답은, 굳이 생각할 필요도 없이 곧바로 할 수 있었다.

"일단 얼굴부터가 제 취향이 아닌걸요."

"음?"

"진짜예요. 어, 물론 객관적으로 보면 잘생긴 거 같긴 한데……. 너무 느끼해요. [기생오라비같이] 누구 홀리게 생겼잖아요? 무엇보다도 저 그런 눈꼬리 처진 사람, 안 좋아해요."

생각해보면 수아는 부드럽거나 느끼한 타입을 그다지 멋있다고 느껴본 적이 없었다. 드라마에 나오는 남자주인공 타입보다는 조금 더 격동적인, 그러니까 전쟁이나 액션 영화에 나오는 무인 타입의 남자주인공을 더 좋아했다.

그러니까, 딱 하르페니언 같은.

"눈꼬리……?"

하르페니언이 당황해서 자신의 눈가에 손을 가져갔다. 그 모습을 본 수아가 풋, 웃음을 터트렸다.

"알은 눈꼬리 안 처졌어요. 딱 제가 좋아하는 얼굴인걸요. 당연하잖아요? 누가 취향도 아닌 사람에게 한눈에 반해요."

"그, 런가?"

약간은 얼빠진 것 같은, 당황하는 그 모습이 정말 귀여웠다. 동시에 수아는 자신이 실바코프의 외모에 별생각이 없었던 이유를 하나 더 깨달았다.

"그리고 알이 훨씬 더 잘생겼어요. 더 잘생긴 사람을 놔두고 다른 사람에게 설렐 리가 없잖아요."

그랬다. 얼굴만 하루 종일 감상해도 질리지 않을 사람이 바로 옆에 있으니 눈이 높아지는 건 당연하지 않은가. 만약 실바코프가 정말로 옆집 오빠니 뭐니 하며 한국에 살고 있는 수아에게 나타났다면 취향이고 뭐고 미남이라며 감탄했을지도 모른다.

하지만 지금의 수아는, 하르페니언을 만난 지 거의 1년이나 된 후였다.

이번에는 하르페니언의 얼굴이 확 붉어졌다. 이제 수아는 붉어진 귀를 보지 않고도 문신에 가려진 그의 표정 변화를 알 수 있었다.

"그…… 그렇게, 말해주는 건 고맙지만……."

무슨 말을 해야 할지 몰라 허둥거리는 그의 말을, 수아가 끊었다.

"어머, 진짠데요."

정말로 진심인 만큼 그 말에는 무게가 있었다. 하르페니언은 그만 자리에서 벌떡 일어났다. 나쁜 기분은 아닌데, 아니 오히려 좋긴 하지만 차마 수아의 얼굴을 똑바로 볼 수가 없었다.

"큼, 식사는 끝났으니…… 잠깐 일을 처리하고 오지."

그러고는 수아의 대답도 듣지 않고, 그녀에게 시선을 맞추지도 않은 채 곧바로 몸을 돌렸다. 하지만 수아는 그의 입가가 슬며시 올라가 있다는 걸 깨닫고는, 그가 방문을 닫자마자 그만 소리 높여 웃어버렸다.

잘생긴 건 두말할 필요도 없는 데다 귀엽기까지 한 남자. 어떻게 좋아하지 않을 수 있겠어.

“아가씨는 뭐라고 하십니까?”

하르페니언은 눈앞에서 빙글빙글 웃고 있는 은발의 마법사를 바라보았다. 하르페니언은 여전히 뒤틀리는 것 같은 속을 간신히 짓눌렀다. 그가 수아를 보호하겠다는 맹약을 했고, 수아 또한 실바코프는 자신의 취향이 아니라고 확실히 선을 그어주긴 했지만 그것과 눈앞의 남자를 치워버리고 싶은 심정은 별개였다.

하지만 일단 그는 실바코프의 질문에 순순히 대답해줬다.

“곧 떠나자는군.”

실바코프는 눈을 동그랗게 뜨며 작게 휘파람을 불었다.

“휘이, 그것참. 전 조금 더 있자고 할 줄 알았는데요?”

하르페니언은 그 말에는 대답하지 않은 채 보던 서류를 덮었다.

“그래서 언제 떠나실 겁니까?”

“이틀 후.”

“아, 그럼 저도 슬슬 준비해야겠네요.”

하르페니언은 태연하게 말하는 그를 못마땅한 듯 노려보았다. 그 반응에 실바코프는 의뭉스럽게 어깨를 한 번 으쓱였다.

“거참. 세상에는 싫다는 여자 강제로 취해가면서 자신의 가학성을 뽐내는 변태들이 많다지만, 전 그쪽이 아니라니까요? 더구나 맹약까지 받아내신 분이 왜 계속 그렇게 노려보시는지. 저는 위대한 종족의 사명을 위해 눈물을 머금고 제 심장까지 걸어 불공정거래를 해드렸건만.”

틀린 말은 아니었다. 실제로 그가 가학성을 뽐내는 변태든 아니든 수아의 보호로 맹약을 한 이상 그건 아무런 상관이 없는 요소였다. 하지만…….

“물론 아가씨가 저를 좋다고 한다면 그건 별개지만요. 그렇지 않습니까?”

그렇지 않아도 다른 남자가 그녀의 곁에 머무르는 상황에 속이 편치 않은데, 꼭 이런 식으로 한마디를 덧붙여 속을 긁어버린다는 데 문제가 있었다. 이건 수아를 믿고 안 믿고를 떠나, 그냥 저 자식의 면상을 한 번 매우 날려주고 싶다는 폭력성이 그의 속에 존재한다는 걸 확인시켜주는 일에 지나지 않았다.

그는 한 번 욱하는 심정을 눌러 참은 뒤, 그냥 무시하기로 하고 다른 말을 했다.

“영주는?”

그에 실바코프는 자연스럽게 답했다.

“꽤 빠르게 일 처리를 하더군요. 벌써 대충 마무리가 지어졌습니다.”

그래도 며칠간 느낀 게 있다면 실바코프는 하르페니언이 참을 수 있는 선 밖으로 나가진 않는다는 것이었다. 그게 우연인 건지 아니면 실바코프가 눈치껏 의도적으로 조절하는 것인지는 알 수 없었지만, 하르페니언은 거의 후자로 확정 짓고 있었다.

사실 실바코프가 하르페니언에게 황태자 취급을 해줄 필요는 없다. 그는 인간이 아니었기에 그 어느 나라의 국민도 아니며, 당연히 인간의 법을 적용받지 않는다. 옛 기록에 의하면 엘프와 드워프는 어디까지나 인간과 「동맹」을 맺은 종족일 뿐, 지배하에 있지는 않은 존재다. 오히려 나라끼리 동맹을 맺어 엘프나 드워프가 사는 장소를 보호까지 해줬다.

언뜻 보면 인간들이 타 종족들을 자신들끼리 살 수 있도록 배려해준 것처럼 보이지만, 사실 그 당시의 인간들도 알고 있었던 것이다. 엘프와 드워프는 인간과 관심사가 완전히 달라 조용히 살고 있지만, 어떠한 계기로 인해 완연한 적으로 돌아선다면 비록 그 수가 한참이나 적음에도 인간들은 그 상대가 되지 않으리라는 걸. 따라서 설사 일국의 왕이라 해도 타 종족에게는 예의를 갖췄다 했다.

어릴 때 하르페니언은 그것이 이해가 가지 않았다. 어떻게 감히 황제의 권한 밖에 있는 존재가 있는 것일까. 하물며 내전이나 다른 나라와의 전쟁 때조차 엘프와 드워프는 그 안에 없었다. 인간들이 그들을 먼저 건드린 경우만 제외하곤, 그들은 인간의 역사 안에서 거의 빠져 있다고 해야 옳았다.

그래서 하르페니언은 차라리 그 두 종족이 지금은 없다는 것에 안도했었다. 황권이 미치지 않는 별개의 세력 따윈, 그에게는 위협으로밖에 생각되지 않았으니까.

그렇게 생각했던 존재가 지금 바로 눈앞에 있다. 그러나 실바코프는 속이야 어떻든 하르페니언에게 꼬박꼬박 존칭을 붙여 존대했고, 그의 하대도 당연하게 받아들였다. 심지어 그의 「명령」에도 한두 마디 사족을 붙이긴 했지만 결국 순순히 따랐다. 수아의 방에 겹으로 걸어준 보호마법과 마법 경계망을 날마다 점검하는가 하면, 이 사건의 뒤처리도 도왔다. 더구나 그 처리가 매우 깔끔하고 정확하기까지 해 매우 유능한 수하 노릇을 했다.

그래서 하르페니언도 실바코프의 태도에 대해 더 깊게 생각하지 않았다. 그가 그런 위치를 고수한다면 하르페니언이 굳이 다른 쪽으로 환기할 필요 따윈 없을 테니까. 물론 그래도 그는 엘프다. 그렇기에…….

"꽤 의외군."

"뭐가 말씀입니까?"

"다른 꿍꿍이가 없다는 게."

보통 수하에게는 하지 못하는, 이런 말도 아무렇지도 않게 할 수 있었다.

"영주가 꽤나 불이 붙은 듯 움직이기에, 혹여 재무관의 목숨을 살리고 싶은 건가 싶었다."

하르페니언은 조금 전 덮은 서류에 나와 있는 재무관의 최종 처분을 떠올렸다. 여러 미사여구가 많았지만 결국 요점은 곡기를 끊게 하여 아사(餓死)시킨다는 것이었다. 물론 거열형이나 화형 등 좀 더 극단적인 사형방식도 있었지만 그런 요란한 방법을 사용할 수는 없었다. 더 낮아질 평판도 없는 하르페니언이 문제가 아니라, 그래도 성녀니 뭐니 하는 말도 있는 수아에 대한 소문이 최악을 찍을 터였기 때문이다. 그러니 조용한 사형방식을 택하는 쪽이 된 모양인데, 그중 가장 최악의 형이 아사형이었다.

아사형은 한꺼번에 모든 곡기를 끊는 것은 아니었다. 하루에 한 컵 정도의 물과 손가락 두 마디 정도로 작은 빵이 공급된다. 성인에게는 턱없이 부족한 양이지만, 그것만으로도 사람은 꽤 길게 생을 이어나간다. 그리고 극도의 갈증과 굶주림 속에서 쇠약사하는 것이다.

"흠? 설마요. 여기 영주님은 그렇게 바보가 아닙니다만."

"신체의 일부를 빼앗는 정도로 추진하는 게 아닐까 생각했는데."

죽을죄를 지은 사람의 팔다리나 혀를 잘라 폐인의 꼴로 만들어 놓고서라도 살리려는 경우는 종종 있었다. 그래서 하르페니언은 혹여 그런 식으로 영주가 피해 가려 하지 않을까 싶기도 했다.

요 며칠 동안 영주는 속된 말로 알아서 기었기 때문이다.

재무관과 조금이라도 관련이 있는 모든 이들을 무리해가며 즉시 잡아 가둔 것은 물론이고 몇 시간도 지나기 전에 하르페니언에게 믿을 만한, 아니 더 나아가 믿을 수밖에 없는 고용인 리스트를 바쳤다. 그사이 고용인들의 가족 중 한 명 이상을 모두 인질로 삼은 것이다. 그 외의 처리도 모두 이런 식이었다.

그래서 하르페니언은 그의 행동이 혹시나 재무관의 죄를 최소한으로 덮으려는, 그래서 그의 목숨이라도 살려보려고 한 것이 아닌가 생각하고 있었다. 물론 그걸 받아들일 생각은 조금도 없었지만. 평생 불구자로 사는 것도 나름의 벌이 되겠지만, 그는 감히 수아의 목숨을 앗으려 한 자가 이 세상에 살아 숨 쉬는 것 자체를 용서할 수가 없었다.

"설마요. 누가 감히 전하에게 그런 식으로 간을 보겠습니까."

실바코프는 당연하다는 듯 말했다.

"황족의 몸에 손을 대는 것은 중죄입니다. 그것도 혼자만 죽는 건 자비롭고, 자칫하면 일가족은 물론 성만 같을 뿐 그 핏줄조차 희미한 먼 친척들까지 몰살당하는 경우도 수두룩하죠. 재수 없으면 그 옆에 있던 사람까지 방조죄로 그 비슷한 처벌을 받을 수도 있습니다. 심지어 재무관이 아가씨를 해치려 한 이유가 기껏해야 「황족을 홀리려 한 요녀」의 처단이라니, 조금의 참신함도 없는 멍청하기 짝이 없는 이유 아니겠습니까? 그러니 이곳 영주님도 자기 목숨 살리려면 뭐든 해야죠. 막말로 발가벗고

네 발로 영지를 돌라고 해도 기꺼이 따르려 할 판입니다만."

원론적인 말이었다. 당연히 하르페니언이 그걸 모를 리 없었다. 단지 그는 자신을 그 「황족」의 범위에서 제외했었을 뿐.

"나도, 황족이긴 한가 보군."

하르페니언이 피식 웃었다.

웃기는 일이다. 황족, 그것도 황태자가 이런 말을 되묻는 꼴이라니. 하지만 그는 황족의 힘을 쓰지 않고 일을 해결하는 방법은 배웠어도, 황족의 힘으로 일을 처리하는 방법은 배우지 못했다.

물론 머리로는 대귀족도 아닌 이곳의 영주 정도라면 일가 전원을 참수시켜도 문제 삼지 못하리라는 건 안다. 비슷한 사례도 문헌상으로는 수많이 접했다. 하지만 그걸 실제로 적용시키고, 그 미묘한 감각을 익히는 것은 전혀 다른 문제다. 기사들이 괜히 실전 훈련을 중요시 여기는 것이 아니다.

애초에 저 영주가 겁을 먹은 것은 어느 쪽일까. 「저주받은」 황태자? 아니면 그저 황실의 「황태자」? 지금의 그로서는 그것조차 구분하기가 어려웠다. 실바코프의 어투를 보아서는 아무래도 후자일 듯싶었지만.

"당연하지 않습니까."

그렇게 답해주는 실바코프의 태도는 마치 날씨 이야기를 하는 듯한 무심함이 있었다. 하르페니언이 물으니 답해준다는, 반 정도는 기계적인 태도.

그래, 눈앞의 남자는 엘프다. 그래서 하르페니언은 이런 말을 꺼낼 수 있었다. 만약 상대가 다른 이였다면, 심지어 루펜이나 카르니언이었다 하더라도 이렇게는 말하지 못했으리라.

이번 사건으로 그는 더 뼈저리게 자신의 무능을 깨달았다. 아마 혼자서는 그 무슨 일이든 감당할 수 있겠지만, 다른 이와 함께하는 순간 그것은 아무런 소용이 없다는 것을.

"그럼 전(前) 재무관의 처벌은 이걸로 괜찮으십니까? 아니면 그 가족까지?"

"아니, 그걸로 충분해."

제 가족의 안위를 살피지 않는 가장을 둔 것도 불운이라면 불운일 텐데 거기에 무언가를 더 얹어주고 싶진 않았다.

"네, 그 정도 자비는 베푸셔도 될 것 같습니다. 그럼 영주에 대한 처분은?"

하르페니언은 잠깐 생각하다가 입을 뗐다.

"됐다. 어차피 더 키울 일도 아니야. 황궁에서 다음 소식이 올 때까지 주변 경계나 더 강화하라고 하도록."

"그렇게 하겠습니다."

그는 우아하게 허리를 숙여 그의 명을 받들고는 방을 나섰다. 하르페니언은 실바코프의 뒷모습을 잠시간 바라보았다.

수아도 완전히 정신이 차렸고, 황궁에는 이미 보고서를 보내두었다. 그리고 이걸로 재무관과 영주의 일도 끝났다.

이제 이 영지의 일은 모두 마무리되었다.

남은 것은 떠나는 것.

하지만 이제 둘만이 아니겠지.

하르페니언은 작게 한숨을 내쉬며 의자에 몸을 완전히 기댔다. 조금 피곤했다. 꼭 육체적으로 피로가 쌓여서만은 아닌 것 같았다.

# No. 14 Episode

# 여정의 길목

두 마리의 말발굽이 다각거리는 소리는 미묘하게 리드미컬했다. 수아는 뒤를 힐끗 쳐다보았다. 영지가 보이지 않게 된 지 좀 됐지만, 그래도 조금 불안했다.

그 뒤로 별다른 일 없이 레흐크 영지를 나와 약 30여 분이 지난 시점이었다. 실바코프는 레흐크 영지에서 조달한 말을 타고 있었고, 수아와 하르페니언은 칸이 끄는 마차의 마부석에 앉아 있었다. 마차는 천천히 달렸고, 실바코프 또한 마차와 보조를 맞춰 말을 몰고 있었기에 속도는 그다지 빠르지 않았다.

"왜 자꾸 뒤를 그렇게 돌아보는 거야, 아가씨?"

"네?"

티가 났나 보다. 수아는 조금 당황하며 대답했다.

"어, 혹시…… 누가 이상한 걸 알고 쫓아올까 봐서요……."

하지만 스스로도 그 대답이 말이 안 되는 소리라는 걸 알았다. 예상대로 실바코프는 웃음을 터트렸다.

"푸핫, 누가? 갑자기 내가 수상한 자라는 걸 깨달은 영주가 병사라도 보낼까 봐?"

"하지만 너무 이상했어요. 어제까지만 해도 「마법사님」이었는데, 오늘은 아무도 그렇게 생각하지 않고."

하르페니언도 그 말에 살짝 고개를 끄덕였다.

확실히 그랬다. 어제까지만 해도 실바코프는 이 영지에서 10년 이상 일해온 마법사의 신분을 이용하여 영지의 일들을 정리했다. 하르페니언과 영주 사이를 조율해준 것도 그다. 하지만 오늘 아침이 되자 그 마법사는 완전히 사라졌다. 아니, 정확히는 처음부터 황태자와 함께 온 일행이 되어 있었다. 바로 전날까지만 해도 마법사님, 혹은 이아스님이라고 친근하게 말하던 하인이나 하녀들은 긴장한 표정으로 그에게 고개를 숙였고 영주마저 정중한 태도로 그를 귀한 손님으로 대했다.

"느낌이 너무 이상해요. 아무리 마법이라지만, 저 영지 사람들이 다……."

"음? 아냐. 아가씨 생각보다는 수가 적을걸? 일단 성안에 있는 사람들에게만 통하면 되는 거잖아."

"그래도 최소 두 자릿수는 될 텐데."

하르페니언의 말에 실바코프가 고개를 끄덕였다.

"네, 그렇긴 합니다만……. 뭐, 크게 정교한 작업이 필요한 게 아니니까요. 물론 준비에 시간이 좀 걸리긴 합니다만, 기억 조작에 신경 쓴 사람은 영주님과 가신 몇 정도입니다. 나머지 사람들에게는 기억 조작이라기보다는 그저 강한 암시를 줬다는 쪽이 더 정확한 표현일 겁니다. 핵심어 몇 개만 던져주면 나머지는 알아서 기억을 만드니까요. 서로 이야기를 해보면 아마 앞뒤가 안 맞는 부분도 꽤 있겠지만, 보통은 그런다 해도 누군가의 기억이 잘못되었겠거니 하고 넘어가지요. 게다가 두어 달만 지나도 저에 대한 기억이 흐려질 테니 뒷수습도 간단합니다. 그쯤 되면 누군가가 아가씨와 전하 외에도 다른 일행이 있지 않았냐고 직접 물어봐도 그러고 보니 누가 있긴 했던 거 같은데…… 정도로 떠올릴 뿐입니다. 한두 명이 그렇다면 문제가 되겠지만, 모든 이들이 다 잊으면 그건 없는 사실이 되지요."

"확실히 편리하긴 하군."

"그렇죠. 어디에 섞일 때 가장 문제가 되는 게 경계심이니까요. 단지 세밀한 조정이 필요한 부분에는 굉장히 비효율적입니다. 레흐크 영지 영주님도 잠깐이니까 저를 믿었지, 한두 달만 더 있었어도 뭔가 이상하다는 걸 느꼈을 겁니다. 또 오랫동안 당연하게 믿고 있던 부분을 바꾸는 것도 힘듭니다. 해는 사실 동쪽이 아니라 서쪽에서 뜬다, 오래 알고 있었던 가족이나 친구의 이름이 실은 다른 것이다. 이런 걸 기억 조작 마법으로 바꾸기에는 아무래도 어렵죠."

"그걸 감안해도 충분히……. 흠, 자주 사용하나?"

"설마요. 애초에 인간들과 잘 얽히질 않으니 별로 쓸 일도 없습니다. 따지면 순리를 거스르는 거나 다름없으니 가급적 안 쓰는 게 좋죠, 이런 마법은."

실바코프는 어깨를 으쓱거렸다. 처음에는 조화를 쉽게 추구하기 위해 만든 마법이지만, 지금은 오히려 그 조화를 방해한다는 소리였다.

그 대화를 듣고 있던 수아는 속으로 작게 한숨을 내쉬었다. 확실히 기억 조작 마법은 너무 효과가 좋았다. 그래서 이상했다. 이상했지만…… 아주 잠깐, 앞으로 방문할 영지의 사람들에게 그 마법을 쓸 수는 없느냐고 물어보고 싶은 생각이 든 것도 사실이었다.

저주를 받았다는 사실을, 지울 순 없나요?

오래가지 않아도 좋았다. 하루나 이틀, 그저 황태자인 사실만을 남기고 저주를 받았다는 걸 사람들 기억 속에서 지울 수는 없는지 그렇게 물어보고 싶었다. 하루가 힘들다면 단 몇 시간만이라도, 아니 한 시간이라도 좋았다. 그가 온당히 받아야 할 시선을 누리게 해주고 싶었다. 황태자로서의 그만 남기고 저주를 지워서.

하지만 언뜻 듣기에도 「오랫동안 당연하게 믿고 있는 부분」을, 한두 사람도 아닌 모든 사람에게 한꺼번에 적용하기에는 무리인 듯싶었다.

섭섭함과 동시에 외려 안도감이 몰려왔다. 차라리 잘된 건지도 모른다. 설사 기억 조작 마법으로 저주받았다는 사실만을 선택하여 잠시나마 지우는 것이 가능하다 하더라도, 그녀가 과연 그렇게 해달라는 부탁을 할 자격이 되는 것일까? 근본적으로는 아무런 해결도 되지 않는, 어쩌면 하르페니언에게는 기만으로도 생각될 수 있는 부분일 텐데.

"그나저나 떠나기 전에 못 여쭤봤었네요. 어디로 가실 겁니까?"

다행히 화제가 바로 바뀌었다. 수아는 이런저런 생각들을 속으로 누른 채 그 질문을 한 실바코프를 바라보았다.

"일단 계획했던 대로."

"계속 다른 영지들을 도실 겁니까?"

"그래."

"흐흠? 끝까지 황제 폐하의 명을 수행하는 것보다는 저주를 푸는 게 더 중요한 게 아니었습니까?"

하르페니언은 힐끗, 눈동자만 움직여 그를 바라보았다.

"이제까지 많은 곳을 다녔다. 하지만 그 어떤 단서도 잡은 적이 없었지. 더구나 엘프 너도 저주의 원인에 관해 짐작되는 부분이 없다고 하지 않았나. 그러면 그때와 달라진 건 수아의 존재와 몬스터의 움직임이지. 수아는 곁에 있으니, 그렇다면 예정대로 조사를 하러 다니는 것이 나아."

"하긴 그렇겠군요."

그제야 하르페니언은 실바코프 쪽으로 고개를 돌렸다.

"추천해줄 장소라도 있나?"

"아니요."

그는 태연하게 웃었다.

"그냥 여쭌 겁니다. 어떤 생각이신가 해서요."

"원래 저래요."

수아가 한숨을 내쉬듯 말하며 끼어들었다.

"이것저것 물어보는데, 어느 정도는 그냥 반응 보는 것 같아요. 가끔 뜬금없는 소리도 하고."

"마법사들이 원래 그런 경향이 있지."

하르페니언이 답했다.

"아무래도 「관찰」은 그네들의 특기니까."

그 목소리에는 숨길 수 없는 가시가 돋쳐 있었다.

"어라, 그렇게 말하면 제가 정말 헛소리나 하면서 반응 찔러보는 놈 같잖습니까."

"사실이잖아요? 갑자기 세계 존속에 관해서 묻질 않나, 연애놀이니 뭐니 하는 이상한 소리도……."

헙. 수아는 말을 급히 끊었지만 이미 그 소리는 하르페니언의 귀에 들어간 후였다. 수아는 저도 모르게 하르페니언의 눈치를 봤지만 그는 전처럼 격렬하게 반응하지 않았다. 그는 표정 없이 수아를 잠깐 바라보았다가 다시 앞을 바라보며 조용히 읊조리듯 말할 뿐이었다.

"엘프."

"네, 전하."

"맹약을 잊지 말도록."

"제 심장이 걸려 있는 일을 어떻게 잊겠습니까."

"그것참 다행이군."

그렇게 말하는 둘의 목소리는 어디까지나 언성을 높이는 법도 없고 조용조용할 뿐이었지만, 수아는 그 뒤에서 맴도는 차가운 기운에 살짝 어깨를 움츠렸다.

방금 한 말실수 때문만이 아니었다. 이것저것 정신이 없어 잊고 있었지만 생각해보니 둘의 사이가 좋을 리 없었다. 그렇지 않아도 누군가가 그녀에게 접근하는 걸 싫어하는 하르페니언이다. 하지만 실바코프는 반은 장난이라지만 거침없이 그녀에게 다가올 뿐만 아니라, 하르페니언이 언짢아하는 걸 뻔히 알면서도 조심하기는커녕 거기에 불을 질러 속을 긁어버릴 이다.

과연 괜찮을까.

그녀는 여행이 앞으로 얼마나 길어질지는 모르겠지만, 익숙해지려면 아무래도 시간이 필요할 것 같다고 조마조마한 마음으로 생각했다.

수아는 그 생각을 하루도 지나지 않아 수정했다.

지금 그들이 향하는 곳은 중앙은 물론 레흐크 영지에서조차 꽤 떨어진, 제국의 구석에 가까운 시골 영지였다. 그 영지 이름은 하르페니언이 두어 번 말했던 것 같지만 생소한 이름이기에 수아는 잘 기억이 나지 않았다.

어쨌거나 이 근처는 레흐크 자작이 꽤 넓은 범위까지 파악을 해놓기도 했고, 이제 와 몬스터의 패턴을 찾는 것도 의미가 없기에 변방의 상황을 살피는 측면에서 가는 것이라고 했다. 그 영지까지 가는 데 걸리는 시간은 앞으로 약 닷새 정도. 전속력으로 말을 달리면 이틀이면 가겠지만 굳이 그럴 생각까진 없다는 말이었다.

여기까지가 실바코프가 계속해서 하르페니언에게 말을 걸어 알아낸 사항이었다.

수아는 자신이 아닌 누군가에게 저렇게 말을 많이 하는 하르페니언은 처음 봤다. 물론 처음부터 순순히 말한 것이 아니라 중간에 입을 다물어버린 그에게 지치지도 않고 계속 말을 건 실바코프의 공이 컸지만.

의외로 괜찮을지도 모르겠다 싶었다.

물론 평범한 대화라기보다는 아무리 생각해도 깐죽거린다고 밖에 표현할 수 없는 실바코프의 말에 참다못한 하르페니언이 대충 대답해주는 모습이었지만, 그래도.

하르페니언은 타인과 평범한 관계를 지속하는 것도 어려웠다. 저주가 있는 걸 모르는 상태에서는 혹여나 일어날 사고 때문에, 아는 상태에서는 상대의 반응 때문에. 하지만 실바코프는 저주의 존재를 알고 있으면서도 그를 두려워하지 않았다.

수아는 파티션 쪽을 바라보았다. 저 너머에는 하르페니언이 잠들어 있을 터였다. 실바코프가 합류했다고 해서 둘이 방 하나를 잡아 나눠 쓰는 방식은 바꾸지 않았다. 물론 실바코프가 자신이 아가씨와 방을 함께 쓰며 지킬 테니, 황태자 전하는 독방에서 편히 쉬는 것이 어떠시겠느냐는 권유를 가장한 속을 긁어대는 대화가 한 번 지나가긴 했지만.

수아는 천장 쪽으로 시선을 돌렸다가 다시 파티션 쪽을 바라보았다. 누운 지 시간이 꽤 되었는데도 쉽게 잠이 오기는커녕 정신이 더 말똥말똥해지는 기분이었다. 그녀는 고민했지만 결국 조용히, 소곤거리듯 물었다.

“알, 자요?”

“아니.”

또렷한 목소리가 들려왔다. 잠기거나 잠에 취한 목소리는 아닌 걸로 보아, 다행히 수아의 부름 때문에 깬 것 같지는 않았다.

"늦었는데 아직 안 잤어요?"

"그대야말로."

"그러게요. 잠이 잘 안 오네요."

잠깐 부스럭거리는 소리가 들렸다. 아마도 이쪽으로 돌아눕는 모양이었다. 수아도 하르페니언 쪽으로 돌아누웠다. 파티션에 가려 아무것도 보이지 않았지만, 마주 누워 있다는 느낌이 들었다.

"오늘 하루, 정신없었죠?"

"……그 엘프, 너무 말이 많아."

꽤나 불퉁한 목소리라 수아는 풋, 작게 웃었다.

"그래도 꽤 성실하게 대답해주던데요?"

"안 그러면 입을 다물질 않으니까."

방 안에 낮게 울리는 목소리가 듣기 좋았다. 수아는 잠깐 파티션을 치우고 싶다는 생각이 들었지만 그랬다가는 대화로만 끝나지 않을 것이다. 음, 어차피 이렇게 목소리만 듣는 것도 꽤 설레고.

"그러면 제 말에도 대답해줄 거예요?"

그리고 얼굴을 보지 않으니 좀 껄끄러운 것도 물을 수 있을 터였다.

"물론."

그의 대답에는 한 치의 망설임도 없었다. 오히려 수아가 잠시 망설였다.

"음, 저기."

사실 알아보려면 떠나기 전에 알아볼 수도 있었다. 아니, 떠나기 전에 반드시 알고 왔어야 하는 사항이었다. 하지만 그러지 않았다. 어쩌면, 계속해서 알고 싶지 않았을지도 모른다.

그녀는 조금 주저했지만, 곧이어 확실히 물었다.

"알은, 생일이 언제예요?"

이번에는 하르페니언의 대답이 바로 들려오지 않았다. 수아는 재촉하지 않고 기다렸다. 순간적으로 나중에 말해달라고, 지금 말하지 않아도 괜찮다고 말할 뻔했다. 하지만 더 이상 모르는 척할 수는 없었다.

"……한 달 후."

"한 달 후요?"

지금은 푸른 여름 첫째 달, 즉 6월이다. 한 달 후라면…….

"푸른 여름 둘째 달이요?"

아무래도 아직까지 이 세계 방식으로 날을 세려면 잠깐 생각해야만 했다.

"아니, 푸른 여름 셋째 달. 조금 있으면 곧 말일이니."

"아, 그럼 월초예요? 며칠인데요?"

"2일."

그럼 약 1년하고도 한 달 정도가 남은 셈이었다. 1년 1개월이라.

수아는 잠깐 그 기간이 어느 정도의 길이가 되는지 생각했다.

"있죠, 알. 그거 알아요?"

"음?"

"저, 여기 온 지 이제 겨우 1년이에요."

정말 많은 일이 있었다. 돌이켜 보면 마치 몇 년은 된 것 같은 느낌이었다.

"정확히 제가 언제 여기에 왔는지는 기억이 안 나지만, 이제 거의……."

"3일."

"네?"

"푸른 여름 둘째 달 3일이었어. 내가 그대를 만난 건."

아. 다음 달 3일이었구나. 그러면 정말 며칠 남지 않았다. 수아는 그가 날짜까지 정확히 기억하고 있다는 사실에 혼자 배시시 웃고는 조금 과장된 어투로 말을 이었다.

"와, 그럼 1년도 채 안 지났네요. 근데 정말 많은 일이 있었잖아요, 그 사이에. 그런데 앞으로는 그거보다 시간이 더 남았단 이야기니까요. 그러니까 괜찮을 거예요."

하르페니언은 파티션 너머에서 조용조용하게 울리는 수아의 목소리를 들었다. 확실히 수아는 뭔가를 숨기는 일은 잘하지 못한다. 그녀는, 지금 자신의 목소리에 불안이 섞여 있다는 걸 알고 있을까.

지금 와서 생일이 언제인지 물어본다는 것도 그렇다. 하르페니언은 수아가 그의 생일을 이미 알고 있을 줄 알았다. 그녀의 성격으로는 진작 다른 사람에게 물어보고도 남았을 테니까. 누구에게 물었든 별로 숨길 사항도 아니니 사실대로 대답해줬을 터였다. 하지만 이제까지 그러지 않았다는 건…….

그녀도 무섭구나.

하르페니언은 새삼 그 사실을 자각했다.

수아는 꿋꿋하게 약한 모습을 보이지 않았다. 금방이라도 저주를 풀 수 있을 거라는 듯 빙긋 웃기만 했다.

그러나 지금은, 얼굴을 보지 않으니 확실히 알 수 있었다. 하르페니언은 그녀의 목소리 속에 담겨 있는 떨림을 더 민감하게 잡아챘다. 아마, 그녀는 지금까지 그의 마지막이 언제일까 생각하기도 싫을 정도로 두려웠던 것이리라.

저도 모르게 손에 힘이 들어갔다. 실바코프의 존재가 나타났다 하더라도 상황 자체가 달라진 것은 아니다. 아니, 오히려 그녀의 불안을 더 부추기지 않았을까. 저주받은 황태자의 마지막을 지켜보겠다는 말은 그가 죽을 수도 있다는 사실을 더욱 부각시켰을 터였다. 어차피 그 엘프의 성격으로 봐서는 부드럽게 돌려 이야기하기는커녕 대놓고 헤집어댔겠지. 그녀도 그가 그동안 느껴왔던 감정을 본격적으로 느끼기 시작했을 것이었다.

그건 아무것도 보이지 않고 아무것도 할 수 없는, 새까만 어둠 속에 있는 것과 같은 절망적인 막막함이었다.

하르페니언은 간신히 쇳소리를 내지 않을 수 있었다.

"그래."

대신, 지금 그가 낼 수 있는 가장 부드러운 목소리로 말했다.

"믿어. 그대가 있으니까."

하지만 머릿속에서는 그와 전혀 반대되는 생각이 들었다. 이대로 저주를 풀지 못하면, 그래서 그가 숨이 넘어간 후 수아는 어떻게 될까. 다른 남자와 함께 생을 살아간다는 것에 질투가 난다든가 하는 치기 어린 감정이 문제가 아니었다. 그가 죽게 되면 그녀는 분명히 한없이 울며 슬퍼하고 가슴을 치겠지. 거기에서 그치지 않고 결국 자신이 방법을 찾지 못해 죽이게 되었다며 자책까지 할지도 모른다.

아무리 그녀가 강하다고 해도 아파하지 않는다는 이야기는 아니었다. 한 번 자신의 세계와 모든 것을 잃고, 이곳에서는 연인을 잃고.

그렇게 만들고 싶지 않은데.

"그죠?"

파티션 너머에서, 조금은 과장한 듯한 밝은 목소리가 들려왔다.

"있죠, 알. 저주가 풀린다고 해서 다른 귀족 아가씨랑 연애하고, 그런 거 안 할 거죠?"

"무슨……."

"황족이잖아요. 결혼하고서도 막 첩도 두고, 정부도 두고 그런다던데."

"……누가 그대에게 그런 말을 가르쳤나."

"그냥요? 역사서만 봐도 잔뜩 있던데요. 그리고 우리 세계의 옛날 왕족들도 마찬가지였거든요. 아, 지금 혹시 말 돌린 거예요?"

"아냐, 다른 여자 따위를 볼 리가. 도대체 그대는 나를 뭐라고 생각……."

"저주만 없으면 바람둥이가 됐을지도 모른다는 생각?"

그래도 이런 대화를 나누다 보니 그녀의 목소리에 배어 있는 불안이 현저히 풀려가고 있다는 게 느껴졌다. 그녀의 목소리에 부드러운 웃음소리가 섞였다. 그제야 하르페니언도 간신히 긴장을 풀 수 있었다.

"수아."

"네?"

"그대를 원하고, 익애하고, 사랑해. 이런 말로는 결코 다 나타낼 수 없을 정도로. 설사 저주가 없었다고 해도, 그대를 만나는 순간 바로 사로잡혔겠지."

저 너머에서는 바로 반응이 없었다. 하지만 하르페니언은 얼굴이 확 붉어진 수아의 얼굴을 잡힐 듯 그려낼 수 있었다. 원래대로라면 눈앞에 있는 수아에게 손을 뻗을 타이밍이었겠지만, 지금은 그럴 수 없다. 대신 그는 낮지만 또렷한 목소리로 이어 말했다.

"그러니까, 지금은 미뤄두겠지만. 그때가 되면."

정말로 저주가 풀리게 된다면.

"제대로 청혼할 테니까."

"그…… 네, 네?"

당황하는 모습이 바로 눈앞에 보이는 것 같아, 하르페니언은 잠시 진심으로 웃었다.

"설마 다른 남자에게 가겠다는 그런 소리는 하지 않겠지?"

"그, 그게 아니라요! 자, 잠깐만요, 알."

"대답은 하지 않아도 돼. 지금은 정식으로 청혼한 게 아니니까. 그대에게 평생을 함께해달라는 소리는 조금 더 나은 상황에서 이야기할 거야."

미래를 위해 당장 할 수 있는 일이 없다면, 최소한 수아가 지금 웃을 수 있도록 해주고 싶었다. 「끝」을 상상하는 일을 최대한 미뤄주고 싶었다. 불안을 지워줄 수 없다면, 그 불안을 가급적 멀리 느끼도록. 그래서 그것이 그녀를 집어삼키지 않게.

그러니까.

이 정도는 괜찮을 것이다.

조금, 거짓말을 하는 정도는.

건너에서는 뭔가 부스럭거리는 소리만이 들려왔다. 분명 얼굴을 붉히며 베개에 얼굴을 파묻었거나, 아니면 이불을 꼭 껴안으며 몸을 움츠리고 있을 것이다.

"지, 진짜……. 우와, 잠 다 깼잖아요. 내일 아침 또 떠나야 하는데."

"굳이 그대가 마부석에 있을 필요는 없어. 마차 안에서 조금 쉬어도 돼."

"아뇨, 그건 제가 싫어요……. 와, 안 되겠다. 지금부터 대화는 금지예요. 조, 조금이라도 자야죠! 알도요!"

목소리가 떨리고 있었다. 또 얼마나 얼굴이 붉게 달아올라 있을까. 하르페니언은 그런 모습을 볼 수 없어 조금 아쉽다는 생각을 하다가, 순순히 고개를 끄덕였다. 그러다가 그녀에게는 고개를 끄덕이는 모습이 보이지 않을 거라는 걸 깨닫고는 소리 내 대답했다.

"좋은 밤, 수아."

"네, 알도요!"

크게 숨을 들이마시는 소리에 하르페니언은 다시 한 번 작게 웃었다.

그래, 괜찮다. 저 모습을 조금이라도 더 오래 지키기 위해 생일을 속이는 것 정도는. 이미 그는 지난달 12일에 스물여섯이 됐고, 그리하여 남은 시간은 채 1년도 되지 않는다는 것을 말하지 않는 것 정도는.

하르페니언은 잠깐 눈을 감았다가 떴다. 입안이 까끌거리는 것 같았다.

그는 파티션 너머의 숨소리가 고르게 될 때까지 미동도 없이 누워 있었다. 하지만 새근새근한 숨소리에 맞춰 억지로 눈을 감은 후에도 잠은 손쉽게 찾아오지 않았다.

길고도, 짧은 밤이었다.

"점점 심해지는군요."

실바코프가 한숨을 내쉬었다.

"확실히."

하르페니언은 그 말에 대답하며 검을 닦아 검집에 집어넣었다. 수아는 마부석에 앉은 채 그들을 바라보았다.

실바코프와 합류해 레크흐 영지를 나선 지도 벌써 나흘째. 이로써 벌써 다섯 번째 습격이라 그런지 슬슬 익숙해지는 느낌까지 들었다. 첫 습격에서는 깜짝 놀라 허겁지겁 마차 안에 들어가 덜덜 떨었었는데, 지금은 피할 생각도 하지 않은 채 그냥 마부석에 앉아 있을 정도였다. 그사이 두 남자는 한 번도 그녀에게까지 공격이 닿게 한 적이 없었다.

"둘 다 다친 곳은 없어요?"

"다정도 해라. 내 걱정해주는 거지, 아가씨?"

실바코프가 기쁘다는 듯 반색하며 말했다. 이미 이런 패턴의 대화가 여러 번 오간 다음이라 수아는 조금의 틈도 없이 즉답했다.

"그냥 예의상 같이 물은 거예요. 걱정되는 건 알이죠."

"그 말 좀 너무한데?"

실바코프가 수아에게 무어라고 말 한마디만 건네도 경계하던 하르페니언 또한 이제 그에게는 아무런 신경을 쓰지 않고, 수아에게만 말을 건넸다.

"그대야말로 괜찮나."

"없어요. 제 쪽까지 오지도 않았는걸요, 뭘."

습격이 있을지 모른다는 각오는 계속 하고 있었다. 하지만 요 몇 번의 습격은 그 각오를 묘하게 빗나갔다. 상대는 암살자가 아닌 몬스터들이었다. 요 나흘간 다섯 번의 습격 모두가.

"그런데 진짜, 자주 튀어나오네요. 오늘만 벌써 두 번째예요."

"보통 수도에서 멀어질수록 몬스터들이 늘어나긴 하지만……."

"그걸 감안하고라도 좀 많은 편 아닙니까, 전하?"

"글쎄. 많다면 많지만 굳이 이상하다고까지 생각할 빈도는 아니야."

물론 모든 여행객들이 몬스터를 만나는 것은 아니지만, 이런 구석진 지역에서는 재수가 없으면 하루 두어 번 몬스터를 만나는 것도 가끔 있는 일이었다.

"그건 그렇습니다만, 나흘 내내 몬스터를 계속 마주칠 정도면 재수가 없다고만 하기에는 좀……. 흠, 전하. 이제까지는 몬스터들이 같이 몰려다니는 것만이 문제라고 봤지만, 이건 차라리 절대 수가 늘어났다는 쪽이 더 맞지 않겠습니까?"

하르페니언은 바로 대답하지 않았다. 그렇지 않아도 실바코프와 비슷한 생각을 하던 참이긴 했다. 절대 수가 늘어났다면, 몬스터 대비가 잘되어 있는 중앙보다는 이러한 외곽부터 그 변화가 더 뚜렷하기도 테니까.

"확실히."

"만약 그런 거라면, 몬스터가 단순히 몰려다니는 건 이변 자체가 아니라 뭔가를 위한 현상이라고 봐야 할까요?"

"하지만 확신할 수 있는 문제는 아니야. 먼저 빈도수 중심으로 조사를 시켜보는 게 좋겠군."

"네, 지금이야 몬스터가 몰려다니는 것 자체에 초점이 맞춰져 있으니까요. 그럼……."

수아는 두 남자가 대화를 나누는 모습을 보며 살짝 미소 지었다. 요 며칠간 둘 사이에는 확실히 이런 대화가 늘었다. 물론 실바코프가 하르페니언의 속을 긁는 경우가 압도적으로 많았지만, 그런 것만 제외한다면 그는 제법 괜찮은 대화 상대였다. 수아가 레흐크 영지의 영주관에서 그렇게 느꼈듯이 하르페니언도 비슷하게 느끼고 있는 것일 터였다.

수아는 둘의 대화를 방해하지 않기 위해 조심스레 마차에서 내려왔다. 지금 있는 곳은 숲 속으로, 길은 마차가 다닐 수 있는 큰길이었지만 바닥이 아주 매끈하게 정비되어 있는 정도는 아니었다. 주변의 나무가 길을 부분부분 침범해 있기도 했다. 그녀는 주변을 둘러보다가 나무에 매달린 빨간색 열매를 발견했다. 손톱만 한 열매는 언뜻 보면 산딸기 같기도 했다. 수아는 그쪽으로 다가가 먹을 수 있을까를 잠시 고민했다. 어디서 본 것 같은 모양이긴 한데…….

그때였다. 바닥에서 뭔가 꼬물거리는 것이 보였다. 지렁이 같은 벌레였다. 수아는 다리가 아예 없는 것보다는 다리가 여럿 있는 쪽을 더 혐오하는 편이었고, 그래서 원래대로라면 별 반응을 보이지 않았을 터였다. 그것이 나무뿌리처럼 불쑥 위로 솟아오르기 전에는.

"아가씨!"

실바코프가 그녀의 허리를 낚아챘다. 그것이 뿌린 이상한 액체가 허공을 갈랐고, 그 직후 놈은 하르페니언의 검에 명을 달리했다.

"어……. 뭐예요?"

너무 갑작스럽게 일어난 일이라 수아는 오히려 놀랄 틈도 없었다. 그녀는 멍하니 중얼거리듯 말했다. 둘로 갈라져 땅에서 꿈틀거리고 있는 그것은 처음 그녀가 막 봤을 때와는 달리 팔뚝만 했다. 그리고 지렁이보다는 거머리 쪽에 가까워 보였다.

"칼렙이야."

"칼렙?"

"스스로를 압축하고 있다가 먹이가 다가오면 튀어 오르면서 신경마비독을 내뿜는 몬스터야. 마비된 먹이를 통째로 집어삼키는 놈인데…… 독이 워낙 약해서 마비되려면 최소 열 번은 맞아야 해. 그래서 한 두어 마리는 별로 위협적이진 않은데, 가끔 떼로 몰려다닐 때가 있어서. 심지어 독은 나름의 「표식」이라 나중에라도 몰려올 수가 있거든. 귀찮은 놈이지."

"아……. 몬스터라는 거죠?"

"응."

하르페니언은, 그런 그들을 의도적으로 보지 않으려고 노력하며 검에 묻은 칼렙의 체액을 닦아낸 후 다시 검집에 넣었다. 실바코프는 수아를 보호한 것이다. 그러니까 허리에 팔을 감는 것 정도야 당연한 상황이었다. 하르페니언은 스스로에게 그렇게 되뇌었다. 여기서 빨리 떨어지라고 한다거나 안절부절못하는 모습을 보인다면, 수아에게 속 좁은 남자라는 걸 증명하는 꼴밖에 되지 않는다.

원래대로라면 그가 그녀를 보호해야 했겠지만, 몬스터의 기척을 느끼고 몸을 돌렸을 때 이미 실바코프도 움직이고 있었다. 잘못하면 실바코프와 닿을 수도 있었기에 하르페니언은 곧바로 몬스터 쪽으로 방향을 전환한 것이었다.

"진짜 별게 다 있네요……. 근데 실바코프 씨, 너무 오래 붙잡고 있는 것 아닌가요?"

하지만 그 소리를 듣자 곧바로 그쪽으로 시선이 가는 건 어쩔 수가 없었다. 그리고 실바코프의 손이 단단하게 그녀의 허리를 붙잡고 있는 꼴을 보자 저도 모르게 눈에 힘이 들어갔다. 결국 그는 입을 열 수밖에 없었다.

"놔라, 엘프."

"어라, 이 정도 가지고 과민반응이십니까."

하르페니언의 말에도 그는 손의 힘을 풀기는커녕 실실 웃었다. 그것이 도발이라는 걸 알면서도 머리가 어질어질할 정도로 화가 났다. 하지만 그가 그 이상의 반응을 보이기 전, 실바코프는 곧바로 수아를 풀어주었다. 막 그의 팔을 할퀴는 것은 어떨까 고민하고 있던 수아는 후다닥 하르페니언에게 달려갔다. 하르페니언은 곧바로 등 뒤로 수아를 숨기듯 둔 후 거의 살기를 담아 경고했다.

"적당히 해."

"음, 역시 좀 그렇죠?"

실바코프는 뭔가 고개를 끄덕이며 혼자 긍정했다.

"맹약도 맹약인데, 아가씨에게 조금 다가갈 때마다 이런 반응이면 서로 스트레스만 받을 테니까요. 이 정도도 안 될 정도면…… 흠, 역시 제가 아가씨에게 다가가는 걸 그만두는 게 좋겠네요."

그 소리가 지나칠 정도로 정상적이라, 하르페니언도 그 뒤의 수아도 의심스러운 눈으로 그를 쳐다보았다. 그 시선 안에서 실바코프는 싱긋 웃었다.

"하지만 커플 염장을 눈앞에서 보고 있는 건 아무래도 재미가 없으니까요. 앞으로는 전하께 대신 접근하도록 하겠습니다. 그럼 공평하지 않겠습니까?"

그는 그렇게 이유도 결론도 뭐가 뭔지 모를 소리를 하고는 곧바로 하르페니언에게 다가오면서 슥 손을 뻗었다. 하르페니언은 반사적으로 그를 피하려고 했으나 등 뒤에 매달려 있는 수아 때문에 움직임이 늦었다. 그리고 그사이, 실바코프의 손은 하르페니언의 뺨에 닿았다.

"오, 생각보다 피부가 고우시네요."

심장이 떨어질 것처럼 놀랐다. 하지만 눈앞의 엘프는 차가운 시체로 변하지 않았다. 그러기는커녕, 여염집 아낙네에게나 할 것 같은 희롱이나 지껄이고 있었다.

뺨에 닿은 그의 손에는 온기가 있었다. 체온을 가진 누군가의 손. 동물이 아니다. 사람의 형상을 지닌…….

"놀라셨습니까? 뭐, 저는 인간이 아니니까요. 저주의 범위에도 없습니다. 동물에게는 전하의 저주가 통하지 않잖습니까? 마찬가집니다."

설명이 귀에 들어올 리가 없었다. 그리고 그 심정은 뒤에서 지켜본 수아도 마찬가지였다. 그녀는 몇 번이고 눈을 깜박였다.

그러다 완전히 굳어 있는 하르페니언의 몸을 느끼고는 반사적으로 그녀 쪽으로 잡아끌었다. 그는 비틀거리며 수아가 끄는 대로 순순히 따라왔다.

그 몸이 너무 힘이 없게 느껴져, 그녀는 하르페니언을 일단 근처 바위에 기대게 한 후 고개를 휙 들었다.

"미, 미리 말을 해야 할 거 아니에요!"

새삼 하르페니언이 수아를 만질 때마다 풀썩풀썩 기절하는 사람들의 심정이 이해가 갔다. 하지만 실바코프는 그 항의에도 전혀 꿈쩍없이, 아니 오히려 더할 나위 없이 재미있는 것을 본다는 듯이 연보라색 눈동자를 빛냈다.

"어쨌든 간에."

그는 싱긋 웃으며 그들 쪽으로 다가왔다.

"앞으로는 전하께로 접근을 하면 된다는 거겠죠?"

그는 자연스럽게 하르페니언에게로 다가가, 수아가 채 뭐라고 반응을 보이기 전에 살짝 몸을 숙였다. 그러고는 그의 뺨에 가볍게 입을 맞췄다.

"아!"

가장 먼저 움직인 것은 수아였다. 그녀는 더 뭔가를 생각할 여유도 없이 곧바로 실바코프를 확 밀쳤다. 어이쿠, 그가 약간 호들갑을 떨며 뒤로 물러났다.

"뭐, 뭐, 뭐예요?!"

"으음? 아가씨는 나랑 연애 놀이 안 해줄 거잖아. 그럼 대신 전하에게……."

"말이 왜 그렇게 돼요!"

수아는 소리를 한 번 빽 지르고는 하르페니언에게 몸을 돌렸다.

"알, 괜찮아요?"

"음? 아……."

그는 그때까지도 망연히 굳어만 있다가 그 말에 간신히 시선을 그녀에게 내렸다. 그 시선은 경악보다는, 두려움에 가까워서.

"안 죽었어요. 저기 봐요, 뻔뻔하게 살아 있잖아요. 인간이 아니라서 저주 안 통한대요."

떠올려보면 그녀와 처음 닿았을 때도 이랬다. 경악도 있었지만 그녀를 보는 시선의 대부분을 차지하는 것은 공포였다. 그때는 이해하지 못했지만 지금은 알 것 같았다. 그는 이제까지 자신과 닿아서 죽는 이들만 보아오지 않았던가. 심지어 그의 어머니마저도.

순간 수아는 울컥했다. 그래, 저주가 안 통한다. 그거까진 좋다. 그럼 좀 더 안온한 방법으로 알려줄 수는 없는 건가. 더구나 잠깐 경황없던 순간이 지나가자 뭐라고 정의할 수 없는 감정도 그녀를 덮쳤다.

그러니까, 방금 저 남자가 알의 뺨에 키…… 키스를.

수아는 입술을 깨물면서 휙 소리가 날 정도로 세차게 몸을 돌렸다.

"이런."

하지만 수아가 채 뭐라고 하기도 전에 실바코프가 미간을 찌푸렸다. 동시에 하르페니언도 바위에 기대고 있던 있는 몸을 일으키며 수아를 자신의 품 안에 끌어당겼다. 조금 전 신경독이 흩뿌려진 그 주변 바닥에서 무언가 큰 것이 몇 개나 솟아올랐기 때문이다.

"칼렙들입니다. 일단 여기서 벗어나시죠."

하르페니언과 수아는 곧바로 마차의 마부석에 올랐고, 실바코프도 말에 올라탔다. 다행히 놈들이 그들을 인식하고 몸을 쭉 빼어 왔을 때는 이미 말도 마차도 출발한 후였다. 몬스터의 공격이 고맙게 느껴지기는 또 처음이었다.

"성별에 연연하는 건 인간의 선입견일 뿐이야. 물론 성별은 한 사람을 이루는 중요한 요소지만 그게 전부는 아니니까."

말만 들으면 매우 옳은 소리였다. 그러니까, 실바코프의 집적거림이 하르페니언에게 향해 있다는 뜻이 아니었다면 그녀도 좀 더 공감해줄 수 있을 터였다.

"시끄러워요."

"어이쿠, 무서워라. 왜, 편견이라도 있어? 사랑의 자유를 막을 권리 따윈 아가씨에게 없……."

"내 남자를 지킬 권리 정돈 있겠죠."

수아는 비로소 왜 그렇게나 하르페니언이 안절부절못했는지 확실히 이해할 수 있었다. 사실 하르페니언이 실바코프에게 넘어갈 확률을 계산하는 것만으로도 그에게 미안할 정도였다. 실바코프의 추근거림이 결코 진심이 아니라는 것 따위는 세 살짜리 어린아이라도 알 수 있다.

그런데도 이런 기분은, 도대체 뭘까.

단순히 실바코프의 「범위」 안에 들어갔다는 것만으로도 초조하고, 신경이 쓰이고 짜증이 났다. 둘이 대화를 나누는 것에 그래도 흐뭇하다고 생각했던 것이 순식간에 탐탁지 않아졌다. 성별과 종족과 세계가 다른 라이벌 따위는 결코 원한 적이 없는데.

"뭐, 그건 그렇지."

수아의 기세가 꽤 날카로웠는지, 실바코프는 그쯤에서 순순히 고개를 끄덕이며 물러났다.

그와 신경전 아닌 신경전을 벌인 수아는 작게 한숨을 내쉬며 하르페니언을 쪽을 바라보았다. 그는 별말 없이 칸의 고삐를 쥐고 앞을 보고 있을 뿐이었다.

닿아도 죽지 않는 걸 알게 된 지, 아니 정확히는 실바코프가 하르페니언에게 치근덕거리게 된 지 만 하루. 엘프는 저주받은 황태자에게 매우 거침없이 접근했다. 그나마 처음처럼 뺨에 입을 맞추는 식의 직접적인 행위는 없었다. 마차를 살펴보는 하르페니언에게 다가가 자연스럽게 어깨를 짚으면서 이야기를 한다든지 조금 더 나아가 머릿결이 부드럽네 어쩌네 하는 개수작을 하면서 나른한 눈길로 그의 머리카락을 쓰다듬는 정도였다.

하지만 그것만으로도 하르페니언은 흠칫하며 실바코프를 피했다. 몸이 경직되는 것이 수아에게도 보일 정도였다. 이제까지처럼 무시하거나 화를 내는 모습이 아닌, 당황해하며 어쩔 줄 몰라하는 모습이 마치…….

'마치 치한에게 어떻게 대처해야 할지 모르는 소녀 같잖아.'

그 표현을 떠올리자 정말로 골치가 아파졌다. 하르페니언의 저주가 통하지 않는 존재가 하나 더 있다는 사실에 대한 경악과, 앞으로 그가 실바코프에게 주의하지 않아도 된다는 기쁨 같은 건 이미 진즉 사라졌다. 아니, 애초에 정말 실바코프가 그를 위했다면 더 일찍 이야기해줬겠지. 그것도 좀 더 온건한 방식으로.

결국 그녀는 말 위에서 힐끗 수아 쪽을 쳐다보는 실바코프에게 톡 쏘아붙였다.

"뭘 봐요?"

"음? 이제는 보는 것도 문제가 되나, 아가씨?"

"시끄러워요."

물론 수아 스스로도 이게 시비라는 건 인지하고 있었지만 짜증이 나서 견딜 수가 없었다. 실바코프가 피식 웃었다.

"아무튼, 곧 영지에 도착인데……. 아가씨 심정은 알겠지만 좀 중요한 이야기를 해야겠는걸."

"뭔데요?"

"아가씨의 보호."

그 소리에 하르페니언마저 그쪽으로 시선을 돌렸다. 실바코프는 손짓으로 마차를 세우라는 신호를 보내며 자신도 그 자리에 멈췄다.

"요즘 좀 정신없잖습니까."

그 소리에는 완전히 동감이었다. 특히 어제. 사실 지금 분위기가 이런 건 실바코프의 난데없는 접촉 문제도 있었지만, 습격 문제가 더 컸다. 어제는 칼렙에게서 대충 벗어났다 싶었더니 얼마 가지 않아 또 몬스터 무리가 일행을 덮쳤다. 칼렙들까지 합하면 하루 동안 습격을 네 번이나 당한 셈이라, 조금 심해도 재수가 없다면 있을 수 있는 일의 범위를 완벽하게 넘어섰다.

거기에는 이제까지 조용하던 암살자 무리도 한몫했다. 애초에 이즈음에서 일행을 노린 것인지, 아니면 몬스터들이 습격하는 모습을 보고 기회를 잡았다 싶어 강행한 것인지는 모르겠지만 놈들은 새롭게 나타난 세 종의 몬스터 무리들을 해치운 직후에 덤벼왔다. 하르페니언의 표현을 빌리면 뜨내기들이었고, 따라서 피해를 입을 틈도 없이 순식간에 제압하긴 했다. 그러나 수아는 암살자라는 존재가 정말로 나타났다는 것 자체에 꽤 충격을 받았다. 암살자들이 쫓아오고 있다고 이야기만 듣는 것과 실제로 눈앞에서 보는 것은 완전히 다르니까.

그나마 하르페니언과 실바코프는 수아가 있어서인지 목숨까지 앗지는 않고 부상을 입힌 채 떠나는 것 정도로 마무리했다. 물론 몬스터들이 혹여 부상당한 암살자들에게 몰려들게 되면 무사하리란 보장은 없지만, 거기까지 신경 써줘야 할 이유 따윈 없었다.

어쨌건 하룻밤이 지난 오늘까지도 수아는 여러모로 머리가 혼란한 상태였다. 거기에 실바코프 문제까지. 더구나 오늘 오전에도 정말 당연하다는 듯 몬스터 무리와 부딪쳤다. 실제로 암살자나 몬스터의 상대는 두 남자가 하는 것이다 보니, 수아는 괜히 하는 일도 없이 지치는 기분이 들었다.

"조금 후면 영지에 도착하지 않습니까. 하지만 그곳이라고 안전할 거라는 보장은 없습니다. 전하와 제가 번갈아 아가씨 곁에 붙어 있을 수는 있겠지만 아무래도 빈틈이 생기겠죠. 그나마 저번 영지야 제가 그쪽 가신이었으니 체크가 더 수월했습니다만……."

"기억 조작을 할 수 있지 않나."

하르페니언의 말에 실바코프가 짧게 고개를 저었다.

"그 마법은 별로 좋은 방법이 아닙니다. 준비 시간을 아무리

짧게 잡아도 이삼일은 필요한데, 그동안 무작정 기다리고 계실 수도 없지 않습니까. 또 그런다 해도 완벽하게 아가씨를 보호할 수 있다는 보장도 없고요. 하나 생각한 방법이 있긴 합니다만, 전하가 반대하실 것 같고."

"뭐지?"

"제가 여자로 폴리모프를 해서 아가씨 하녀로……."

"기각."

하르페니언은 단호하게 그의 말을 끊었고, 수아는 눈을 동그랗게 떴다.

"어? 실바코프 씨, 여자로 변할 수도 있어요?"

"어려운 마법은 아냐."

수아는 저도 모르게 옆에 앉아 있는 하르페니언의 팔을 덥석 잡았다. 순간 여자로 변한 실바코프의 모습이 떠올라 오소소 소름이 끼쳤기 때문이었다. 하르페니언도 그걸 이해한다는 듯 그도 수아의 팔을 마주 잡았다.

"서, 설마…… 성별이 원래 없다거나 그런 건 아니죠?"

그다음으로 떠오른 모습은 신비한 은발 미녀의 모습을 한 실바코프가 하르페니언의 곁에서 추근덕거리고 있는 모습이었다. 남자여도 하르페니언에게 자꾸 저러는 것이 못마땅했는데, 만약 여자의 모습으로 저런다면? 반사적으로 하르페니언의 팔을 잡고 있는 손에 힘이 들어갔다.

실바코프는 희게 질린 수아의 얼굴을 보고 재미있다는 듯 입꼬리를 올렸다. 그 모습은 금방이라도 고개를 끄덕일 것 같았지만, 그는 이내 고개를 저었다.

"설마. 난 기본적으로 남성체야."

"진짜죠?"

"그래. 인간들이야 겉모습에 현혹되는 모양이지만, 우리야…… 흠, 인간으로 따지면 외형 변화는 그냥 옷을 갈아입는 느낌이야. 성별을 바꾸는 것 정도는 평소 입던 스타일의 옷이 아닌 좀 특이한 옷을 입는 식이지. 옷을 갈아입었다고 해서 그 사람이 바뀌는 건 아니잖아?"

그 비유는 이해가 쉬웠다. 동시에 안도감이 몰려왔지만, 그는 기어이 한마디를 더 덧붙였다.

"하긴, 내가 전하와 좀 가까운 사이가 되려면 역시 여성체로 있는 게 좋으……."

"안 돼요!"

수아는 반사적으로 목소리를 높였고, 그 반응에 실바코프는 크큭거리며 웃음을 터트렸다.

"와, 진짜. 아가씨 반응은 최고야. 그냥 처음부터 여성체로 변해서 접근할 걸 그랬나?"

확, 얼굴에 열이 올랐다. 수아는 진심으로 저 얼굴에 뭔가를 던져주고 싶다는 생각을 했다. 뭔가 이런 생각, 요즘 들어 자주

하는 것 같은데.

"수아."

동시에 갑자기 뒤로 몸이 끌려가는가 싶더니 금방 그녀의 몸이 하르페니언의 품 안에 안긴 형태가 됐다. 동시에 귓가에 그의 목소리가 소곤거리듯 들려왔다.

"그대 외의 사람에게, 내가 마음이 흔들릴 리 없지 않나."

다시 한 번 얼굴에 열이 올랐다. 방금과는 완전히 다른 의미였다.

"특히 저 엘프가 상대라는 건 너무해."

수아는 순간적으로 완전히 납득했다. 그건 그랬다.

수아가 작게 고개를 끄덕이자 하르페니언의 손이 그녀의 뺨을 한 번 쓰다듬는가 싶더니 턱을 잡아 부드럽게 그가 있는 쪽으로 고개를 돌리게 했다. 그리고 와 닿는 입술. 잠깐 수아는 무슨 일이 일어난 것인지 파악하지 못했다.

"자, 잠깐! 알!"

그녀가 깜짝 놀라 그를 밀어내자 하르페니언은 당황한 모습으로 그녀를 놓았다.

"수아?"

"다, 다른 사람 앞에서……!"

수아가 힐끗 실바코프를 보았다. 더구나 아무리 한적한 곳이라고 하지만 여기는 길 위다. 누가 언제 올지 모르는 곳인데.

"……그대는 정말 이상한 것에 신경을 써."

하르페니언은 납득하지 못한 기색이었지만, 어쨌거나 그의 접근 때문에 기겁한 것이 아니라는 것에 만족하는지 그녀를 다시 붙잡지 않았다.

"전하가 너무 신경을 안 쓰시는 것 같지만요."

실바코프는 여전히 재미있다는 투로 말하며 말에서 내렸다.

"어쨌건…… 그런 결과로, 영지에 들어가기 전에 아가씨에게 최소한의 보호 수단은 드려야겠다고 생각했습니다. 기억 조작 마법은 당장 무리지만, 방어마법은 가능하니까요."

"스크롤인가?"

"아뇨, 그게 아니라……. 아가씨, 지금 하고 있는 목걸이, 이즈벳이지? 잠깐 줘봐."

"네?"

수아는 깜짝 놀라 목걸이를 손으로 꽉 잡았다. 그 경계의 모습에 실바코프가 손을 저었다.

"아니, 나에게 달라는 게 아니고. 말 그대로 잠깐만 빌려달라는 거야."

"왜요?"

"주문을 좀 새기려고."

"주문을 새긴다고?"

그 말에 대한 반응은 수아가 아닌 하르페니언에게서 나왔다.

"넣는 것이 아니라?"

"아뇨, 말 그대로 새기는 거죠. 어라, 모르십니까? 지금도 주문이 걸린 장소는 있잖습니까?"

"마법진? 그건 대상이 넓으니까 가능하다고 들었는데. 그리고 한 번 걸린 마법을 계속 유지할 뿐, 발동을 조절할 수 있는 게 아니잖나."

"뭐, 지금이야 그렇겠습니다만. 조금만 있으면 가능해질 겁니다. 그리고 이 기술도요."

그는 싱긋 웃었다.

"지금이야 스크롤 정도죠? 그건 말 그대로 일회용 소비입니다. 마법을 「넣는다」기보다는 「가두는」 거라, 충격을 줘서 효과를 폭발시키는 원리죠. 충격을 준다는 건 보통 그 물체를 없애야 하는 거니 재료가 종이나 유리인 겁니다. 음, 그러고 보니 아직 후자까진 안 갔던가요?"

"유리?"

"네. 작게 휴대하기 편하니까요. 모르시는 걸 보니 아직 종이에 넣는 스크롤까지밖에 없나 보군요, 지금은."

수아는 그 말이 꽤 기묘하다고 생각했다. 저 엘프는, 이 세계가 「어떻게」 발전될 거라는 걸 이미 알고 있는 것이다. 하르페니언도 비슷한 생각을 했는지 잠깐 그런 그를 바라보다 말했다.

"그럼 주문을 새긴다는 건 일회용이 아니라는 거군."

"바로 그겁니다. 뭐, 마법진과 원리는 비슷하죠. 효과가 지속

되려면 주기적으로 마나를 보충해줘야 하는 것도 그렇고요."

그러면서 실바코프는 수아의 목에 걸린 이즈벳 목걸이를 가리켰다.

"물론 조건은 있습니다. 작은 물체에 마법을 억지로 집중시켜놓는 것이기 때문에, 스크롤과는 달리 오브젝트가 단단해야 합니다. 그래서 이전에도 보석, 아니면 단단하게 제련한 금속이 대상이 됐지요. 그런 의미에서 아가씨의 이즈벳 목걸이는 안성맞춤입니다."

거기까지 말해놓고 그는 약간 의아하다는 듯 살짝 한쪽 눈썹을 찡그렸다.

"그나저나 지금 시대에서 저렇게까지 가공된 이즈벳을 보게 될 줄은 몰랐습니다. 가공이 꽤 까다로울 텐데. 옛날에야 마법을 불어넣기 위한 용도로 전문적으로 가공하는 장인도 있었습니다만."

수아는 그 말에 자신의 이즈벳 목걸이를 새삼스레 내려다보았다. 이 목걸이를 판 상인도 거의 비슷한 말을 했었다.

"아무튼 딱 좋습니다. 저 이즈벳 정도면 쉽게 부서지지도 않을 테고, 마력도 제법 불어넣을 수 있을 겁니다."

실바코프는 다시 한 번 목걸이를 달라는 듯 손을 내밀었다. 수아는 그래도 바로 목걸이를 건네주지 못하고 하르페니언을 바라보았다. 하르페니언은 수아의 눈빛에 당황하면서도 고개를 살짝 끄덕였다. 수아는 그제야 목걸이를 벗어 실바코프에게 건네주었다.

"허, 참. 이게 무슨 국보라도 된답니까."

실바코프가 투덜거리며 목걸이를 받아 들었다.

"알이 준 거라서요."

수아가 변명하듯 중얼거렸다.

"아하. 아가씨도 보면 참 대단한 일편단심이란 말이야?"

실바코프는 키득거렸다. 그의 말에 왜인지는 몰라도 수아의 뺨이 다시 붉어졌다. 그다지 부끄러운 말이 아닌데도, 또 왜 이러지.

하르페니언을 힐끗 보니 그도 뭔가 부끄러운 듯 반사적으로 그녀의 시선을 피했다가, 곧 아차 싶었는지 다시 눈을 마주쳐왔다. 하지만 이번에는 수아가 그의 시선을 피해 눈을 내리깔았다.

"아무튼 약간 시간이 걸리니 좀 쉬어가죠. 길가에서 계속 이러고 있을 수는 없으니까요. 그사이에 말들도 쉬게 하고요."

주변이 한적한지라 쉴 자리는 금방 찾을 수 있었다. 하르페니언이 말과 마차를 돌보는 동안, 실바코프는 이즈벳 목걸이에 정신을 집중했다. 수아는 간만에 진지해 보이는 실바코프의 모습을 보며 방어마법이 어떤 걸까 생각해봤다. 필요할 때마다 자신이 주문이 외우면 발동하는 건가? 그럼 아무도 접근 못 하게 되나?

이내 하르페니언이 수아의 곁으로 돌아왔을 때, 실바코프는 소리 내어 뭔가 알아들을 수 없는 언어를 중얼거리기 시작했다. 동시에 이즈벳 목걸이가 환하게 빛났다.

"와."

수아는 감탄의 소리를 내뱉었다. 처음에는 하얀빛인가 했더니 이내 은은한 은색의 빛이 주위를 비췄기 때문이었다. 히히히힝. 거리가 가깝지 않음에도 말들이 깜짝 놀란 듯 울음소리를 내며 투레질을 했다.

이내 이즈벳 목걸이가 그 빛 한가운데로 두둥실 떠올라 확, 강한 빛을 냈다. 수아는 반사적으로 팔로 눈을 가렸다.

그리고 다음 순간 목걸이는 그녀의 손안에 있었다.

"어?"

당황하여 실바코프를 보자, 그는 몸이 뻐근한지 팔을 휘휘 젓고 있었다.

"아가씨, 그거 몸에서 떼지 마. 후아, 힘드네."

"다, 다 된 거예요?"

"응. 몇 번 정도는 아가씨를 지켜줄 거야."

"몇 번요? 어, 제가 이걸로 뭘 어떻게 하면 되죠?"

"음? 아가씨가 할 것은 없어. 그냥 일정 충격이 가해지는 걸 막는 거야. 굳이 몇 번이라고 한 건, 얼마만큼의 힘을 막았느냐에 따라 유효기간이 달라지거든. 검을 직접 몸으로 받는 상황에서는 잘해야 열 번? 진짜 위험한 상황에서는 아무래도 곤란하겠지만, 사실 그런 상황까지 가지 않게 해야 하는 게 전하와 내 일이니까."

그렇게 말해봤자 바로 이해할 수 있을 리가 없었다. 고개를 갸웃하는 수아에게 실바코프는 어깨를 한 번 으쓱했다.

"보여주는 게 빠르겠네. 전하, 잠깐 실험 좀 하겠습니다."

실바코프는 바닥에서 작은 돌을 집어 수아에게 튕겼다. 하르페니언이 반사적으로 그걸 막으려다 간신히 발을 멈췄다.

찡.

뭐라고 표현하기 어려운, 마치 전기장이 흐르는 것과 비슷한 소리가 났다. 그와 동시에 실바코프가 수아에게 던진 돌은 그녀의 몸에도 닿지 못한 채 뭔가에 막혀 바닥으로 힘없이 떨어졌다.

"이런 거야, 아가씨."

"어……라?"

수아는 눈을 두어 번 깜박였고, 그에 하르페니언이 대신 물었다.

"수아에게 충격은?"

"전혀 없습니다."

실바코프의 눈짓에 수아도 멍하니 고개를 끄덕였다.

"네, 전 아무렇지도 않아요. 뭔가 막혔다는 느낌도 없고……. 이게 어떻게 이러죠?"

눈으로 보지 못했다면 돌멩이가 자신에게 날아왔다는 것조차 알지 못했을 터였다. 실바코프는 만족스러운 듯 웃었다.

하르페니언이 알았다는 듯 고개를 끄덕였다.

"확실히 임시책은 되겠군."

그는 조심스레 그녀에게 손을 뻗었다. 그의 손은 아무런 방해도 받지 않고 수아의 어깨에 닿았다.

"일정 이상의 힘이 가해지는 접근을 막을 수 있게 한 거라, 그 정도로는 상관없습니다."

"일정 이상이라면, 어느 정도?"

"아가씨가 멍이 들 정도일까요? 뭐, 같은 힘이라고 해도 돌멩이를 맞으면 타박상으로 끝나겠지만 그게 날붙이라면 문제가 달라지니까요. 그래서 적당한 정도로 조절해놨습니다."

하르페니언은 조금 더 빠른 속도로 수아에게 손을 뻗었다. 마법은 발동하지 않았다. 그다음으로는 좀 더 빠르게. 이번에는 수아의 몸에 손이 닿지 않았지만 그가 의도적으로 중간에서 멈췄을 뿐 목걸이의 힘은 아니었다. 다음도 마찬가지였다.

"거 참, 아가씨가 무슨 깃털도 아니고 뭘 그리 조심조심."

보다 못한 실바코프가 한마디를 던졌다. 하지만 하르페니언의 손은 두 번을 더 시도하고서야 장벽을 불러낼 수 있었다.

"꽤 단단한데."

"뭐, 나름대로요."

"어느 정도까지 막을 수 있지?"

"음, 마력이 얼마 남았나에 따라 다를 겁니다. 한 번 정도야

집채만 한 바위가 날아와도 막을 테지만, 그다음 공격부터는 그게 뭐든 좀 힘들 겁니다. 반대로 화살 정도면 거의 열 번 정도까진 막을 수 있습니다만."

"물리적 공격에만 통용되나?"

"마법도 어느 정도는요."

그 소리를 들으며 수아는 이즈벳 목걸이를 슬쩍 들어 올려 보았다. 겉으로 봤을 때는 변한 것이 전혀 없어 보이는데. 수아는 신기한 마음에 목걸이를 이리저리 햇빛에 비춰보았지만 역시 달라 보이지는 않았다.

"일단 지금 쓴 마력은 보충해놔야겠군요. 아가씨, 잠시만."

이번에는 순순히 이즈벳 목걸이를 실바코프에게 건넸다. 그는 목걸이를 들고 뭔가를 중얼거렸다. 그 목소리가 조금 길게 이어진다 싶더니, 이내 그걸 수아가 아닌 하르페니언에게 넘겼다.

"음?"

"그걸 다시 아가씨께 건네주세요."

"네? 뭐가……."

일단 목걸이는 받아 들었지만 뭘 한 건지 알 수 없었다. 둘의 의아한 시선을 받은 실바코프가 순순히 대답했다.

"아까는 일정 이상의 「모든 충격」에서 아가씨를 보호하는 조건으로 마법을 걸었거든. 지금은 거기에 예외를 뒀어. 혹여나 급박한 상황 때 나나 전하의 접근까지 막으면 안 되잖아?"

"아, 하긴요."

확실히 그녀를 보호하려는 사람까지 막으면 문제가 될 것이다.

"그 말은……."

"전하나 저는 아가씨에게 아무리 강하게 다가가도 마법으로 막힐 일은 없다는 겁니다."

갑자기 실바코프가 입꼬리를 씨익 끌어 올렸다.

"어라, 무슨 생각하셨습니까, 전하?"

응? 그 말에 수아가 하르페니언 쪽으로 고개를 돌렸다. 그의 귀가 붉어져 있는 것이 보였다. 어라?

"이건 아가씨에 대한 다른 사람의 접근을 막고, 전하만 용납하는 마법이 아닌데요."

"잠깐, 그런 게……."

"귀까지 다 붉어지셨습니다만?"

그는 당황한 듯 확 고개를 돌리며 한 손으로 귀를 가렸다. 그 모습이 귀여워 수아는 슬며시 미소 지었다. 하지만 다음 순간 표정을 굳힐 수밖에 없었다. 실바코프가 하르페니언의 어깨에 손을 얹더니 매우 자연스럽게 나머지 한 손으로 그의 뺨을 쓰다듬으려고 한 것이다.

"역시, 아가씨도 그렇지만 전하도 꽤 귀엽……."

퍽! 경쾌한 타격음이 들린 다음 순간 실바코프가 으악, 하고 약간 과장된 비명을 지르며 다리를 움켜잡았다. 그러느라 당연히 하르페니언의 어깨에 둘렀던 손이 떨어졌다.

"함부로 접근하지 말라고 했죠!"

자기 남자에게 접근하는 남자의 정강이를 걷어찬 수아는 재빨리 두 남자 사이에 끼어들었다. 그러곤 한 번 더 힘껏 실바코프를 밀친 후 하르페니언을 보호하듯 등 뒤에 놓았다. 그녀는 한껏 미간을 찌푸리며 실바코프에게 으르렁거렸다.

"한 번만 더 이래 봐요!"

순진한 소녀, 아니 소년에게 접근하는 치한. 수아는 그 단어를 다시 떠올리며 눈앞의 남자를 힘껏 노려보았다. 처음 레흐크 영지를 나올 때와 매우 다른 의미로, 앞으로 갈 길이 깜깜했다.

그 뒤로 채 한 시간도 걸리지 않아 일행은 목적지인 에칸 영지에 도착했다. 오후가 되기 전에 도착해서인지 결국 오늘 조우한 몬스터들은 이른 오전의 한 번뿐이었다. 미리 연락을 받지 못한 영주는 거의 기절할 듯한 표정으로 황태자 일행을 맞았고, 그 여파는 작은 시골 영지이니만큼 레흐크 영지 방문 때보다 훨씬 심했다.

결론부터 말하면, 에칸 영지에서는 수아의 목걸이에 담긴 힘이 발동될 일이 없었다. 실바코프는 실바코프 이아스라는 가명과 수아의 호위마법사라는 것 외에는 다른 소개를 하지 않았지만, 영지 사람들은 그것만으로도 납득했다. 저주받은 황태자의 일행을 굳이 그 이상으로 궁금해하는 사람은 없었다. 하르페니언이 조사에 매진할 때 실바코프는 가급적 수아의 곁을 지켰고, 식사는 하르페니언과 할 때만 제외하고는 영주의 딸과 계속 함께했기에 특별히 무슨 장난을 쳐놓은 것 같지도 않았다. 물론 그것만으로 안심할 수는 없어 실바코프가 식당에 들어오는 모든 음식을 일일이 검사하긴 했지만 말이다.

에칸 영지에서는 도착한 날까지 합쳐 모두 나흘을 머물렀는데, 생각 외로 굉장히 평화로운 나날이었다. 크게 빈곤해 보이지는 않았지만 그렇다고 부유한 것도 아닌 이 영지는 주로 곡물재배를 해 살아가고 있었다. 한마디로 대부분이 농사꾼. 사실 이런 곳의 영주라면 대부분 권력 다툼과는 연이 없었고, 영지에 따라 정말 먹고살기도 힘든 경우가 상당수 있었다.

에칸 남작은 후자까진 아니었지만 평생 황족을 이렇게나 가까이서 볼 수 있으리라 생각한 측도 아니었다. 그래서 하르페니언이나 수아 앞에서는 그야말로 정신없을 만큼 허둥댔다. 하지만 그만큼 수아의 긴장이 풀렸기에 오히려 마음이 편한 면도 있었다. 남작 영애 또한 하르페니언은 무서워했지만 그 저주가 통하지 않는 수아는 마치 성녀를 보듯 눈을 반짝거리며 바라봤다. 남작 영애인 「아가씨」가 그러니 다른 고용인들의 태도도 반반이었다. 레흐크 영지에서처럼 그 시선에 공포를 담은 이들도 있긴 했지만 그보다 더 많은 이들이 존경을 담아 그녀를 대했다. 그건 꽤 신기한 기분이었다.

그렇게 나흘의 시간은 느리고도 조용히 흘러갔다. 이번에도 하르페니언은 최대한 빨리 떠나기 위해 서류를 검토하고 직접 주변을 돌았기 때문에 수아와 함께 있는 시간은 적었지만, 저번 레흐크 영지 때와는 달리 하루 두 번은 반드시 얼굴을 마주했다. 영지를 나간다 해도 반드시 그날 안에 돌아왔고 식사 중 한 번은 반드시 함께했다. 어차피 몬스터에 패턴은 없다는 걸 확신한 후라, 주로 나타나는 빈도나 상황에 맞춰 조사하는 방향으로 방침을 바꿨기에 가능한 일이었다.

어느 정도 조사가 끝나자 일행은 곧바로 영지를 나왔다. 남작 영애는 수아가 가는 걸 무려 아쉬워하기까지 했다. 처음 여러모로 긴장했던 것과는 달리 오히려 휴식이 될 만큼 평안한 시간들이었다.

단지 조사 자체는 그다지 의미 있는 일이 아니었던 모양이다.

"앞으로는 굳이 영지에 들를 필요도 없겠군."

영지를 나서고 얼마 지나지 않아, 하르페니언이 마부석에서 고삐를 잡은 채 작게 한숨을 내쉬었다. 그 옆에서 경보로 말을 몰고 있던 실바코프가 그 소리를 받아 물었다.

"그 정도입니까?"

"그래. 건질 수 있는 정보가 얼마 없다. 어차피 영지의 정보는 보고가 올라오게 되어 있고, 내가 한 건 원인 파악이라기보다는 현황 파악이 중심이었으니. 이제 나머지는 실질적으로 조사해야지. 어느 포인트로 봐야 하는지도 대충 감이 잡혔고."

"그럼 어느 쪽으로?"

"외곽을 중심으로 제국을 한 바퀴 돈다. 야영을 최소화하려면 아마 마을과 마을을 이으며 가게 되겠지."

"괜찮네요, 그거. 그럼 오늘은?"

"저녁 전에 이너스라는 마을에 도착할 테니, 그때 지도를 보지. 혹시 경로 변경을 원하면 그때 말하도록."

"아뇨, 뭐. 전 어디까지나 전하와 아가씨를 따라다니는 입장인데요. 그건 제가 아니라 아가씨에게 말씀하셔야 하는 거 아닙니까?"

하르페니언의 옆에서 대화를 듣던 수아는 그 소리에 순간 당황했다.

"네? 하지만 전 이곳 지리는 전혀 모르는데요."

"그래도 지도를 보면 뭔가 느껴지는 곳이 있을지도 모르잖아?"

"하긴 그렇군."

하르페니언까지 고개를 끄덕이자 수아는 별로 소용없을 거라는 생각을 굳이 입 밖으로 내진 않았다.

하지만 그날 저녁 들어간 여관에서 하르페니언이 책상에 펼친

지도를 본 수아는 그만 어느 한 곳에 시선이 박히고 말았다.

"지금 이곳이 우리가 있는 마을이야."

하르페니언이 가지고 있는 지도는 생각보다 꽤 크고, 또 세세했다. 수아는 그의 손가락이 가리키는 「이너스」라는 지명을 보았다.

"그리고 이 방향으로 한 바퀴를 돌 생각이고."

그의 손이 빙글, 원을 그렸다. 제국을 한 바퀴 도는 원이었다. 하지만 수아의 시선은 다시 아까의 지명으로 되돌아갔다. 아주 작은 글씨였고 특별히 눈에 들어오는 모양도 아니었다. 위치도 굉장히 구석으로, 하르페니언이 가지고 있는 정도의 세세한 지도가 아니었다면 표시되어 있지도 않았을 터였다.

"레틴……."

수아는 그 지명을 작게 중얼거렸다. 어째서일까. 처음 보는 지명인데, 왜…….

"가고 싶나?"

"네?"

"레틴 마을."

그 순간 수아는 작게 아, 하고 탄성을 내뱉었다.

"설마 여기……."

"그래, 내가 그대와 처음 만난 마을이지."

하르페니언이 고개를 끄덕였다. 당시에는 마을 이름 같은 건 몰랐지만, 나중에 그와 재회하고 나서 이름을 몇 번 들어본 적이 있었다. 제대로 기억하지는 못했어도 머리에는 남아 있었던 모양이다.

"이렇게 구석이네요……."

그러고 보니 다른 곳에 들르지 않고 곧바로 수도로 향했을 텐데도 꽤 시간이 걸렸었다. 이제까지는 단 한 번도 궁금하지 않았던 곳인데, 막상 떠올리니 뭔가 아련한 그리움이 몰려왔다.

"네, 가보고 싶어요."

당시의 느낌이 한꺼번에 살아나는 것 같았다. 뭘 어떻게 해야 할지 몰랐다. 엄마와 아빠가 너무나도 보고 싶었다. 그녀가 온 세계에 돌아갈 수만 있다면 뭐든지 할 수 있다고 생각했었다.

"수아."

"네?"

하르페니언이 걱정스럽게 그녀의 이름을 부르고 나서야, 수아는 자신이 울고 있다는 걸 깨달았다. 그가 조심스레 손을 뻗어 그녀의 흐르는 눈물을 닦아주었다. 그 부드러운 손길에, 어째서인지 눈물이 더욱더 쏟아져 내렸다.

"……돌아가고 싶나."

전에도 몇 번인가 물었던 질문이었다. 하지만 지금 그 질문은 좀 더 폐부를 찔러왔다.

그리웠다. 저쪽 세계의 모든 것이, 가족들이, 그녀가 살아왔던 그 공기가.

"모르……겠어요."

그러나 이번에도 그렇게 대답할 수밖에 없었다. 마음을 숨기는 것이 아니라, 이런 상황에도 그렇게 생각할 수밖에 없어서. 물론 돌아가고야 싶었다. 하지만 정말로 갈 수 있을까? 하르페니언을 놔두고, 혼자서? 그렇지만 그녀의 세계로 가는 길을 정말로 찾는다면, 돌아가지 않을 수 있을까?

그 상황을 상상만 했는데도 가슴이 아려왔다.

"그냥 보고 싶어요. 엄마도, 아빠도, 동생들도……. 친구들도요."

수아는 억지로 빙긋 미소 지었다. 아직 채 떨어지지 못한 눈물이 뺨으로 흘러, 아직 그녀에게 머물고 있던 하르페니언의 손등 위로 떨어졌다.

"그렇지만, 어차피 두 번 다시 돌아갈 수 없는 곳인걸요. 어쩔 수 없죠."

아니, 알고 있다. 시우가 한 말, 실바코프가 한 말. 돌아갈 기회는 아마 있을 것이었다.

그렇지만…….

"미안."

그가 그녀를 자신 쪽으로 끌어당겼다. 조심스러운 포옹이었다.

"뭐예요, 알이 왜 또 사과해요?"

"난 그대에게 해줄 수 있는 게 없군."

그 말에, 이번에는 진심으로 미소 지을 수 있었다.

"말도 안 돼요. 이미 충분한걸요."

수아는 그의 품 안에 몸을 기댔다.

"알은, 저에게 있을 곳을 만들어줬으니까요……."

하르페니언은 대답 대신 그런 그녀를 조금 더 힘주어 끌어안았다.

아마, 좀 더 좋은 분위기가 되었을 터였다. 방해꾼이 끼어들지만 않았다면.

"그래서 레틴으로 가실 겁니까?"

하르페니언과 수아는 잠깐 잊었던 실바코프의 존재를 재인식했다. 애초에 하르페니언과 수아가 묵는 방에서 지도를 펴고 셋이 함께 일정을 논의하던 중이었다. 수아가 당황하며 하르페니언의 품 안에서 빠져나왔고, 하르페니언은 잠깐 못마땅하다는 표정을 지었지만 순순히 실바코프의 말에 대답해주었다.

"수아가 가고 싶다니, 당연히."

"그…… 일정은 괜찮은 거예요?"

"그거야 상관없어. 방향만 조금 바뀌는 것뿐이니까."

하르페니언이 지도 쪽으로 시선을 돌렸다.

"다만 거리가 좀 있어서 곧바로는 불가능해. 일직선으로 달리면 사흘 정도겠지만…… 이렇게 가면."

하르페니언이 지도 위에 있는 마을 중심으로 손을 움직였다.

"일주일 정도."

"이 루트 정도면 적당할 것 같습니다만……. 아가씨, 혹시 서둘러 가야 한다는 느낌이나 그런 게 있어?"

"네? 아뇨. 그런 건 아니에요. 어, 그냥 그리워서 가보고 싶은 거라…… 단서 같은 걸 찾을 수 있을지는……."

"부담 가질 필요는 없어. 어차피 그대가 말하지 않았더라도 언젠가 들를 장소였을 테니."

"그래요?"

"돌아다니다 보면 아마도……. 음, 내일이면 그대가 이곳에 온 지 정확히 1년이군."

"아, 그러네요. 아가씨가 온 게 대충 한여름쯤이었으니. 그나저나 전하, 날짜까지 정확히 기억하고 계시는군요?"

"당연하지 않나."

아칸 영지에 있는 사이 푸른 여름 첫째 달은 푸른 여름 둘째 달로 날이 바뀌었다. 벌써 3일이구나. 실바코프가 희미하게 미소를 지었다.

"내년 이쯤에는 전하가 황궁에 있었으면 좋겠군요."

웬일인지 실바코프가 그런 소리를 했다. 수아와 하르페니언은 그 말에 조용히 고개를 끄덕였다. 정말로, 부디 그럴 수 있기를.

몬스터들의 습격 횟수가 부쩍 늘어났다. 그 뒤 암살자들의 습격은 없었던 것이 다행이라면 다행이지만, 최소 하루 세 번은 계속 몬스터 무리와 마주쳤으니 다른 의미로 심각한 상황이었다. 수아도 계속 하르페니언의 옆자리인 마부석을 고집하다가, 요즘은 상황에 따라 마차에 들어가 이동할 때도 있을 정도였다.

"뭔가…… 전이 조금씩 몬스터 수가 늘어난 느낌이라면."

실바코프가 미간을 찌푸렸다.

"갑자기 거의 수직으로 올라간 느낌입니다. 여기가 아무리 외곽이라고는 해도 좀 심하군요. 중앙은 어떨까요?"

"글쎄. 이곳에서만 증가했을 리는 없을 테니 다른 곳도 마찬가지겠지. 루펜에게 연락을 취해놨으니 곧 통계를 받을 수 있을 거다."

"와, 역시 전하는 꼼꼼하시다니까요. 그 모습에 제 가슴이 참 두근……."

"거기까지."

그 단호한 소리에, 실바코프는 혀를 찼다.

"쳇, 재미없게. 처음 부끄러워하는 모습이 재밌었는데 말입니다?"

하르페니언은 그를 찌릿 노려봤지만 그 이상으로 반응하진 않았다. 실바코프가 과장스럽게 한숨을 쉬었다.

아칸 영지를 지나오면서 가장 크게 바뀐 것이 있다면 실바코프를 대하는 하르페니언의 태도였다. 아니, 오히려 처음대로 돌아왔다고 할 수 있었다. 실바코프가 하르페니언에게 집적거리기 시작할 때는 당황스러워서인지 뻣뻣하게 경직돼 허둥대는 것이 눈에 띌 정도였건만, 지금은 자연스럽게 그를 커트하기 시작했으니까. 덕분에 수아도 조금 마음을 놓을 수 있었다. 더구나 실바코프를 죽이지 않기 위해 안전거리를 따로 두지 않아도 된다는 사실에도 슬슬 적응해서, 일행의 분위기는 그 어느 때보다 좋긴 했다. 물론 몬스터만 이렇게 시도 때도 없이 튀어나오지 않는다면 더 완벽했겠지만 말이다.

그다음으로 변한 것이 있다면 하르페니언이 어깨 문양을 달았다는 것 정도였다. 그다지 유명한 길드의 것은 아니었지만 어쨌거나 1급 문양으로, 하르페니언이 전에 시험을 통과해 얻어 놓은 진문양이었다. 문양 자체에 위조마법이 걸려 있어 가문양을 만들기도 쉽지 않지만, 만약 성공해 가문양을 달았다 하더라도 걸리게 되면 사형까지도 갈 수 있는 중범죄다. 문양 자체가 중요하기에, 길드 자체의 문제에서 끝나는 게 아니라 나라에서도 적극적으로 관리하기 때문이다.

하지만 수아는 그 모습에 꽤 당황했다. 물론 이런 상세한 사항까진 알지 못했기에 위조 문양일까 하고 놀란 것은 아니었다. 그저 이너스 마을에서 하루 묵은 다음 날 아침, 하르페니언이 어깨에 무려 바느질이 된 문양을 달고 있었기 때문이다. 심지어 그 이음새는 서툰 솜씨의 결과물이 절대 아니었다.

같은 방에 있었음에도 그걸 알아채지 못했다는 것에서 한 번, 그리고 그가 바느질에 익숙하다는 걸 깨달은 것에서 두 번. 입을 벌리는 수아에게 하르페니언은 쑥스러운 듯 고개를 돌렸다. 생각해보면 계속 혼자 다녔을 테니 이런 실용적인 바느질 정도야 당연히 할 수 있겠지만……. 어쩌면 그녀보다 솜씨가 좋은 것이 아닐까 하고 수아는 심각하게 고민해야 했다.

그 외에는 별다른 특이사항이 없는 여정이었다. 전투가 자주 일어난다고는 하지만 부상을 입은 이도 없었고, 수아의 목걸이 또한 여전히 발동할 일이 없었다. 야영이 한 번 있긴 했지만 실바코프의 마법 덕에 굉장히 안온한 밤을 보냈을 뿐이다.

그리고 오늘, 예정대로라면 레틴 마을에 도착할 것이었다. 실바코프는 말에 탄 채로 서쪽으로 많이 기울어진 태양과 간이 지도를 번갈아 바라보았다.

"다행히 밝을 때에는 도착하겠군요. 아, 혹시 거기 여관은 있습니까?"

"하나 있었어요."

하르페니언에게 하는 질문을, 수아가 도중에 답했다.

"그래? 의외네."

"생각해보니까 그러네요."

수아는 여기까지 오면서 마을에 여관이 없을 수도 있다는 걸 알았다. 영지 한 곳, 마을 세 곳을 지나왔지만 그중 두 개의 마을에 여관이 없었다.

그런 마을에서는 적당한 사람의 집에 사례를 주고 묵는, 소위 민박을 했다. 하긴 여행자가 거의 지나지 않는다면 굳이 여관이라는 장소가 필요하지도 않으리라.

"그냥 모임 장소에 가까워 보이더군. 방 자체도 대부분 마을 사람들이 눈을 붙이는 용도로 쓰는 것 같았으니."

"아하, 마을회관 같은 곳입니까."

"본디 몬스터의 피해가 많았던 마을이니 모일 곳이 필요했겠지. 마을 숲에 중급 몬스터까지 출몰한 곳이니."

그 소리에 실바코프는 조금 놀라는 듯했다.

"어라? 요즘 같은 시기에, 마을 근처에서요? 거기 무슨 던전이라도 있답니까?"

"글쎄, 일단은 평범한 숲이었지만."

사실 요즘은 기존 몬스터 등급이 소용이 없었다. 사람이 살 수 있는 곳에서 돌아다니는 몬스터는 대부분 하급이었기 때문이다. 신마전쟁이 끝난 직후였다면 모를까, 지금은 일부러 찾아가지 않는 한 중급 이상의 몬스터들은 만나기도 힘들었다. 물론 가끔 예외는 있다지만 흔한 일은 아니라, 아예 몬스터 등급을 다시 나누자는 의견도 있을 정도였다.

"흐흠, 그럼 지금은 어떻게 되었으려나요."

"1년 전, 몬스터의 상당수는 내가 퇴치했지만."

"그럼 상식적으로 생각해보자면 그 수가 확 줄어들었어야 하겠군요."

그는 어깨를 으쓱였다.

"일단 직접 확인해보죠. 저기 보이는군요."

그의 말대로 저 멀리, 작은 마을의 모습이 보였다. 레틴 마을이었다.

레틴 마을은 전혀 변한 것이 없었다. 중세의 시골 마을을 그대로 옮겨놓은 것 같은 느낌을 주는 매우 한적하고 평화로워 보이는 분위기였다. 다만 수아의 기억보다 훨씬 초라하고 낡은 마을이었다. 하늘색, 주황색 등 그렇게나 이상하다고 생각한 사람들의 눈이나 머리카락 색도 이제는 굉장히 평범해 보였다.

당시에는 영화 속에 들어온 것 같다는 생각까지 했었는데.

하르페니언이 아직 여관 위치를 기억하고 있기에 딱히 길을 물을 필요도 없이 바로 그쪽으로 향했지만, 드문 방문자에게 사람들의 시선이 모여들었다.

"전사님?"

그리고 그중에는 하르페니언을 알아보는 사람이 있었다.

"그때 그 전사님이셔!"

"촌장님 좀 모셔와!"

실바코프가 길게 휘파람을 불었다.

"오, 꽤 열렬한 반응이네요."

"좋은 분위기는 아니군."

하르페니언이 낮게 말했다.

그를 알아보고 술렁거리는 것까지는 그렇다 치는데, 그 모습이 상당히 다급했다. 옛날 은인을 환대한다기보다 당장 이 마을에 필요한 이가 온 것과 같이. 더구나 마을 자체의 느낌도 전보다 더 가라앉아 있었다.

"흐흠."

"일단 방부터 잡고 촌장을 보러 가야겠군."

작은 마을이었기에 여관에는 금방 도착했다. 여관 주인 또한 그들을 알아보며 반색했다. 방은 당연히도 남아 있었지만 문제는 큰 방이 없다는 점이었다. 총 다섯 개밖에 없는 방은 모두 1인용이었다.

"여럿 잘 일이 있으면 1층 테이블을 치우기도 합니다만……."

1층은 식당이다. 하지만 아무래도 외부 사람이 오는 일이 별로 없다 보니 넓은 공간이 필요하면 식당의 테이블을 한쪽으로 밀고 모포와 이불을 가지고 모여 자기도 하는 모양이었다. 물론 수아를 그렇게 재울 수는 없었기에 하르페니언은 고개를 저었다.

"그럼 방을 두 개로 하고, 따로 모포를……."

"아뇨, 세 개요."

수아가 끼어들었다.

"수아."

"바로 옆방으로 하면 되잖아요? 지금은 저도 목걸이가 있고요."

수아의 말이 맞긴 했다. 본디 한방에서 지낸 것은 혹시나 모를 급박한 상황에서 그녀를 보호하기 위해서였다. 하르페니언이 바로 옆방에 수아를 해하러 침입한 이의 기척을 읽어내지 못할 리는 없으니, 사실 목걸이에 마법을 넣어 시간을 벌 수 있게 된 순간부터는 굳이 한방에서 지낼 필요가 없어진 셈이었다.

"알, 바닥에서 자려고 그랬죠? 안 돼요. 나무 바닥은 냉기가 올라온단 말이에요."

같은 침대에서 잘 수는 없으니 하르페니언이 택하려는 방법이야 뻔했다. 다른 방에서 침대를 끌어올 수 있을 정도로 방이 크지도 않았고.

"아가씨 말대로 하시죠, 전하. 어차피 목걸이가 발동되면 저도 바로 알 수 있습니다. 어설프게 바닥에서 주무셨다가 감기라도 걸리시면 어쩌려고 그러십니까?"

물론 야영을 밥 먹듯 하던 하르페니언이 겨우 바닥에서 한 번 잔다고 컨디션이 그 정도로 하락할 일은 없겠지만, 어쨌거나 굳이 수아와 한방을 써야 할 이유가 없는 건 맞았다. 하르페니언은 군이 실바코프에게 대꾸하지 않고 결국 방 세 개를 빌렸다.

수아는 열쇠를 받아 들고 2층으로 올라갔다. 방 개수도 적고, 그들 외에 딱히 손님은 없는 모양이니 전과 같은 방이라는 것이 이상하지 않았다.

2호.

그때는 알 수 없는 문자가 적혀 있다고만 생각했는데, 지금 보니 방 번호였다. 수아는 그 글씨를 잠깐 보다가 피식 웃고는 방 안으로 들어갔다.

방은 여전히 단출했다. 침대와 두 칸짜리 서랍장, 작은 테이블과 의자만으로 거의 꽉 찬 작은 방. 여전히 퀴퀴한 먼지 냄새가 났고 반쯤 열린 나무 창문으로 햇빛이 어설프게 들어오고 있었다. 방 한구석에 늘어져 있는 저 천 뒤에는 배수시설이 있는 욕실 문이 있겠지.

수아는 방을 한 바퀴 돌아 살피고는 침대에 앉았다. 이 세계의 생활을 시작한 곳에 다시 돌아온다는 건 참 기분이 묘한 일이었다.

그때 노크 소리가 들렸다.

"알?"

하지만 문밖에 있는 건 의외로 실바코프였다. 그는 수아의 방에 들어와 문을 닫았다.

"어라, 알은요?"

"아, 전하는 촌장과 이야기 중. 촌장이 여기까지 달려왔더군."

"그래요?"

"응. 아무래도 생각보다 심각한 모양이야, 이 마을 상황."

"몬스터 수가 늘어난 거예요?"

"여기 사람들 반응을 보면, 아마 그렇겠지? 그나저나 지금 피곤해, 아가씨?"

"네? 별로요. 왜요?"

"촌장이 오기 전에 전하랑 잠깐 이야기해봤는데, 오늘 해 지기 전에 잠깐 숲에 다녀오면 어떨까 싶어서."

"오늘요?"

"응. 별로 서두를 필요도 없긴 한데, 그냥 전하가 이 마을에 오래 있고 싶진 않은가 봐."

"어……."

수아는 눈을 깜박였다.

"설마, 알 여기 오는 거 별로 안 내켜했어요?"

"글쎄? 티는 안 내시긴 했지만 아무래도 그러시지 않았을까."

확실히, 별로 깊게 생각을 안 해봤지만 그럴 수도 있겠구나 싶었다. 새삼 미안해졌다. 그런 거라면 굳이 여기까지 오지 않아도 됐는데. 그 표정을 본 실바코프가 고개를 저었다.

"전하 성격으로 짐작해보자면, 아마 다른 곳 다 돌아다니다가 거의 기간 다 돼서 여기 들렀을걸. 어차피 여기 올 거였다면 빨리 끝내버리는 게 낫지."

"음, 그랬을까요?"

"그래. 뭔가 단서가 있을 거면 조금이라도 더 빨리 발견하면 좋고, 아니면 아닌 대로 다른 장소를 더 가볼 수 있을 거고. 그래서 오늘 괜찮을 것 같아?"

"아, 네. 뭐 저야 한 것도 없고……. 오전에는 혹시 모른다고 내내 마차 안에 있었잖아요. 멀쩡해요."

"그래. 그럼 오늘 가보는 걸로……."

그때 노크도 없이 문이 벌컥 열렸다. 하르페니언이었다. 아마 실바코프의 목소리가 들리는 걸 듣고 곧바로 문을 연 모양이었다.

"아, 오셨습니까. 그래, 촌장은 뭐랍니까?"

하르페니언은 잠깐 언짢은 표정으로 그를 쳐다보다 대답했다.

"몬스터 퇴치 의뢰를 받았다."

"역시입니까?"

"그래, 몬스터의 수가 오히려 더 늘어났다더군."

과거 제대로 된 보수도 받지 않고 몬스터를 퇴치해 마을을 구해준 은인. 그리고 문양이 없이 떠돌이 전사로 보였던 그때와는 달리 지금은 제대로 된 문양까지 단 전사. 사람들이 안도하며 이것저것 부탁한다고 해도 이상할 건 없으리라.

"어떻게 된 건지 살피긴 해야겠지만……."

힐끗, 그의 시선이 수아에게 와 닿는 순간 그녀는 그가 무슨 말을 할 예정인지 깨달았다. 그래서 그보다 선수 쳐 입을 열었다.

"따라갈 거예요."

"수아."

역시 그녀를 놓고 가려는 모양이었는지, 그는 곤란해하며 그녀의 이름을 불렀다. 하지만 이번에는 수아도 고집스럽게 말했다.

"저도 제가 온 곳은 다시 보고 싶어요. 혹시 너무 위험해질 거 같으면 중간에 나오면 되잖아요?"

처음부터 이 마을에 오지 않았다면 모를까, 이미 온 이상은 양보할 수가 없었다. 더구나 실바코프의 말대로 뭔가 발견할 수 있을지 누가 아는가. 발견하지 못하면 못 한 대로 갈무리를 지을 수 있을 것이다.

하르페니언은 망설이는 듯했지만 실바코프가 그 옆에서 수아의 말을 거들었다.

"아가씨의 말이 맞습니다. 뭐, 저도 있고. 정 안 되면 돌아오면 되죠."

결국 그는 고개를 끄덕이는 수밖에 없었다.

확실히 숲에는 눈에 띌 정도로 몬스터들이 늘어나 있었다.

"이거 만만찮은데요?"

실바코프가 투덜거리며 눈앞에 덮쳐온 몬스터를 마법으로 갈랐다. 두 발로 선 바퀴벌레처럼 생긴 놈이 진회색 체액을 내뿜으며 반으로 갈라져 바닥으로 떨어져 내렸다. 수아는 바들바들 떠는 다리를 보고 하얗게 질린 얼굴을 돌렸다. 그냥 하르페니언 말을 들을 걸 그랬나.

"그냥 많은 수준이 아닙니다만."

"확실히."

하르페니언도 놀고 있지만은 않았다. 그는 실바코프의 말에 동의하며 앞에서 날아오는 커다란 무당벌레 같은 놈들을 몇 마리나 베어냈다. 수아는 하르페니언 등 뒤에서 움찔 몸을 떨었다. 왜 하필, 이번에는 죄다 벌레 같은 놈들뿐일까?

정말 다채로운 몬스터 퍼레이드였다. 이제까지 이 세계에서 본 것보다 이 숲에서 본 몬스터들의 종류가 더 많았다.

"여기 원래 이랬습니까?"

한바탕 놈들을 베어내고 잠시 숨을 고르며 실바코프가 하르페니언에게 물었다.

"이거 웬만한 던전보다 더 심한 것 같은데요. 이게 평범한 숲이라고요?"

"전에는 이 정도까진 아니었다."

"하긴…… 그랬으면 처음부터 저 마을이 생기지도 않았겠죠.

갑자기 이따위로 늘어났다는 소린데, 촌장이 울상을 짓는 것도 이해가 가는군요. 몬스터 수가 전국적으로 늘어났다는 걸 가정한다 하더라도, 여기는 지나칠 정도로 심각한데요."

"그렇지 않아도 마을을 이전하는 문제까지 고민하고 있더군."

"그럴 만하죠. 그나저나 여기는 보호 영지도 없답니까?"

보통 마을에는 세금을 거둬가는 대신 안전을 책임져주는 영주가 있는 법이다. 물론 세금만 뜯어가면서 나 몰라라 하는 악덕 영주도 꽤 있었지만, 이렇게까지 심각해졌다면 형식상 병사 몇이라도 보내줬을 터였다.

"없다더군. 마을의 시작 자체가 세금을 내지 못해 도망친 사람들이 모인 곳이기도 하고."

물론 그렇다 하더라도 근방 영주들이 이 마을 자체를 파악하지 못했을 리는 없다. 그럼에도 보호령이 되지 않았다는 건, 그 영주들이 세금을 제대로 걷어가지 못할 수준의 마을이라고 판단했다는 뜻이었다.

"아무튼…… 아가씨, 어때?"

"네?"

"힘들면 이쯤에서 돌아가고. 내일도 있으니까."

이 숲에 들어온 지 채 한 시간도 되지 않았는데 두 남자가 몬스터를 도대체 얼마나 베어버렸는지도 알 수 없었다. 한 무리니 두 무리니 하고 세는 건 그나마 시간이라도 두고 들이닥칠 때나

가능한 여유라는 것을 깨달았다.

"음, 알. 제가 온 곳까지 얼마나 걸려요?"

"거리로는 그렇게 멀지 않지만…… 30분 정도? 하지만 몬스터들 때문에 좀 더 걸릴 거야."

하르페니언이 닦은 칼을 검집에 넣으며 답했다. 수아는 고개를 갸웃거렸다.

"그럼 그냥 가는 게 낫지 않아요? 내일 다시 오려면 더 힘든 거잖아요?"

"그건 그렇지만. 그럼 조금만 더 가볼까요, 전하?"

그 의견에는 하르페니언도 별다른 이견을 달지 않고 고개를 끄덕였다. 솔직히 몬스터 수가 많을 뿐, 실질적으로 수아에게 위협을 끼칠 만한 몬스터가 없다는 것도 그에 한몫했다. 중급 몬스터는 보이지 않았고, 하급 중에서도 그다지 강하지 않은 놈이 대부분이었다.

"그나저나 몬스터 생성 조건에도 맞지 않는데 왜 이렇게 떼로 생겨난 걸까요……. 중급 몬스터 때문에 몰려든 것도 아닐 텐데."

실바코프가 한숨을 내쉬었다.

"잠깐."

"네?"

"몬스터가 생겨나는 데 조건이 있다는 건가?"

"네? 그건 당연히……가 아니군요. 그러고 보니 지금은 아직 모를 시기던가요?"

실바코프는 잠깐 쉬자는 듯 손짓으로 근처의 바위를 가리켰다. 셋 다 바위에 각자 걸터앉아 물통을 꺼냈다. 숲 안은 상당히 서늘함에도 계속 움직여서인지 다들 상당히 땀이 차 있었다.

"지금 시기에는 몬스터가 어떻게 생긴다고 알려져 있습니까?"

주어와 시제가 맞지 않는 묘한 말로, 실바코프가 물었다.

"생식은 하지 않으니 자가분열 정도가 아닐까 하는 학설이 우세하더군."

"뭐, 아주 틀린 말은 아니지만 맞는 말도 아니군요. 몬스터는 기본적으로 혼돈의 힘이 뭉쳐져 태어나는 존재입니다. 신의 힘과 정반대인 힘의 집약체라고 할까요. 그렇다고 악마의 힘인 거냐……는 건 또 아니죠. 하긴 이 세계에는 마신(魔神)이라는 개념이 없으니 설명하기가 애매하긴 하군요."

"마신?"

생소함을 넘어 이상하기 짝이 없는 단어였다. 그에게 악마와 신은 당연히 반대말이며, 하물며 그걸 합한다는 건 말이 되지 않았다. 하지만 하르페니언이 더 물을 틈도 없이 실바코프는 말을 이었다.

"쉽게 결론만 말하면, 몬스터는 질서와 반대되는 무규칙이 뭉쳐 나온단 소립니다. 상급이나 중급 몬스터 곁에 하급 몬스터가 모이는 것도 바로 이 때문입니다. 힘이란 뭉치는 성질이 있으니까요. 그래서…… 이크."

실바코프는 지금의 학자들이 머리를 쥐어뜯으며 밝혀내려고 하는 몬스터 생성 원리에 대해 아무렇지도 않게 설명을 하며 뻗어오는 나뭇가지를, 정확히는 나무로 위장하고 있던 식물 몬스터의 촉수를 피했다.

"자연발생설을 주장하는 학자들도 있다만, 그들의 이론이 맞다는 건가?"

하르페니언이 한 호흡에 그것을 베어 넘기며 물었다.

"크게 보면 그게 맞습니다. 단지 그건 생물을 보는 관점이겠죠. 몬스터는 생물이 아닙니다. 사람을 먹이로 삼으려는 것도 생존을 위해서라기보다…… 어이쿠."

그는 줄넘기를 하듯 뿌리를 피하며 가볍게 무어라고 중얼거렸다. 그와 함께 땅에서 솟아오른 뿌리가 순식간에 말라 비틀어졌다.

"그저 파괴하려고 하는 것뿐입니다. 피조물들은 질서의 결과물이자 그 정점이니까요. 그나저나 도대체 얼마나 나오는 건지."

그렇게 다시 한바탕 몬스터들을 해치우자 주변은 잠시나마 조용해졌다. 하르페니언이 말라비틀어진 나무줄기를 발로 차 한쪽으로 치우며 다시 수아 곁으로 돌아왔다.

"그럼 몬스터의 생성을 막으려면?"

"아예 없애는 건 불가능합니다. 단지 세계 자체에 균형이 잡힐수록 그 수가 줄어들지요. 그런데 이렇게 마구잡이로 늘어났다는 건, 뭔가 질서가 깨지고 있다는 뜻입니다."

"그 소리는……."

"2차 신마전쟁이라도 일어나려는 걸까요?"

그는 여전히 얼굴에서 웃음을 지우지 않았다. 하지만 은빛이 섞인 제비꽃색의 눈동자는 제법 진지하게 빛나고 있었다. 하르페니언은 멈칫, 그에게 고개를 돌렸다.

"엘프."

"이름 불러주세요, 이름. 뭐, 그냥 해본 소립니다."

그러고는 정말 농담이었다는 듯 아무렇지도 않은 동작으로 가져왔던 가방을 열었다. 그리고 검을 하나 꺼내 들었다. 보통의 롱소드보다는 상당히 짧고, 그렇다고 단도라고 하기에는 꽤 긴 길이의 검이었다.

"슬슬 마력은 아껴둬야겠군요."

그는 검집에서 검을 꺼내 몇 번 휙휙 휘둘러보았다.

"검에는 별로 익숙하지 않지만, 어쩔 수 없죠."

명백하게 말을 돌리는 그 모습에 하르페니언은 잠깐 미간을 찌푸렸다. 그냥 해본 농담일까, 아니면 무슨 뜻이 있는 걸까. 하지만 어느 쪽이든 지금 그걸 추궁하기에는 상황이 좋지 않았다. 그는 곁에 있는 수아의 어깨를 감쌌다.

"빨리 이동하지."

"예입."

그 뒤로도 몬스터는 계속 쏟아져 나왔지만 여전히 그다지 강한 놈들은 아니었다. 두 남자는 수아에게 놈들이 접근하지 못하게 하면서 목적지로 나아갔다. 슬슬 하르페니언도 실바코프에게 닿아도 된다는 사실에 익숙해진 터라 나아가는 발걸음에는 거침이 없었다. 함께 있는 이들과 접촉해도 죽지 않는다. 안전거리가 필요하지 않다. 그 사실 하나가 얼마나 마음을 편히 만들어줬는지.

하르페니언은 새삼 그와 닿았을 때를 떠올렸다. 똑같이 맥박이 뛰고 피가 돌지만, 동물들과는 확실히 다른 무언가가 있었다. 그 느낌은 지독하게 생경했다.

다른 이들은 모두 이러는 거겠지. 아무렇지도 않게 곁으로 다가가고, 악수를 하고, 어깨를 두드리고, 혹은 부딪치기도 하면서.

물론 수아도 있었으니 이런 느낌이 처음은 아니었다. 하지만 그녀는 그가 첫눈에 반한 여자다. 특별한 것은 당연했다. 만약 저주에 걸리지 않은 상태에서 그녀와 접촉했다 하더라도 그게 아무렇지도 않았을 리는 없다.

하지만 그 감각은 그에게 혼란을 줬다. 과연 무엇이 먼저였던 걸까? 「사람」과 맞닿았기에 그녀가 특별해진 걸까, 아니면 그녀를 마음에 담았기에 맞닿는 것이 그렇게나 아찔했던 걸까. 당연히 후자라고 생각했지만, 가끔은 불안했다. 혹여나 체온에서 느껴지는 본능 때문에 그녀를 사랑한다 여긴 것일까 봐. 그런 천박한 이유 따위로 그녀를 원하는 것일까 봐.

다행히 그와 닿을 수 있는 이가 하나 더 생겼다. 그리고 안도

했다. 실바코프에게 무한한 애정 따위는 생겨나지 않았다. 닿을 수 있다는 걸 알았고 실제로 몇 번이나 닿았음에도 그는 여전히 꼴도 보기 싫은 놈일 뿐이었다.

"도착이군."

그러는 사이 목적지에 무사히 도착했다. 다행히 처음 예상했던 시간과 오차가 크지 않았다.

"여기……요?"

"그래. 내가 그대를 처음 본 곳."

수아는 주변을 둘러봤다. 이제까지의 숲과 딱히 다른 모습으로 보이지 않았다. 뭔가 특별한 느낌도, 하다못해 마을에서 느꼈던 감회도 없었다.

"흐흠, 그냥 숲입니다만?"

실바코프의 말에 완전히 동감이었다. 주변은 정말로, 그냥 숲이었다.

하긴 엄밀히 따지면 그녀는 이곳으로 떨어진 것이 아니었다. 떨어진 곳에서 정신을 차리고 이리저리 헤매다가 우연히 몬스터와 부딪친 곳이 이곳이었을 뿐. 하르페니언이 그런 그녀를 구해줬었다.

"그러고 보니, 알."

"음?"

"그때 무슨 생각으로 절 구해준 거예요?"

하르페니언은 수아가 어떤 의도로 묻는 건지 잠깐 생각했지만, 일단 솔직하게 대답했다.

"그야…… 몬스터에게 공격받는 사람이 있으면."

"아뇨, 그게 아니라. 질문이 잘못됐네요. 왜 저를 수도까지 데려간 거예요?"

보통 누군가가 위험한 걸 보면 자신의 힘이 미치는 이상은 구하려고 하겠지. 하지만 대부분은 거기까지다. 굳이 귀찮게 수도까지 데려갈 이유는 없었다. 특히나 하르페니언의 저주를 생각해보면 누군가와 길게 있겠다는 결정 자체가 이례적이었다. 이제껏 별생각 없던 부분이었지만, 여기까지 오니 문득 궁금해졌다.

"알을 처음 봤을 때 무서웠다고는 몇 번 이야기했었잖아요? 누군가에게 팔아넘길지도 모른다고 생각했다고. 하지만 그렇게까지는 아니라도 어디에 맡기거나……."

"처음에는 그러려고 했어."

"네?"

정말 팔아버리려고 했다고? 수아가 눈을 동그랗게 떴다.

"원래는 그대를 레틴 마을에 남겨둘 생각이었지."

아, 깜짝이야. 후자 쪽의 긍정이었구나.

"다음에는 레틴과 가까운 도시쯤, 가게 같은 곳에 그대를 맡길 생각이었어. 일을 하면서 말을 배우면 먹고살 수는 있을 테니까."

그래서 소수 민족이라는 말도 가르쳤다.

"하지만 그러지 못했지."

"왜요?"

"왜일 것 같나?"

그가 그녀를 바라보았다.

"네? 그건……."

제가 알에게 물은 건데요. 수아는 그렇게 대답하려다 말고 불현듯 깨달았다. 설마 싶었지만 확실하게, 이 순간 알았다.

아, 이 남자도. 나를 처음 봤을 때부터.

절로 뺨이 확 붉어졌다.

하르페니언이 그녀를 언제부터 마음에 담았을까 하는 건 종종 궁금했다. 그럴 때마다 수아는 굳이 그런 걸 알아서 뭐하냐고, 지금 서로 마주 보고 있으니 충분하지 않으냐고 스스로에게 말하며 넘어갔다. 처음 그의 감정은 갈 곳 없는 이계의 소녀를 향한 동정심에서 시작한 것이 분명하다고 거의 확신하고 있었기 때문이다.

하지만 그게 아닌 모양이었다.

"음, 그렇군요. 네."

그녀는 말을 얼버무리면서 시선을 돌렸다. 달아오른 얼굴이 보이지 않길 바라며 괜히 주변을 한 번 더 보는 척하는데, 뭔가가 시야에 들어왔다. 그다지 특별할 것이 없는 바위. 하지만 어딘가…… 익숙한.

"아."

그리고 금방 기억이 났다.

"알, 저 바위요. 그거 맞죠? 처음에 제가 [초코바] 올려놨던 곳이요."

"그러고 보니, 그렇군."

하르페니언도 새삼 그때를 떠올렸다. 낯선 복장의 소녀는 겁을 먹은 채 그를 바라보고 있었다. 작은 동물 같다는 생각도 했다. 어머니와 비슷한 눈 색을 지닌 작은 소녀. 그때는 아주 어리다고만 생각했었다. 그래서 처음부터 반했음에도 그녀에게 느끼는 감정의 정체를 깨닫는 데는 약간 시간이 걸렸다.

"흠, 그래서. 이제 어떻게 하실 겁니까?"

실바코프가 한숨을 쉬며 추억에 잠긴 커플의 주의를 환기했다.

"딱히 뭐가 있는 것 같지도 않으니…… 확인한 걸로 만족하고 이만 돌아가는 게 낫지 않을까요. 해가 지기 전에 말입니다."

아무리 한여름이라 해가 길다고는 해도 슬슬 한계였다. 조금만 더 있으면 석양이 비치기 시작할 거고, 그렇게 되면 숲은 금세 어두워진다. 그러나 하르페니언이 대답하기 전에 수아가 끼어들었다.

"잠깐만요. 제가 온 곳까지만 보고 가면 안 될까요?"

"온 곳? 여기라며?"

"아뇨, 여기는 알과 처음 만난 곳이고…… 제가 정신을 차린 곳은 약간 떨어져 있어요. 그다지 오래 걸은 것 같지는 않으니까……

그렇게 안 멀 텐데.”

“그러고 보니, 그대가 어떻게 오게 되었는지는 들은 적이 없군. 어떤 경로였는지 말해줄 수 있나.”

“어…… 그게.”

하르페니언은 이제껏, 그녀의 상처를 건드리는 일이라고 생각했는지 이곳에 오게 된 경로에 대해 물은 적이 없었다. 수아도 굳이 이야기를 꺼낸 적이 없었다. 하지만 사실 그녀가 말하지 않은 이유는 한 가지였다.

쪽팔리니까.

사진을 좀 멋지게 찍으려다가 발을 헛디뎌서 절벽에서 떨어졌다는 말을 차마 할 수가 없었다. 하지만 지금 상황에서까지 입을 다물고 있기도 좀 그랬다. 그녀는 아까와는 좀 다른 의미로 얼굴을 붉히며 이렇게만 말했다.

“사고로, 절벽에서 떨어졌었어요. 그렇게 의식을 잃었는데……. 눈을 뜨니까 여기더라고요.”

“절벽? 맙소사, 거기에서도 그대를 노리는 자가…….”

“아뇨! 누가 민 건 아니에요. 그냥, 진짜로 사고였어요.”

그녀는 어색하게 웃었다. 하지만 하르페니언은 그 미소를 어떻게 받아들였는지, 더 이상은 묻지 않겠다는 표정으로 시선을 돌렸다.

어, 아니……. 그게 아닌데.

"아, 아무튼! 문제는 제가 어느 방향에서 왔는지 모른다는 거예요."

더 말해봤자 분위기만 이상해질 것 같았다. 결국 수아는 말을 돌렸고, 그 말에 하르페니언은 주변을 둘러보다 물었다.

"그때, 그 몬스터가 어떻게 나타났지?"

"네?"

"뒤나 옆에서 습격을 했다거나……."

수아는 잠깐 그때 일을 생각했다. 분명히 걷다가 나무를 살폈고, 그 나무 뒤에서 붉은 눈을 빛내는 그놈을 발견했었다.

"아. 음……. 아마 앞에서 나타났던 걸로 기억해요."

"그렇다면 저쪽이겠군."

하르페니언이 수아의 옆쪽을 가리켰다.

"그대가 이 반대쪽을 향하고 있었거든."

"와."

수아는 순수하게 감탄했다.

"그걸 다 기억해요?"

"아니, 그 정도야……."

하르페니언이 큼큼 작게 헛기침을 하는 사이, 실바코프가 먼저 성큼 그가 가리킨 방향 쪽으로 발걸음을 옮겼다.

"해 지기 전엔 돌아가야죠."

하긴, 지금은 서둘러야 했다. 더구나 언제 또 몬스터들이 덮쳐

올지 모른다. 하르페니언과 수아는 급히 그 뒤를 따라 발걸음을 옮겼다. 그리고 곧 수아는 1년 전의 자신이 나무를 살필 때 몸을 돌린 것이 아닌지, 정말 몬스터를 앞에서 만난 것인지 더 이상 고민하지 않아도 됐다. 실바코프가 땅바닥에서 이상한 것을 발견한 것이다.

"흠?"

실바코브가 그것을 집어 들었다. 하얀색의 길쭉한 물체. 하르페니언은 고개를 갸웃했다.

"신기하게 생긴 물건이군. 뭐지?"

"글쎄요."

그는 그것을 손가락으로 한 바퀴 돌렸다. 수아는 그것을 보며 입술을 깨물었다. 그녀는 그것이 무엇인지 한눈에 알아봤기에.

"펜……이에요."

목소리가 떨려 나왔다.

"[볼펜]……. 제가 온, 세계의 물건."

가방 앞주머니나 바지 주머니 중 어디에 넣어놨었는지는 지금 와서 잘 기억이 나지 않는다. 하지만 그녀가 쓰던 볼펜이라는 건 확실했다.

수아는 실바코프에게서 천천히 그것을 받아 들었다. 손이 부들부들 떨려왔다. 딱히 아끼던 것도 아니다. 실제로 저쪽 세계에서는 아주 흔하디흔한 검은색 볼펜이었다. 몇백 원이면 살 수 있는,

모르는 사람이 없는 상표의 볼펜.

그게, 왜 이렇게.

수아는 울컥 솟아오르는 눈물을 흘리지 않기 위해 노력했고, 이번에야말로 실패했다.

그녀는 흐려진 시야로 주변을 둘러보았다. 이곳이 내가 떨어진 장소. 딱히 익숙한 느낌이 드는 장소도 아니고 기억에도 남아 있지 않은 곳이었다. 하지만 볼펜이 이곳에 있는 이상, 그녀가 처음으로 이 세계에 발을 디딘 곳이라는 것은 확실했다.

가슴이 아려왔다. 물론 다시 돌아갈 수 있을 거라는 생각을 하고 온 것은 아니다. 그래도, 이곳에 오니 저쪽 세상의 이들이 더욱 생각나는 건 어쩔 수 없었다. 아주, 아주 잠시만이라도 저쪽 세계를 볼 수 있다면 얼마나 좋을까. 가족들을 만날 수 있다면. 아니, 그것까진 바라지도 않는다. 그저 메시지만이라도 전할 수 있다면…….

전 잘 지내고 있어요. 걱정하지 마세요. 잘 살고 있으니, 더 이상 찾지 마세요. 그 정도라도…….

결국 수아는 볼펜을 꼭 안고 울음을 터트렸다. 이래선 안 된다고, 하르페니언이 어떤 마음이겠느냐고 생각했지만 이미 터진 눈물은 멈출 수가 없었다. 그저 오열이 되지 않도록 최대한 안으로 삼키려고 노력하는 것이 고작이었다. 그녀는 어떻게든 소리를 내지 않으려고 했지만, 희미하게 새어 나가는 소리만큼은 어쩔 수가 없었다. 그녀는 그렇게 어깨를 떨며 울었다.

잠시 시간이 멈춘 것 같았다. 하르페니언은 그녀에게 다가가려고 했지만 이내 그 자리에 멈춰 뻗으려던 손을 내렸다. 실바코프도 이 순간만큼은 입을 다물고 침묵을 지켜주었다.

하지만 그 분위기는 강제로 깨졌다.

끼엑!

요란스럽게도 한 무리의 몬스터들이 또 등장한 것이다. 수아는 흠칫하며 고개를 들었고 하르페니언은 한숨을 내쉬며 검을 뽑아 들었다. 한편으로는 이 분위기를 깨준 놈들이 반갑기도 했지만, 다른 한편으로는 수아에게 잠시나마 고향을 그리워하는 시간도 용납하지 않는 것인가 하고 짜증이 났다.

그건 그 자신에 대한 감정이기도 했다.

이번에는 꽤 여러 종이었다. 하르페니언은 최대한 수아에게 놈들이 손을 뻗지 못하도록 몬스터들을 도륙해 나갔고, 실바코프는 그 반대편에서 놈들을 베어 넘겼다. 그렇게 오래 걸리지 않았을 터였다. 그래, 원래대로라면.

쉬익. 하지만 그사이에 섞여 갑자기 작게 바람을 가르는 소리가 났다. 하르페니언은 그것이 상당히 익숙하다는 걸 깨닫는 동시에 여기서 나서는 안 될 소리라는 걸 알았다. 그는 재빨리 검으로 그것을 막아 쳐 내렸다. 하지만 문제는 하나로 끝나는 것이 아니라는 데 있었다.

"……!"

수아는 소리를 내지 않은 채 몸을 움츠렸다. 화살이 그녀에게도 날아오고 있었다.

하르페니언은 수아에게 향하는 화살을 바로 검으로 내리쳤다. 당연히 몬스터들은 도구를 사용하지 않는다. 그럴 지능이 되지 않는다. 하르페니언은 힐끗 화살이 날아온 쪽을 보았다. 몬스터와 나무들 사이로 힐끗 사람의 인영이 보였다.

하필 지금 암살자들과 섞일 줄이야. 아니, 하필이 아니다. 아마 저놈들은 처음부터 이러한 기회를 노렸으리라. 그나마 방어 마법을 미리 수아의 목걸이에 주입해놓은 것이 다행이었다.

하지만 목걸이에 대한 그 믿음이, 하르페니언에게 약간의 방심을 불러일으켰다. 물론 온전히 그 때문만은 아니었다. 곧 어두워지니 빨리 상황을 정리해야겠다는 생각과 수아가 처음 온 장소인 이곳에서 빨리 벗어나고 싶다는 약간의 초조함 또한 있었다. 거기에 숲 속이라 시야가 좋지 않았다. 몬스터들과 암살자들의 기척이 섞이고 제각기 다른 공격 패턴도 단순하지만은 않았다.

그러한 요소가 모두 원인이었을 것이다. 그가 그녀를 아주 잠시, 시야 밖으로 둔 건.

“꺄악!”

몬스터 둘을 베어 넘기며 수아 쪽으로 날아드는 화살 하나를 더 막아냈을 때였다.

카앙! 수아의 비명소리와 금속이 부딪치는 소리가 났다.

어느새 그녀에게 한 명의 인영이 접근해 있었다. 놈이 수아에게 손을 뻗다 방어막에 가로막힌 모양이었다.

"수아!"

언제? 제대로 인기척도 읽지 못했는데. 지금까지의 잔챙이들과는 확연히 달랐다. 하르페니언은 급히 그녀 쪽으로 몸을 날렸지만 놈은 잠시 멈칫하는 틈조차 보이지 않은 채 곧바로 단도를 쥐었다.

최우선 순위, 납치. 그것이 여의지 않으면 살해. 행동 패턴이 순식간에 읽혔다.

이대로는 늦는다. 하르페니언은 그 생각과 동시에 쥐고 있던 검을 놈에게 그대로 투척했다. 던진다는 행위와는 전혀 맞지 않는 롱소드가 원을 그리며 날았고, 놈은 당황하며 곧바로 검을 막았지만 단도 하나로 그가 힘껏 던진 장검을 막는 것은 무리였다. 단도가 부서지며 놈의 가슴에 칼이 박혔다. 커헉, 바람 빠지는 소리와 함께 그는 앞으로 고꾸라졌다.

동시에 하르페니언의 몸도 크게 흔들렸다.

"큿."

화끈한 통증이 어깨부터 퍼져 나갔다. 망할 화살. 하지만 상처를 살필 시간 따위는 없었다. 다른 한 놈이 나무 위에서 뛰어내리며 그를 덮쳐왔다. 하르페니언은 성한 어깨 쪽으로 땅을 굴러 놈을 피하며 품속에서 단도를 꺼내 들었다.

하지만 그새 다른 한 놈이 수아를 향해 달려가는 것이 얼핏 보였다.

하르페니언은 이를 악물며 단도를 휘둘렀지만 그에게 덤벼든 놈의 검에 막혔다. 아무리 단도라지만 공격이 막히다니 이게 얼마 만인지 기억도 나지 않았다. 평소라면 조금은 감탄했겠지만 왜, 하필 지금. 물론 그런 일이 두 번 벌어지지는 않았다. 하르페니언은 그 다음 공격으로 곧바로 놈의 검을 부수고 그대로 목을 그었다. 동시에 한계 이상의 힘을 받은 단검도 그대로 부러져 버렸다.

그러나 첫 번째 공격이 막혔던 대가는 컸다. 그 사이 암살자가 수아 바로 앞까지 가는 걸 허용하고 만 것이다.

그녀는 어떻게든 몸을 피하려고 했지만 움직일 수가 없었다. 몸이 너무 떨린다거나 무서워서 굳었다는 식의 심리적인 문제가 아니었다. 조금 전 그녀를 찌르려다 하르페니언에게 당해버린 놈이, 죽어가면서까지 그녀의 발목을 잡고 늘어져 있었던 것이다.

"꺄악!"

수아는 그대로 바닥으로 넘어졌다. 그 와중에도 어떻게든 발목을 흔들며 놈의 손을 떼어내려고 했지만 죽은 암살자의 손은 꼼짝도 하지 않았다.

"젠장, 아가씨!"

실바코프도 상황이 좋지 않았다. 하르페니언과는 완전히 반대쪽에 있었고, 수아와의 거리로 따지면 오히려 그보다 더 멀었다.

더구나 실바코프에게도 암살자가 한 명 붙어 있었는데, 마법사란 본디 마법을 발동할 시간을 줘야 하는 족속이다. 아무리 그가 검 또한 쓴다지만 몬스터들과 이런 실력의 암살자들을 동시에 상대한다는 건, 누군가를 챙기기는커녕 그 자신의 목숨도 보장하지 못할 일이었다. 실제로 눈앞의 암살자는 그에게 쉴 새 없이 공격을 퍼부었기에 계속 스펠이 중간에 끊겨버리고 있었다. 마법의 주문은 「말」로만 이루어지는 것이 아니기에.

차라리 실바코프와 하르페니언이 한 방향에 있었다면 하르페니언이 방패가 된 사이에 실바코프가 주문을 완성할 수 있었겠지만, 그렇지 않은 이상 쓸모없는 가정이었다.

그렇게, 아무에게도 방해받지 않는 상태에서 암살자의 검이 번뜩였다. 이번에도 마법 방어막이 그녀를 보호해줄 거라는 안일한 생각 따윈 그 누구도 하지 않았다. 이미 첫 번째 놈의 손이 마법 방어막에 막힌 후다. 당연히 이상하리라 생각할 것이다. 평범한 사람이라면 그게 마법이라는 걸 떠올리기도 힘들 것이고, 그냥 뭔가 착각 정도로 치부하겠지만 이들은 암살자다. 그것도 오합지졸이 아닌, 정예 중의 정예.

실제로 이번 그녀에게 내려오는 검은 한없이 속도가 느렸다. 낚아채려는 접근은 막혔지만 죽어가면서 목표의 발목을 붙잡은 동료의 손은 막히지 않았다. 그 정도만을 파악하고 통할지 통하지 않을지 확신하지 못한 채 어림짐작해본 것이겠지만, 문제는 그 추측이 완전히 맞아떨어졌다는 것이다.

품 안에서 무기를 꺼내 던질 틈이 없었다. 대신 하르페니언은 있는 힘을 다 쥐어짜내 완전히 몸을 내던졌다. 착지 등의 뒷일은 아무것도 생각하지 않은 돌격이었다. 덕분에 하르페니언의 몸은 검이 수아에게 닿기 직전, 놈을 덮칠 수 있었다.

피가 튀었다.

"알!"

원래 수아에게 박혔어야 할 단도는 그의 팔을 찔렀다. 수아가 그의 이름을 비명처럼 외쳤다.

솔직히 거리를 생각하면 이렇게 막는 것도 거의 불가능에 가까운 일이었다. 수아와 하르페니언의 사이는 가깝지 않았다. 아무리 검을 천천히 움직였다 하더라도 막는 것은 무리였다. 보통 때였다면 그랬을 것이다.

한순간 한계 이상의 힘을 내버린 근육들이 비명을 질렀다. 그뿐만 아니라 어깨에서도 격렬한 통증이 다시 내달렸다. 화살대를 쳐낼 시간도 없었기에 놈과 부딪치는 순간 화살촉이 어깨 안에서 크게 흔들린 것이다. 아마 어깨 안의 상처도 아마 너덜너덜하게 벌어졌을 터였다.

하지만 그걸 살필 만한 여유도, 다른 무기를 꺼낼 만한 여유도 없었다. 그는 팔에 박힌 검을 빼낼 생각도 하지 않은 채 그대로 놈의 팔을 꺾었다. 컥, 하는 작은 소리가 났지만 놈은 만만치 않았다.

다음 순간 하르페니언은 곧바로 명치를 가격당했다.

동시에 쿠당탕, 둘은 땅으로 굴렀다. 얼마만의 육탄전인지 기억도 나지 않았다. 숨이 턱 막혀왔지만 하르페니언은 흔들림 없이 팔꿈치로 놈의 목을 쳐 내렸다. 그대로 목뼈를 부러뜨릴 수 있었으면 좋았겠지만 거기까진 무리였다. 곧바로 그의 손이 하르페니언의 목으로 뻗어온다.

그것이 놈의 치명적인 실수였다.

팔목에 암기를 설치해놨던 것 같다. 그래서 조금만, 1초가 채 되지 않는 시간만이라도 그의 목에 손을 고정할 수 있었다면 그 암기는 하르페니언의 목을 꿰뚫었을 터였다. 꽁꽁 싸매던 그의 평소 옷차림 그대로였다면 어쩌면 그 시도는 성공했을지도 모른다.

하지만 강하게 하르페니언의 목을 움켜잡은 놈의 손은, 그와 완전히 「닿았다」.

익숙한 감각이었다. 그의 피부에 닿는 순간 정지하는 맥박의 느낌. 방금까지만 해도 살아 있던, 생명을 가지고 피가 돌던 「생물」이, 그 찰나의 순간에 아무것도 아닌 무기물로 바뀌는 느낌.

그건 검으로 누군가를 벨 때와는 비교조차 할 수 없는 끔찍한 감각이기도 했다.

놈이 축 늘어지는 순간, 하르페니언은 반사적으로 수아 쪽으로 고개를 돌렸다. 그리고 곧바로 그녀와 눈을 맞부딪쳤다. 그녀는 커다란 눈을 당혹으로 물들이고 그를 바라보고 있었다.

봤다.

저주로, 사람이 죽는 것을, 바로 그녀가.

순간 심장이 떨어져 나가는 것 같았다. 온몸의 피가 차갑게 식었다.

그때 다시 화살이 수아에게 날아왔다. 그나마 이번엔 여유가 있었다. 하르페니언은 반사적으로 바닥에 떨어진 놈의 검을 집어 그 화살을 다시 쳐냈다. 그러느라 수아에게 시선을 돌릴 수 있었던 것이 오히려 다행이라고, 하르페니언은 진심으로 그렇게 생각했다.

그는 화살이 날아온 쪽을 바라보며 낮게 말했다.

"나와라."

당연하지만 그 말에 당당히 나타나는 바보는 없다. 그 또한 진짜 모습을 드러내리라는 기대보다는 이만하고 썩 꺼지라는 뜻의 경고였다. 실제로 그 화살은 마지막 발악에 가까운 공격이었는지 실바코프를 상대하고 있던 암살자도 순식간에 숲으로 뛰어들어 자취를 감췄다. 그는 순간적으로 암살자를 쫓으려 했으나 곧바로 방향을 바꿔 아직 정리하지 못한 몬스터를 베어 넘겼다.

주변이 조용해졌고, 희미하게 느껴지던 기척도 완전히 사라졌다. 덤벼온 것만큼이나 빠른 퇴각이었다. 하르페니언이 가늘게 숨을 내쉬며 검을 내렸다.

"아가씨, 괜찮아?"

실바코프가 급히 수아에게 달려왔다.

"저, 전 괜찮아요. 그것보다 알이……."

화살에 어깨를 맞고 검에 찔렸다. 수아의 몸이 덜덜 떨려왔다. 하르페니언이 다치는 것을 직접 본 것은 처음이었다. 아니, 누군가가 이렇게 큰 상처를 입는 것을 바로 앞에서 본 적이 있었던가. 수아는 계속 그를 바라보고 있었지만 그는 여전히 그녀에게 등을 보인 채였다.

"아니, 난 괜찮아."

여전히 몸을 돌리지 않은 채, 그가 팔에 박혀 있는 단도를 힘껏 빼냈다. 수아는 저도 모르게 눈을 질끈 감았다가 떴다. 하르페니언은 신음 한 번 내지 않은 채 익숙한 손놀림으로 금방 팔을 지혈했다.

"큰 상처는 아니니까."

"하긴, 목숨을 위협할 정도까진 아니죠."

실바코프 또한 아무렇지도 않은 목소리로 그 말을 받아넘겼다. 그러면서 그는 아직도 땅바닥에 앉아 있는 수아에게 손을 내밀었다. 수아는 잠깐 그와 하르페니언을 번갈아 보았다. 걱정이 되는 건 여전했지만 정말 목숨이 위험한 정도의 상처가 아닌 것 같다는 생각에 조금 안심이 됐다. 수아는 실바코프의 손을 잡았다. 그녀 또한 바닥으로 넘어지면서 여기저기 긁히긴 한 것 같았지만 크게 다친 곳은 없는 듯했다.

하지만 수아는 일어나지 못하고 다시 휘청였다.

"앗."

그 짧은 비명에 하르페니언이 그녀를 돌아보았다.

"아, 이런."

실바코프가 어깨를 으쓱였다. 아직도 수아의 발목은 죽은 남자에게 잡힌 채였다. 수아는 그것을 떼어내려는 듯 다시 몇 번이나 발을 털었지만 이미 굳어버린 그의 손이 떨어져 나갈 리가 없었다.

"잠시."

실바코프가 허리를 굽혀 수아의 발목에서 남자의 손가락을 하나하나 펴서 떼어냈다. 어지간히 꽉 잡혀 있었는지 그것도 쉽지 않았지만.

"주, 죽은 거 맞죠?"

"응. 사후경직이야, 아가씨."

알고 싶지 않은 사실까지 친절히 알려준다. 오싹, 등골에 소름이 돋아 수아는 그냥 눈을 꽉 감아버렸다. 그 자체만으로도 상당히 끔찍한 기분이었다. 더구나 지금 이 상황을 어떻게 받아들여야 하는지를 알 수 없었다.

원래 그녀에게 맨 먼저 다가온 것은 하르페니언이어야만 했다. 하지만 지금 그는 실바코프가 손을 다 떼어내고 일어나는 것을 부축해줄 때까지 그녀와 눈도 마주치지 않았다. 그는 그저 자신의 상처를 한 번 살핀 후, 시체에서 검을 회수하고 주변을 둘러보았을 뿐이다.

수아는 그런 그에게 무어라고 말하려다가 그냥 입을 다물었다. 대신 실바코프에게 물었다.

“알 상처는 정말 괜찮은 거예요?”

“괜찮긴 한데…… 침 바르면 나을 정도도 아니긴 하지.”

이번에는 실바코프가 한숨을 쉬고는 하르페니언에게 다가갔다.

“전하, 일단 화살이나 뽑아내죠.”

“아니, 안 돼.”

“네?”

“어차피 뼈까지 상한 것도 아니고.”

실바코프는 미간을 찌푸렸다.

“돌아가는 길에도 전투가 더 있을 텐데, 근육 상합니다. 치료는 마을에 가서 하더라도 일단은 응급처치라도…….”

“화살.”

그 소리에 실바코프는 바닥에 떨어진 화살을 내려다봤다가 작게 한탄했다.

“아, 이런.”

화살촉 뒤로 꽤 날카로운 돌기 같은 것이 보였다. 정확히는 갈고리 비슷한 모양이었다. 이런 모양의 화살을 그냥 뽑다가는 그야말로 근육과 살을 너덜너덜하게 만들어버린다. 일회용으로 사용되는 화살촉에 이런 식으로 가공을 하는 일은 거의 없는데, 확실히 작정을 하고 온 모양이었다.

"해독은 필요 없을까요?"

"어차피 안 통해."

"그렇군요."

이 정도까지 가공한 화살이라면 십중팔구 독이 묻어 있을 테지만 지금까지 몸에 반응이 오지 않을 정도의 독이라면 그다지 걱정할 필요가 없었다. 저주는, 숙주를 쉽게 죽도록 내버려두지 않으니까.

"그럼 일단 대라도 좀 잘라내죠. 잠시만……."

그의 어깨에 박혀 있는 화살은 이미 땅을 구르면서 거의 다 부러져 있었다. 어설프게 손을 대는 건 오히려 좋지 않다. 실바코프가 무어라고 작게 주문을 외우자 곧 바람의 칼날이 화살대를 완전히 잘라냈다. 최소한 이제 다른 곳에 걸리거나 하여 상처가 더 벌어질 일은 없을 터였다.

실바코프는 어깨를 돌리며 가볍게 한숨을 내쉬었다.

"으, 피곤하네요. 빨리 돌아가죠. 아가씨도 더 볼 장소는 없는 거지?"

"아, 네."

수아 또한 하르페니언이 괜찮은지, 그에게 다가가도 될까 고민하고 있던 참이었기에 곧바로 고개를 끄덕였다. 한시라도 빨리 마을로 돌아가 그의 상처를 치료하지 않으면 안 됐다.

왜 굳이 여기 오자고 한 걸까. 수아는 솔직히 후회했다.

이 마을, 그리고 이 숲까지 들어온 건 그렇다 치더라도 굳이 여기까지는 와볼 것도 없었는데. 아까 거기에서 돌아갔다면 하르페니언이 이렇게 다치지 않았을지도 모른다. 암살자가 그에게 닿을 일 또한 없었을 수도 있다. 그래놓고 여기서 얻은 것은 고작 볼펜 하나. 그 외에는 아무런 특별할 것도 없었다.

수아는 여전히 그녀를 보지 않는 하르페니언을 한 번 바라본 후, 속으로 한숨을 내쉬며 고개를 돌렸다. 그리고 그 순간, 뭔가 이상한 것이 눈에 보였다.

'어?'

그녀는 착각인가 싶어 저도 모르게 눈을 비비고 다시 쳐다보았지만 그것은 그대로였다. 마치 아지랑이와 비슷한, 어떠한 일그러짐.

키엑!

하지만 수아가 그걸 제대로 확인하거나 누군가에게 말하기도 전, 다시 몬스터들이 들이닥쳤다.

"지긋지긋한 놈들."

실바코프가 그야말로 내뱉듯 말했고 하르페니언은 다시 검을 빼 들었다. 그것을 시작으로 숲을 빠져나갈 때까지 몬스터들은 계속해서 나타났다. 그나마 들어올 때보다는 습격 빈도가 줄어 있었지만, 반대로 들어올 때 그렇게나 베어냈는데도 이 정도라는 건 정말 쏟아져 내린다는 표현이 맞았다.

여러모로 여유가 없어진 일행들은 거의 말을 하지 않은 채 돌아가는 것을 최우선으로 삼았고, 결국 그 보람이 있었는지 막 석양이 지기 시작할 때쯤 간신히 숲을 벗어날 수 있었다.

밤이 깊었다.

수아는 안절부절못하며 방을 빙빙 돌았다. 어쩌지.

마을에 돌아오자 사람들은 난리가 났다. 「영웅」이 부상을 입고 돌아온 것이다. 하나뿐인 의원이 허둥지둥 달려왔지만 일행은 그 도움을 거절했다. 그 과정에서 실바코프는 용병과 함께 떠돌아다니는 약제사라는 신분으로 둔갑했고, 실제 치료는 그가 하게 되었다.

이번처럼 실바코프에게 저주가 통하지 않는다는 사실이 다행스러운 적은 없었다. 그는 능숙하게 하르페니언에게서 화살을 빼낼 준비를 했다. 수아는 자신도 돕게 해달라고 했지만, 도리어 치료 과정이 볼만한 것은 되지 못한다며 그대로 쫓겨났다. 최소한 옆에서 지켜보면서 뒤치다꺼리라도 하고 싶었지만 상처는 시간이 지날수록 악화될 것이었고, 실제로 도움보다는 방해가 될

가능성이 더 크다는 걸 스스로도 알았기에 더 고집을 피울 수도 없었다.

하긴, 옛날에 그가 토끼 하나 잡는 것도 제대로 보지 못했을 정도였다. 심지어 하르페니언의 어깨에 나 있는 상처를 본다면……. 수아는 웅크리듯 자신의 양팔을 잡았다. 상상하기만 해도 자신이 다 아파지는 느낌이었다.

그 뒤로 수아는 하르페니언을 보지 못했다. 치료에 꽤 시간이 걸린 듯, 그녀가 혼자 억지로 넘어가지도 않는 저녁을 먹은 다음 잠시간 더 기다린 후에야 실바코프가 방 안에서 나왔다.

—휴식이 필요하시다더군.

곧바로 하르페니언에게 달려가려던 수아를 막으며 실바코프가 한 말이었다. 하지만 실제 이유가 그게 아니라는 것 정도는 쉽게 알았다.

—알이 그렇게 말해요?

실바코프는 그냥 고개를 한 번 끄덕였을 뿐 별다른 말을 덧붙이지 않았다. 그 표정이 아가씨도 왜 그러는 줄 알지 않느냐고 묻는 것 같아, 수아 또한 다른 말을 덧붙이지 않고 그를 순순히 놔주었다. 그 또한 여러 일로 피곤해 보이기도 했고, 무엇보다도 지금 실바코프를 붙잡고 이야기를 한다고 해서 해결될 일이 아니기 때문이었다.

그 뒤로 어떻게 할까 고민하면서 일단 씻은 후 잘 준비까지 마쳤다. 그리고 지금이다.

온몸이 타박상과 근육통으로 욱신거리며 아팠고 지독히도 피곤했지만 수아는 자신이 침대에 누워도 되는지 확신하지 못했다. 솔직히 지금 하르페니언이 무슨 생각인 줄 안다. 알지만……. 그녀는 끝없이 이어지는 생각의 꼬리를 부여잡고 몇 번째인지 모를 한숨을 폭 내쉬었다.

정말 머릿속이 엉망진창이었다. 일단 오늘 하루 벌어진 일이 너무 많았다. 그녀를 죽이려던 사람들, 덤벼오던 몬스터, 피, 알의 부상, 시체, 아직도 발목에 남아 있는 것 같은 손의 감촉, 땅에 떨어져 있던 볼펜, 저쪽 세계에 대한 그리움, 그리고 아직 누군가에게 이야기할 여유를 얻지 못한 공간의 일그러짐…….

그리고 하르페니언에게 닿아 목숨을 잃은 암살자.

사실 충격이었다. 저주라는 단어가 어떤 것을 뜻하는지 뻔히 알면서도 그냥 그뿐이었다. 어차피 그녀에게는 통하지도 않고 그가 실수로라도 다른 이와 닿은 적이 없었으니 수아에게는 그냥 머리로만 아는 그런 것일 뿐이었다.

그걸, 바로 눈앞에서 확인한 것이다.

솔직히 그 자체로도 혼란스러웠다. 하지만 그건 그냥 당혹 정도였다. 잠깐 놀랐지만 시간이 지나면 진정될, 그런 것. 지금 수아가 안절부절못하고 있는 것은 그 자체의 문제라기보다는 하르페니언의 태도였다.

저주로 암살자가 죽는 순간, 그가 그녀에게 보인 눈빛.

읽어내지 못하는 것이 이상할 정도로 너무나도 뚜렷했다. 결코 알리고 싶지 않은 치부를 들켰다는 당혹함, 그리고 상대가 알게 되었다는 두려움과 공포. 상처 받은 기색이 너무 완연한 그 모습.

가슴이 아팠다. 마치 마음 한구석을 사포로 계속해서 문지르는 듯한 느낌이었다. 그리고 그건 수아만이 느끼고 있는 감정이 아닐 터였다.

마음 같아서는 당장 달려가서 그의 곁을 지키고 싶었지만 조금 망설여졌다. 지금 다가가도 괜찮은 걸까? 그 또한 놀랐을 터였다. 그러니 혹시 지금 그가 원하는 건 잠깐이나마 마음을 정리할 시간이 아닐까. 억지로 밀어붙여 그의 옆에 있는 것이 오히려 좋지 않은 게 아닐까. 자칫하다간 그에게 더 상처를 줄 수도 있었다. 어차피 그는 정말로 지쳐 있거나 혼자 있고 싶어도, 수아에게는 절대 그런 소리를 하지 않을 테니까.

실제로 부상도 꽤 크게 입었고 피곤하기도 할 테니까, 최소한 하루만이라도 놔두는 게…….

하지만 다음 순간 수아는 주먹을 꽉 쥐었다. 무슨 핑계를 찾고 있어. 그녀 또한 부상을 입었을 때 가장 먼저 찾은 것은 하르페니언이었다.

그가 가장 보고 싶었고, 그가 계속해서 옆에 있었으면 했다. 뭐, 그가 아닌 것 같은 기미를 내보이면 다시 돌아 나오면 되지.

수아는 결론을 내리고는, 문 쪽으로 몸을 돌렸다.

조금이라도 틈을 주면 망설임이 섞일 것 같았다. 그래서 그녀는 잰걸음으로 곧바로 옆방으로 갔고, 스스로에게 심호흡할 여유조차 주지 않은 채 그의 방문을 노크했다.

똑똑.

하지만 안에서는 아무 소리도 들리지 않았다.

어라?

수아는 다시 노크했다. 하지만 역시 아무런 반응도 없었다. 습격이 오늘 오후였다. 아무리 그래도 그가 그녀를 두고 말없이 나갔을 리는 없었다.

수아는 조심스레 문을 열었다. 문은 잠겨 있지 않았다. 무슨 일이 있을 경우 바로 달려오겠다고 했으니 어쩌면 당연한 것 같기도 했다.

하지만 그 작은 방 안 어디에도 그의 모습이 없었다.

막 불길한 상상에 사로잡히기 직전, 문이 열렸다. 그러니까, 방 안에 있는 다른 문. 욕실.

당황한 듯한 목소리가 울렸다.

"……수아?"

언젠가 본 듯한 모습이었다. 바지는 입고 있었지만 셔츠를 입고 있지 않았다. 그래서 팔과 어깨에 감겨 있는 붕대가 확 눈에 띄었다. 막 씻고 나왔는지 머리카락에도, 그의 몸에도 물기가 촉촉해 보였다. 수아는 그 모습을 보자마자 놀라 시선을 휵 내렸기 때문에 자세히 살펴보지는 못했지만.

순간 나가야 하나 싶었지만, 지금 나가버리면 최소한 오늘 내로는 다시 이곳으로 돌아오지 못할 걸 알기에 수아는 그저 그대로 서 있었다.

잠깐 침묵이 흐른 후 하르페니언이 한숨과 비슷한 어조로 말했다.

"방으로 돌아가."

딱딱한 말투였지만 그녀는 그 안에 든 떨림을 읽었다. 힐끗 고개를 드니, 그녀에게 제대로 눈을 마주쳐오지도 못한 채 옆으로 슬쩍 시선을 흘리는 것도 여전했다. 수아는 눈을 가늘게 뜨며 문을 확 닫아버렸다.

탁.

그 소리가 유난히 크게 들렸다. 그제야 하르페니언이 그녀를 쳐다보았다.

"수아."

그의 목소리는 상당히 난처하게 들렸다.

어떻게 보면 「그때」와 비슷했다. 그와 처음 닿은 날. 허둥지둥하다 그의 앞에서 넘어지고, 그녀에게만은 저주가 통하지 않는다는 것을 하르페니언이 알게 된 날. 물론 수아는 이제 방으로 돌아가라고 하는 이 세계의 말을 알아들을 수 있고, 몸에 아로새겨진 붉은 문신이 상처로 인한 것이 아니라는 것도 알았다.

"이야기 좀 해요."

"그건 내일……."

"내일이 되면 또 피하려고요?"

"아냐. 약속하지. 단지 오늘은 피곤하잖나. 조금 쉬고 내일……."

"알."

이러려던 게 아닌데, 추궁하듯 말하게 된다.

"전 괜찮아요. 다친 건 알이잖아요?"

그는 곤란하다는 듯 살짝 미간을 찌푸리면서도 아무런 대답도 하지 않았다. 그는 결코 자기 자신을 변명의 대상으로 삼지 않는다. 그냥 본인이 피곤해서 그런다는 말 한마디라면 수아도 더 이상 고집을 부리지 않았을 텐데.

"팔도 다쳤고, 화살도 맞았잖아요."

수아는 붕대 쪽을 똑바로 바라보았다. 그 너머에 나 있을 상처를 생각하니 그녀가 다 욱신거리는 것 같았다. 그 시선을 느낀 하르페니언이 급히 고개를 저었다.

"이건, 괜찮아. 그 엘프가 제대로 치료해줬고 힐링포션도……."

"다 나은 건 아니잖아요? 깊은 상처는 완전히 치료 못 한다는 것 정돈 알아요."

무려 활과 칼로 생긴 상처다. 마법사의 간단한 치료마법으로 그 상처들이 모두 아물었을 리 없었다. 그녀가 다쳤을 때만 해도 고위 신관이 몇 번이고 신성력을 쏟아부어야 했고, 상처가 다 아문 후에도 기운이 없어 한참이나 누워 있어야 했는데.

수아의 말에 하르페니언은 대답을 하지 않고 곧바로 침대 쪽으로 발걸음을 옮겼다. 그 위에 셔츠가 있는 걸 보니 아마 그걸 집으려는 것 같았다. 하지만 수아도 계속 문 앞에만 있지 않았다. 그녀는 그에게로 다가갔다. 하르페니언은 흠칫 놀라 저도 모르게 뒷걸음질을 했지만 그래봤자 좁은 방 안에 갈 곳이 있을 리도 없고, 그렇다고 그가 수아를 밀칠 수 있을 리도 없었다. 결국 수아는 하르페니언 바로 앞까지 다가갔다.

"맙소사."

그러자 그의 몸에 있는 무수한 흉터들은 물론 아직 치료되지 않은 상처들도 꽤 많이 눈에 띄었다.

"이건 왜 치료 안 했어요?"

생각해보니 이렇게 가까이서 그의 맨몸을 보는 것은 처음이었다. 그의 몸은 그녀와 같은 몸이라는 것이 신기할 만큼 탄탄하고 단단해 보였다. 하지만 지금 그녀의 눈에 그런 건 전혀 들어오지 않았다. 수아의 시선에 박힌 것은 그가 이제까지 얼마나 부상을 입고 또 입었는지에 대한 흔적이었다.

"아니, 이건……."

"여기 앉아요."

수아가 무어라고 변명하려던 하르페니언에게 눈살을 찌푸리며 말했다. 그는 박력에 밀려 엉겁결에 지시대로 침대에 앉게 됐다. 수아가 크게 한숨을 내쉬었다.

"도대체 이게 뭐예요? 옛날 상처는 그렇다 치더라도, 오늘 입은 상처도 내버려두고!"

긁힌 상처나 멍 등은 큰 부상은 아니지만 제법 그 수가 많았다. 이런 자잘한 타박상들은 힐링연고만으로도 금방 치료가 될 텐데, 왜.

그녀는 치마 주머니에서 힐링연고를 꺼냈다. 1년 전, 그에게서 받은 것으로 가급적 몸에서 떼고 있지 않았던 것이 다행이었다.

"잠깐 몸 돌려봐요. 등부터……."

"정말 이럴 필요 없어, 수아. 하루 이틀이면 금방 나을 상처들이고."

"시끄러워요."

그녀가 고집스레 그를 노려보자, 하르페니언은 금방 그 시선을 피했다. 그리고 어쩔 수 없다는 듯 몸을 돌렸다.

수아는 조심스럽게 힐링연고를 그의 몸에 바르기 시작했다.

먼저 생채기 쪽부터. 손가락에 연고를 찍어 살살 바르자 움찔, 그의 몸이 떨렸다.

"어, 미안해요. 아파요?"

"아픈 게…… 아니라."

돌아보지도 않는 그의 귀가 천천히 붉은색으로 물드는 것이 보였다. 그것을 본 수아 또한 저도 모르게 얼굴을 붉혔다. 하지만 거기서 멈출 수도 없는 노릇이라, 그녀는 얼른 다음 상처로 손을 놀렸다. 조금씩 움찔거리는 그의 반응에, 오히려 수아가 더 부끄러운 것도 같았다.

하지만 곧 머리가 차갑게 식었다. 수아는 표정을 굳힌 채 손을 멈췄다.

"알."

자연히 목소리 또한 딱딱해졌다.

"이 흉터들, 다 뭐예요?"

한두 개가 아니었다. 부상이라는 단어가 일상에서 멀었던 탓인지, 수아는 사람의 몸에 이렇게 많은 흉터가 있을 거라곤 생각해본 적이 없었다.

"흉터?"

그 목소리가 심상찮음을 느꼈는지 하르페니언이 살짝 뒤를 돌아보았다.

"왜 이렇게 많아요."

"그거야, 옛날에……."

그와 눈이 마주쳤다. 하르페니언은 정말로 왜 그런 것을 수아가 묻는지 모르는 모양이었다.

"제대로 치료 안 했죠."

물론 그가 다친 상황이 많았을 거라는 건, 그게 달갑지 않다는 것과는 별개로 충분히 유추 가능한 일이었다. 하지만 이 세계는 단순히 자연 치료만을 기다려야 하는 세계가 아니다. 꼭 신관에게 가지 않아도 힐링연고도 있고 힐링포션도 있었다. 후자의 경우 가격이 부담되어 사용하지 못하는 경우가 많다지만, 최소한 그에게 해당되는 사항은 아니었다. 그러니까 큰 흉터는 어쨌든, 이렇게 자잘한 상처가 많다는 건 그냥 방치해놨다는 소리나 마찬가지였다.

"그건……."

하르페니언은 말끝을 흐렸다. 실제로 그녀의 생각이 맞았다. 사실 제대로 된 「치료」라는 걸 해본 적이 언제인지 까마득할 정도였다.

누군가가 그에게 손을 대면 상대가 죽는다. 당연히 스스로 치료할 수밖에 없다. 아무리 크게 다쳐 빈사를 헤맬지언정 남에게 몸을 맡길 수 있을 리가 없었다.

정말 몇 번이나 죽을 뻔했다. 까무룩 정신을 놨다가도 통증으로 인해 다시 의식이 돌아오면 필사적으로 지혈하고, 힐링포션을 마시고, 나머지를 상처에 발랐다. 다른 이라면 몇 번이고 목숨을 잃을 것이 당연한 상황에서도 그는 살아남았다.

그러다 어느 순간 깨달았다. 살아남을 수 있었던 것은 그의 힘이 아니다. 저주는, 숙주를 쉽게 죽게 내버려두지 않는다.

맥이 탁 풀렸다. 살아남으려 아등바등하려는 것까지도 자신의 의지가 아닌 건가. 그저 저주가 지속될 수 있도록 해주는 부품에 불과한 존재인 건가, 나는.

하지만 그 의지에 반하겠다며 죽음을 택할 수도 없는 노릇이었다. 대신 그는 자신의 상처를 살피는 데 더더욱 무감각해졌다.

특히 힐링포션이라면 몰라도 힐링연고를 사용하는 일은 거의 없었다. 설사 힐링포션을 사용하는 경우라도 일단 대충 아물기만 하면 신경을 쓰지 않게 됐다. 그러다 보니 처음부터 신경을 쓰지 않은 자잘한 상처들까지 합쳐져 그의 몸에는 이리도 많은 여러 가지의 흔적이 남게 된 것이다. 여기에 시간이 지난 흉터는 신관의 힘을 빌리지 않으면 지우기 힘들다 보니 몸이 엉망으로 보이는 것도 무리는 아니었다.

수아는 가볍게 한숨을 내쉬었다. 세세한 사항까지야 알 수 없다지만, 대략 무슨 상황에서 그가 상처를 방치했는지 짐작이 가지 않는 건 아니었다.

"있어봐요. 오늘 입은 상처라도 다 바르게."

"아니, 굳이 그럴 필요까진……."

"필요가 없다고요?"

약간 날카로워진 수아의 목소리에 하르페니언이 입을 다물었다.

"붕대 갈 때도 꼭 말해요. 그 상처에도 계속 바를 거니까."

그 말에 대한 반응은 없었지만, 수아는 딱히 대답을 재촉하지 않고 상처에 연고를 바르기 시작했다. 바르는 순간 곧바로 생채기가 사라지는 것이 눈에 보였다. 거 봐, 이걸 바르기만 해도 이렇게나 빨리 없어지는데.

하르페니언의 몸이 긴장한 듯 바싹 굳어 있었지만 수아는 거기까지 신경을 쓸 정신이 없었다. 자세히 살피면 살필수록 화가 났다. 누가 이걸 황족의 몸이라고 믿어줄까. 다시금 울컥 화가 치솟아 올랐지만 그 화를 풀 대상이 없었기에 그녀는 그저 입술을 깨물 수밖에 없었다.

저주에 대해서는 언제나 이랬다. 대체 어디에 화를 내야 하는 걸까. 차라리 원망할 대상이라도 있으면 그나마 나을 텐데.

아마 하르페니언은 계속 이런 감정을 느껴왔을 것이다. 그 길디긴 세월 동안 아무에게도 말하지 못하고, 오롯이 혼자서 그 감정을 지탱하면서. 계속, 계속.

그 사실에 더욱 울컥했다.

"흠."

한참을 그렇게 바르고 있자, 결국 하르페니언이 작게 헛기침을 해왔다.

"그러고 보니 어떻게 그대가 이 방에 들어왔지?"

"아, 그건 미안해요. 계속 노크했는데 대답이 없길래……. 근데 문도 안 잠겨 있어서 그만……."

"아니, 실바코프는?"

"네?

"음?"

잠깐의 침묵 후, 하르페니언이 낮게 이를 가는 소리를 냈다.

"그 자식……."

수아는 샐쭉하니 가늘게 눈을 떴다. 대충 어떤 소린지 알 거 같았다.

"실바코프 씨에게 부탁한 거예요? 제가 여기 못 오게 막아달라고?"

대답이 없었지만 그 침묵에서 당혹을 읽는 것은 어렵지 않았다. 수아는 한숨을 내쉬었다.

"도대체 왜 그래요? 아까 그 일 때문에 그런 거예요? 저주로 사람이 죽는 걸, 제가 봐서?"

어차피 돌려 말해봤자 똑같다. 수아는 아예 직접적으로 물었다. 하지만 그 순간 하르페니언의 호흡이 잠깐 멈추는 것 같았다.

"알."

수아는 연고를 옆에 내려놓은 뒤, 손으로 그의 어깨를 돌려 자신을 보게 했다. 하르페니언은 의외로 순순히 그녀 쪽으로 몸을 돌렸다. 그가 침대에 앉아 있는 상태였기에 눈높이가 얼추 맞았다. 이번엔 그도 시선을 피하지 않았다. 그러나 수아를 보는 그 눈동자는 바짝 긴장을 담고 있었다.

"그만해요. 저 괜찮아요. 솔직히 안 놀랐다고 하면 거짓말이지만, 이미 알고 있던 거잖아요. 더구나 절 구하려고 그랬던 건데. 왜 새삼 이제 와서 이래요?"

물론 아무렇지 않은 일은 아니었다. 남자가 죽던 순간을 떠올리면 등골이 서늘해질 정도다. 하지만 하르페니언이 이렇게까지 그녀를 피해야 할 일도 아니었다.

"나는……."

하르페니언이 이를 악물었다.

"그대가 보지, 않았으면 했어."

마치 나오지 않는 목소리를 쥐어짜는 듯한 말이었다.

"저주가 무엇인지 실감하지 않은 채로…… 끝까지."

"알."

"원래 그대는 그날 죽었어야 했지."

하르페니언이 천천히 수아의 얼굴에 손을 가져갔다. 뺨에 살짝 닿는 손가락이 뜨거웠다.

"그대가 죽지 않은 건 그저 저주가 통하지 않기 때문이야. 어째서인지는 모르지만, 예외였기에. 하지만 당시 난 그걸 몰랐음에도 그대와 닿고 말았어."

"그건…… 제가 멋대로 들어왔고……."

"그래. 실수. 하지만 원래대로라면 그대는 그 실수 때문에 죽었을 테지. 그러지 않은 건 단순히 운이 좋았기 때문이야. 그대에게 저주가 통하지 않는다는 「운」. 하지만 그게 내 죄를 용서받을 이유는 되지 못해."

그 목소리는 차라리 아프기까지 했다.

"그대를…… 피하려고 한 게 아냐, 수아. 그냥, 조금 무서워졌을 뿐."

하르페니언은 그녀의 뺨에서 손을 뗐다.

"내 저주는 사람을 죽여. 하지만 그걸 나 스스로…… 내 저주가 어떤 건지 외면하고 있었을지도 몰라. 웃기는 일이지. 갑자기 그대에게 이 저주가 통하게 된다면, 그대가 예외가 아니게 된다면…… 그대는 곧바로 죽을지도 모르는데."

아니라고 외치고 싶었다. 그럴 리가 없지 않느냐고. 하지만 그렇게 외칠 수 없었다. 시선이, 목소리가…… 너무나도 아파서.

그는 희미하게 미소를 지었다. 하지만 그건 미소가 아니라 차라리 우는 것처럼 보였다.

"내가 그대에게 목숨을 달라고 했지. 나에게 맡겨달라고. 가볍게 한 소리가 아니야. 난 이제 와서 그대를 놓을 생각 따윈 없으니까. 하지만…… 조금은, 내가 안이하게 생각한 것이 아닌가, 싶어서……."

「저주」를, 그 자신조차 가볍게 본 것이 아닐까. 그것을 깨닫는 순간 하르페니언은 온몸의 피가 식는 기분이었다.

지금 곁에는 그와 닿아도 아무런 문제가 없는 수아가 있다. 같은 인간이 아니라지만 역시 그의 저주가 통하지 않는 실바코프가 있다.

그 사실에 방심하고 있던 것이 아니었을까.

그의 저주는 스물일곱이 되는 때 목숨을 잃는 것만이 아니다. 그전에는 오히려 다른 이의 목숨을 탐욕스럽게 탐내는, 그가 가해자인…… 그것이 그의 저주였다.

어떻게 한순간이라고는 하지만 그 사실을 외면할 수 있었을까. 이 저주가 마음을 바꾼다면 수아까지도 탐할 수 있을 텐데.

"무서워서 견딜 수가 없었어. 그래서 조금은……."

마지막 말은 거의 들리지도 않을 만큼 속삭임에 가까운 목소리였다.

조금은, 더 뻔뻔해질 시간이 필요했어.

그 소리를 듣는 순간 수아는 더 이상 가만히 있을 수가 없었다. 그녀는 손을 뻗어 그의 목에 손을 둘렀다.

"알."

울컥 뭔가가 치민다 했더니 곧 눈앞이 흐려졌다. 의식하지도 못한 눈물이 뺨으로 흘러내렸다.

"나, 안 돌아가요."

입이 멋대로 움직였다.

"만약 방법을 알게 된다고 해도요. 당장 제가 온 세계와 이곳 중 선택하라고 하면, 전 여기 남을 거예요."

태어나고 자란 곳. 20년이 조금 안 될 동안, 그녀가 자란 모든 것이 있는 곳. 식성 하나도, 버릇 하나도, 생각 하나도 모두 그 세계에 맞춰 자라났고 돌아갔다. 그곳에 돌아가고자 하는 건 본능과 같은 것이었다.

하지만 그것보다 더 소중한 사람이 생겼다.

그래. 사실 답은 알고 있었다. 단지 그녀 스스로가 인정하고 싶지 않았을 뿐.

"계속 말했잖아요. 알 곁에 있겠다고. 그럴 리는 없겠지만…… 만약 제가 저주에서 예외가 된다고 해도 마찬가지예요."

그래서 설사 죽게 된다 하더라도.

"후회하지 않아요."

"수아."

어쩌면 어리석은 소리일지도 모른다. 분명 그녀에게도 천년의 사랑이니 영원한 해피엔딩이니 하는 문구가 정말로 세상에 존재할 거라고 생각했던 때가 있었다. 하지만 어느 순간부터인가 그게 얼마나 현실성 없는 소리인지 알게 되었다.

애초에 그녀의 존재도 그렇지 않은가. 그녀는 고아다. 운 좋게도 고아였던 때의 기억은 거의 남지도 않을 정도로 어릴 때 지금의 부모님에게 입양되어 쌍둥이 동생들과 차별 한번 받지 않고 사랑받으며 자랐다.

그러나 그렇다고 해서 친부모가 그녀를 기르지 않았다는 사실이 변하는 것은 아니다. 양부모님은 그녀를 가슴으로 낳은 자식이라느니, 정말로 그녀를 필요로 했을 때 기적같이 왔다느니, 동생들 또한 그녀가 온 복으로 이어서 온 거라느니 하는 소리를 해줬지만 그녀가 「왜」 고아가 됐는지는 이야기해준 적이 없었다. 어릴 때는 몇 번이고 물었지만 엄마와 아빠는 결코 대답해주지 않았고, 어느 순간부터 수아 또한 입을 다물었다.

입양아라는 걸 숨기지 않은 양부모다. 아마 친부모가 불의의 사고로 사망했다는 등의 피치 못할 사정이었더라면 알려주지 않았을 리가 없었다.

그러니까, 그런 것이겠지. 친부모님의 이혼으로 오갈 곳 없는 처지가 되었거나, 처음부터 결혼이라는 결합으로 생긴 아이가 아니거나, 아니면 이런 것보다도 복잡한 다른 이유가 있다거나.

어쨌거나 아무도 그녀를 양육하는 걸 원하지 않았기에 고아원에 오게 된 것이리라.

그래서 그녀는 멋대로 생각했다. 아마 친부모님이 이혼해서가 아니었을까? 처음부터 원하지도 않았는데 실수로 생겨서 버려진 아이보다는 최소한 원해서는 태어났지만 피치 못할 사정으로 버려진 아이가 차라리 나을 테니까. 그리고 당시 그녀가 생각할 수 있는 부부의 가장 큰 피치 못할 사정은 이혼이었다.

물론 꼭 그런, 실제로 어떨지도 모를 친부모의 사정이 아니라 해도 많은 사람들이 결혼하고 이혼한다. 처음에는 분명 사랑한다고 생각하여 평생을 함께하자고 했건만 그 약속이 깨지는 것이다.

지금의 그녀는 하르페니언을 사랑하고, 그 또한 수아를 사랑한다. 설사 마음이 흔들린다 하더라도 손쉽게 헤어지지는 않을 거라는 정도의 신뢰는 있었다. 그가 확신해줬고 그녀 또한 진심으로 그것을 믿었다.

하지만 그건 그녀의 대부분을 이루는 세계를 포기하는 것과는 완전히 다른 이야기였다. 가족들이, 그녀가 온 세계가 그리운 것과는 별개로 그건 그녀의 일부를 포기하는 일이었으니까. 그래서 계속 외면했다. 최대한 눈을 감고자 했다.

하지만 그럴 수가 없었다.

어리석어도 괜찮았다.

그저 그녀가 지금, 이 순간, 그의 곁에 있고 싶었다.

이건 그녀의 선택이었다.

설사 하르페니언과의 신뢰가 깨지는 날이 오더라도 그것과는 상관없었다. 미래를 내다보고 이성적으로 한 결정 따위가 아니었다. 그 어떤 일이 일어나도, 그녀는 지금의 선택을 후회하지 않으리라.

그러면 된 것이 아닐까.

수아는 희미하게 웃었다. 눈물을 떨구고, 울고 웃으며 그를 껴안고 있는 팔에 더욱더 힘을 주었다.

"앞으로 저에게 무슨 일이 있다 하더라도 그건 제가 선택한 거예요. 그러니까…… 무서워하지 마요, 알."

사랑해요.

수아는 그렇게 속삭였다.

천천히, 그의 팔이 그녀의 허리를 휘감는다. 그 팔이 살짝 떨리고 있는 것이 느껴져, 수아는 억지로 입가를 올려 웃었다.

"그리고 그 저주는 이미 저를 한 번 살렸는걸요. 음, 봐요. 전에도 말한 적이 있는 것 같긴 하지만……."

수아는 살짝 고개를 들어 하르페니언의 물기 어린 눈동자와 시선을 마주했다.

이미 밀착해 있는지라, 숨결이 느껴질 정도로 가까운 거리였다.

"알이 오지 않았다면 전 거기서 그 늑대같이 생긴 몬스터에게 죽었을 거예요. 그리고 원래대로라면 알은, 그곳에 올 일이 없었겠죠. 이런 구석에서 갑자기 나타난 이방인과 제국의 황태자가 만날 일이나 있었겠어요?"

저주가 아니었다면, 그래서 그가 방법을 찾아 떠도는 입장이 아니었다면 결코 둘은 만날 수 없었다.

"그러니까…… 절 구해준 거예요, 그 저주는."

반은 억지일지도 모른다. 하지만 그건 사실이기도 했다.

하르페니언은 그에 답하지 않았다. 대신 천천히 손을 올려, 손가락으로 수아의 뺨을 부드럽게 쓰다듬었다. 그러지 않는다면 마치 금방이라도 그녀가 깨질 듯이.

그리고 누가 다가갔는지도 알 수 없게 입술이 겹쳐졌다.

처음에는 부드럽게, 곧이어 언제 그랬느냐는 듯 강렬히.

"흡, 읏……."

수아의 손이 그의 맨 등을 스치며 목덜미를 쓸어내렸다. 하르페니언의 팔은 평소보다도 더 단단히 그녀의 허리를 휘감고 있었다. 그렇게 몇 번이고 서로를 탐닉한 뒤, 수아는 숨을 들이켜기 위해 살짝 뒤로 몸을 빼려고 했다. 하지만 그가 얼마나 단단히 붙잡고 있는지 꼼짝도 하지 않았다. 결국 고개만 뒤로 젖힌 모양새가 됐고, 하르페니언은 그런 그녀를 추적해오듯 더욱 바짝 몸을 붙였다. 두어 번 그런 상황이 반복되자 결국 균형을 잃어, 결국 뒤로 쓰러지고야 말았다.

그 뒤 간신히 숨을 크게 들이켠 수아가 정신을 차리니, 황금빛 눈동자가 금방이라도 닿을 듯한 거리에서 그녀를 바라보고 있었다. 그녀는 침대 위에 누워 있었고 그 위에 바짝 하르페니언이 밀착해 있는 형상이었다. 자신은 여전히 하르페니언의 목덜미에 팔을 두르고 있었다.

"아."

하지만 다음 순간 수아는 깜짝 놀라 손을 풀었다.

"알, 다쳤잖아요? 상처……."

그녀는 곧바로 일어나려고 했지만 하르페니언은 움직이지 않았다. 당연히 그 밑에 깔려 있다시피 한 수아가 몸을 일으킬 수 있을 리 없었다.

"괜찮아."

"안 괜찮, 흡……."

뒷말은 하르페니언의 입안으로 들어갈 뿐이었다. 수아는 마치 그를 밀어내려는 듯 팔을 올렸지만, 그의 어깨에 닿은 손은 결국 그에게 매달리게 되었다. 지나칠 정도로 꽉 맞붙은 몸 사이에 이상할 정도로 뜨거운 열기가 피어올랐다.

"후아……."

"수아."

입술이 떨어졌다 싶더니, 귓가에서 목소리가 울렸다. 숨결이 느껴지는 것과 동시에 몸이 찌르르 울렸다. 그가 그녀의 목덜미에 얼굴을 묻은 것이다.

그 목소리는, 무엇을 원하고 있는지 모르는 것이 이상할 정도로 뚜렷했다. 하지만 수아는 순간 망설였다.

정말 괜찮은 걸까.

지금 하는 행동 자체에 대한 이야기가 아니다. 자잘한 상처는 그렇다 치더라도 큰 부상이 두 군데나 있다. 만약 악화된다면…….

그녀의 침묵에, 하르페니언은 침대에서 몸을 일으켰다. 방금 전까지도 꿈쩍도 하지 않던 몸이 순식간에 가벼워져, 수아도 당황하며 침대에서 몸을 반 정도 일으켰다. 그는 손을 입가에 꾹 누르며 살짝 시선을 그녀에게서 피해 있다가, 곧 수아를 다시 바라보았다. 그리고 잠깐 무언가를 말하려는 듯 몇 번이고 입술을 달싹거리더니 결국 이렇게 말했다.

"상처 치료는…… 음, 나머지는 내가 하지."

일단 목소리 자체는 굉장히 낮고 침착했다.

"그러니 오늘은 이만…… 돌아가 보는 게 좋겠어, 수아. 음, 지금 이건 그대를 피하는 게 아니라…… 단지."

그는 말을 이으며, 손가락 사이로 가늘게 숨을 내쉬었다.

"내 자제력이 그다지 강하지 않는 것 같으니."

그리고 수아는, 지금 상처를 걱정하고 있을 때가 아니라는 것을 알았다.

수아는 속으로 작게 숨을 내쉬었다. 정말, 이 순간까지도.

그녀는 최대한 단호한 목소리로 말했다.

"싫어요."

"수아."

그는 애원하는 듯한 눈빛으로 그녀를 바라보았지만, 다음 그녀의 말이 나온 순간 그대로 얼어붙었다.

"알이, 자제할 필요…… 없으니까요."

이번에는 위험하다고 생각했다.

그녀가 갑자기 찾아온 것까지는 괜찮았다. 비록 그가 의도한 바는 아니었지만, 결론적으로는 상당히 만족스러웠다. 만약 그의 생각대로 내일 그녀를 마주쳤다면 자신의 한심한 꼴은 덜 보여줘도 되었을 터였다. 하지만 그랬더라면 방법을 찾아도 자신의 세계로 돌아가지 않을 거라는 수아의 말은 듣지 못했겠지.

비겁하고 치졸하고 이기적이기 짝이 없다. 그녀에겐 얼마나 괴로운 선언이었을까. 하지만 그 말을 듣는 순간 그가 느낀 것은 거의 환희에 가까운 감정이었다. 동시에 알았다. 만약 그녀가 자신의 세계로 되돌아가려고 했더라면, 그는 무슨 수를 써서라도 막았으리라는 걸.

하지만 그런 상황과는 별개로, 어쨌거나 지금 상황은 위험했다. 상처를 치료한다고 그녀의 손가락이 계속 맨몸에 닿아 있는 것도 그렇거니와 너무 오래 그녀와 밀착해 있었다. 상처 치료도 이런 포옹도 수아에게는 언제나처럼 자각 없는, 연인을 감싸주는 행동일 뿐일 텐데.

이대로 가다간 정말 그녀의 의지와 상관없이 멋대로 그녀를 갈구할지도 몰랐다. 실제로 허락을 구하는 목소리에 그녀가 대답하지 않았음에도, 그녀에게서 몸을 떼는 것이 그 무엇보다도 어렵게 느껴졌다.

정말로 한계였다. 그녀에게 그만 나가달라 청하면서도 그는 자신이 무슨 말을 하고 있는지 몰랐다. 무어라고 계속 목소리를 내고 있는 것 같았지만, 그 내용은 머리로 생각해서 나온 것이 아니었다.

그러나.

자제할 필요 없다는 소리를 들었던 것 같다. 그 뒤로는 잠시 기억이 없다. 그가 정신을 차렸을 때는 이미 수아를 다시 침대에 눕히고, 그 위에 올라타고 있었으니까.

그녀가 빙긋 웃으며 손을 올려 그의 뺨을 쓰다듬으며 말했다.

"알."

착각한 것이 아니었다.

꿈이 아닐까.

아니, 어차피 수아를 만난 이후 현실 같았던 때는 별로 없었다. 하루하루가 꿈속 같았고 어느 순간엔가 깨어날 것 같았다.

그래, 그녀를 위한다는 허울 좋은 핑계를 댔지만 사실은 그저 그가 꿈에서 깨고 싶지 않았을 뿐인지도 모른다. 손을 뻗었다가는 이제까지의 「현실」로 돌아올지 모르니까.

그런 그를 수아는 언제나 감싸왔다. 언제나 그와 함께 있으며 그를 구원해주었다. 그리고 지금도…….

"……수아."

그가 작게 그녀의 이름을 부르며 한 손으로 천천히 그녀의 뺨을 쓰다듬었다. 부드럽고 따뜻해 그대로 빨려 들어갈 것만 같았다. 이제까지 수없이 느낀 감각임에도, 마치 지금 처음 닿은 것 같은 느낌도 들었다. 감히 이런 투박한 손을 대도 될까 망설임이 들 정도로.

밖은 이미 어두워져 있었지만 방 안에는 램프 하나를 켜둔 상태였다. 살짝 어둑하긴 했지만 그녀의 홍조도, 미소도, 검은 눈동자도 제대로 보였다. 그는 그녀의 검은 머리칼 쪽으로 손을 옮겨, 조심스레 그쪽에 입을 맞췄다.

이런 상황이 되면 정신을 제대로 차리지 못할 거라고 생각했다. 하지만 정신은 이상하리만치 맑았고 침착했다. 감촉 하나, 그녀와 닿고 있는 살결 하나하나가 감각에 와 박혔다.

그녀의 몸에서는 부드러운 욕의 향기가 나고 있었다. 하지만 입고 있는 옷은 잠옷도, 당연히 숲으로 향했을 때 입던 옷도 아니었다. 즉 씻고는 굳이 다른 평상복을 챙겨 입었다는 뜻이다. 보통 때라면 잠옷인 채로 왔을 텐데 이번에는 나름대로 신경을 쓴 것이리라. 아무 생각 없이 잠옷 차림으로 그를 만나러 오지 말라고 잔소리를 해댄 건 애초에 그였으니.

하지만 그 사실에 어쩐지 심통이 나, 하르페니언은 곧바로 그녀의 상의 매듭을 풀기 시작했다. 움찔, 그녀의 얼굴에서 미소가 사라지며 몸이 뻣뻣이 굳는 것이 느껴졌다. 그리고 그건 그 또한 마찬가지였다.

굳은 손가락으로 매듭을 반 정도 풀어헤치고 나서야 하르페니언은 자신이 지금 갈피를 제대로 잡지 못하고 있다는 걸 깨달았다.

뭘 더 어떻게 해야 하는 걸까.

그는 새삼 그런 난관에 봉착했다.

본능이 시키는 대로 갈 수는 있었다. 하지만 정말 그래도 되는 걸까? 아마 그렇게 된다면 스스로를 멈출 수 없을 것이다. 이제까지의 알량한 이성은 순식간에 날아가리라.

잠옷이 아니라고는 해도 여름 재질의 천은 얇디얇았다. 특히나 그는 맨살이었고 따라서 그녀의 몸 굴곡이 그대로 느껴졌다.

그는 서두르지 않으려고 노력하며 먼저 그녀의 이마에 입을 맞췄다. 그리고 코로, 뺨으로, 마지막에는 입술로. 그리고 천천히 그녀의 입술을 맛보면서 뭘 어떻게 해야겠다는 생각도 없이 나머지 옷 매듭을 모두 풀어 내렸다.

"하아, 알……."

들뜬 숨이 그녀의 입에서 나오기 시작했다. 따뜻하고, 촉촉하고, 더할 나위 없이 달콤한. 동시에 수아가 그의 목으로 매달려 왔다.

그 순간, 하르페니언은 자신이 더 이상 참을 수 없다는 걸 알았다. 아니, 애초에 망설임 자체가 기만이라는 것을 깨달았다. 어차피 더 이상 참을 생각 따위 없는 주제에 뭘 고민하는 척한 걸까.

그는 급하게 그녀의 옷을 벗겨내기 시작했다. 이미 매듭을 모두 풀어버렸기에 더 이상 걸릴 것도 없었지만, 하르페니언에게는 충분치 않았다.

걸리적거린다.

초조함을 느낀 순간, 의도한 것은 아니지만 손아귀에 힘이 들어가게 됐다. 얇은 여름옷은 그대로 찢겨 나갔다.

동시에 움찔 놀라는 수아의 반응이 느껴졌지만 그녀는 그를 밀어내지 않았다. 오히려 조금, 뭔가를 각오한 듯 그를 붙잡고 있는 팔에 더 힘이 들어갔을 뿐이다.

그는, 정신없이 그녀에게 침잠했다.

맨살이 닿는 감촉은 달콤했다. 이제까지 그가 몇 번이고, 아니 수없이 상상하고 그렸던 상황이었지만 그 어느 하나의 상상과도 지금은 비교할 수가 없었다.

그 뒤로는 기억이 잘 나지 않는다. 몇 번이고 얽혔던 손, 그의 뺨을 스치고 지나갔던 머리카락, 맺혀 있다 떨어진 그녀의 눈물, 몇 번이고 그의 이름을 부르던 그녀의 목소리.

"하읏, 알……!"

수아는 분명 힘들었을 텐데도 계속해서 그의 이름을 불러주었다. 문장을 말할 수 없을 정도로 엉망이 됐을 때에도, 그래도 몇 번이나 계속.

그것에 답해주었는지는 기억나지 않는다.

기억나는 것은 더할 나위 없는 충족감과 미칠 듯한 황홀함, 그리고 그럴수록 마르지 않는 갈증.

이제까지도 그녀를 가지고 싶다는 욕망이, 독점욕이 꽤 심한 편이라고 생각했다. 하지만 그녀와 하나가 되는 순간 알았다. 그건 아무것도 아니었다는 걸. 여태껏 느꼈던 갈증은 오히려 몰랐기 때문에 가능한 아이들 장난 수준이었다는 것을.

어느 순간 그녀의 입술에서 비릿한 혈향이 났다. 어느 정도 짐작한 바였지만 그녀 또한 남자와 몸을 섞는 것은 처음인 모양이었다. 하르페니언도 이런 행위가 여성의 몸에 상당히 부담을 준다는 걸 머리로는 알고 있었고, 따라서 수아가 그걸 견디기 위해 입술을 짓이겼다는 것을 조금 뒤늦게 깨달았다.

그는 그녀의 입술에 입을 맞추고, 눈꼬리를 타고 흐르는 눈물을 훔쳐주었다. 그런 그녀의 얼굴이 안타까우면서도, 자신으로 인해 이리되었다는 것에 조금은 음험한 기쁨을 느끼기도 했던 것 같다.

충족하면서도 부족한 느낌이 드는 것은, 어찌 보면 수아에 한해서는 새로운 감각이 아니었다. 하지만 지금처럼 목마른 적이 또 있었을까.

그는 그대로 그녀를 삼키고 싶었다. 그녀의 안에 계속해서 침잠하면서도 그녀를 갈구하고 또 갈구했다. 하르페니언은 그렇게 몇 번이고 수아의 뺨에, 입술에, 목덜미에, 가슴에, 배에 입을 맞추면서 깨달았다.

만약 신이 그녀를 앗아간다면, 그는 신에게라도 맞서리라.

온몸이 아팠다. 수아는 의식을 제대로 차리기도 전에, 전신이 욱신거리는 걸 선명하게 자각했다.

하긴 그러지 않았다면 더 이상하리라.

수아는 간신히 눈을 떴다. 어찌나 지쳐 있던지, 눈을 뜨는 그 동작 하나만으로도 힘겨웠다. 아직 어둑어둑한 방 안으로 봐서는 시간이 생각보다 지나지 않은 모양이었다.

몸을 움직이려고 했지만 뭔가에 붙잡힌 것처럼 꼼짝하지를 않았다. 그녀는 조금 더 애쓰다가, 마침내 이게 기분 탓이나 피곤한 탓이 아니라는 걸 알았다. 실제로 누군가 그녀의 몸을 꽉 얽어매고 있었다.

그것이 누구인지는 보지 않아도 뻔했다. 익숙한 살결, 익숙한 내음, 익숙한 느낌. 하르페니언이 그녀를 껴안은 채 잠들어 있었다.

그 상태에서 그의 얼굴을 보는 것은 어려운 일이었다.

그녀는 간신히 그 품 안에서 조금 뒤로 빠져나와 간신히 그의 얼굴을 올려다보았다. 깎아지른 듯한 콧날이 먼저 보였다. 그다음으로는 부드러워 보이는 검은 머리칼과 감겨 있는 두 눈이 들어왔고, 곧 그 밑에 아로새겨져 있는 붉은 문신 또한 확연하게 보였다.

없어지지 않는구나.

그녀는 속으로 중얼거렸다. 이런 어이없는 방식으로 저주를 없앨 수 있을 거라고는 생각하지 않았지만, 그래도 혹시나 하는 생각이 있었다. 사실 옛이야기에서는 흔한 설정이지 않은가. 진실한 사랑은 저주를 푼다고.

하지만 그들이 처한 것은 현실이었고, 그런 낭만적인 옛이야기는 아니었다.

어쩌면 이걸 확인하는 게 무서웠는지도 모른다. 수아는 멍하니 생각했다.

하르페니언은 잠결에도 그녀가 움직이는 것이 느껴졌는지, 그녀를 품 안으로 끌어당겼다. 그 힘을 느끼며 수아는 아예 그의 품 안으로 파고들었다.

사실 이렇게 되는 걸 피해온 것은 여러 가지 이유가 있긴 했다.

부끄럽다거나, 아직 준비가 되지 않았다거나, 지금은 아니라거나, 혹시 그가 변하면 어떻게 될까 등등. 하지만 결국은 무서웠을 뿐이다.

다시 한 번 지금 상황을 되새기는 것이.

그리고…… 그와 깊은 관계가 되는 것이.

만약 이렇게 되면, 절대 그녀의 세계로 되돌아가지 못할 것 같아서.

기회가 오더라도, 그를 떠날 수 없을 것 같아서.

웃기는 일이었다. 이미 결론은 나 있었음에도 계속해서 회피하고 도망쳤다. 그가 얼마나 그녀를 원하는지 알고 있으면서도 수아는 자신이 도망갈 구멍을 남기기 위해 급급했다. 그가, 그녀에게 다가오는 것을 얼마나 망설이고 있는지 뻔히 알면서도.

하지만 지금 그녀가 느끼는 것은 막연히 생각했던 불안감과 후회가 아닌 행복감과 만족감이었다. 사랑하는 이와 하나로 이어졌다. 누구보다도 가까이 되었다.

상상했던 것과는 달리, 더할 나위 없는 충족감이 그녀를 채우고 있었다.

행복했다.

지금이 현실이라는 것을 확인한 것조차도 좋았다.

하르페니언과 함께. 그 한마디가 마치 마법이라도 건 것 같았다.

"……알."

결국 그는 작게 그의 이름을 불렀다. 그 소리에 반응하듯 그녀를 안고 있던 하르페니언의 팔에 조금 더 힘이 들어갔다. 수아는 다시 미소 지었다.

간밤, 그는 계속해서 수아의 이름을 불렀다. 그녀 또한 그의 이름을 불렀던 것 같지만 솔직히 잘 기억나지 않는다. 단지 그가 필사적이었던 것만이 뇌리에 박혀 있었다. 마치 놓치면 그녀가 사라져버릴 거라는 듯 간절하게 그녀를 안아왔다.

그래서 그녀 또한 매달렸다. 생소하고 낯선 감각에 몸이 떨리고, 한순간 몸이 부서지는 것 같은 격통을 받으면서도 기뻤다. 그가 좋아서 견딜 수가 없었다. 특히나 그와 하나가 되었다는 충족감은 무엇이라고 표현할 수 없을 정도로 행복하고 행복해서.

놓치고 싶지 않았다. 헤어지고 싶지 않았다. 그 방식이 그의 죽음이든, 그녀가 돌아가는 것이든, 혹은 여느 연인들처럼 평범하게 결별하는 것이든. 그 무엇이든. 어떤 방법으로든.

그의 품 안은 따뜻했다. 새삼, 지금 아무것도 입고 있지 않은 알몸이라는 것이 떠올라 살짝 뺨이 달아올랐지만 곧 뭐 어떠냐 싶었다. 조금만 더 이 품 안을 느끼고 싶었다.

수아는 다시 눈을 감았다. 아직도 온몸에서 그의 손길이 느껴지는 것 같았다.

그녀는 만족한 채 잠이 들었다.

눈을 다시 뜬 것은 예전에도 한 번 느껴본 감각 때문이었다.

숨이 막혔다. 꼼짝할 수 없을 정도로 무언가가 온몸을 얽맸다. 그러면서도 간질간질한 느낌이 몸 안에서 피어올랐다.

"읍, 읏……!"

무어라고 말을 하기도 전에 나온 것은 억눌린 신음이었다. 수아는 간신히 눈의 초점을 맞추며 지금이 어떤 상황인가를 추측하려고 노력했다. 여전히 정신은 제대로 나지 않았지만, 누군가가 그녀에게 올라타 입을 맞추고 있다는 것 정도는 간신히 파악할 수 있었다. 그리고 그 상대가 하르페니언이라는 것까지도.

주변은 이미 살짝 밝았다. 동이 터오고 있는, 아직은 어스름이 남아 있는 새벽. 그 안에서 하르페니언의 금빛 눈동자가 그녀의 눈과 맞부딪쳤다. 그 눈은 너무나도 솔직하게 욕망을 드러내고 있었다.

분명 전에도 이런 적이 있었다.

수아가 어떻게 채 반응하기도 전에 그의 손이 그녀의 등줄기를 부드럽게 따라 내려가고, 다른 한 손이 다리를 더듬어 훑어

내렸다. 그 감각에 수아가 흠칫 몸을 떨었다. 순식간에 몸이 그에게 반응했다.

“흡, 하앗, 알, 그, 읍……!”

입술이 떨어졌다가도, 그녀가 호흡곤란을 호소하며 간신히 숨을 들이켜는 순간 다시 한 번 그의 입으로 틀어막힌다. 공기를 들이켜던 입은 그대로 그의 입술을 빨아들일 수밖에 없었다. 그 안에서 무언가 말을 만들어 그에게 전달한다는 것은 쉬운 일이 아니었다.

그러는 사이 하르페니언의 손가락은 그녀의 온몸을 더듬어 내렸고, 간밤의 감각을 다시 불러일으키는 것은 정말 순식간이었다. 몸을 움직이려고 해도 마치 바위가 찍어 내리는 것처럼 꼼짝도 하지 않았다.

이 남자, 진짜 왜 이래!

저번에도 이런 식이었다. 그럴 생각이 없으면 한 침대에서 함께 아침을 맞이하지 않는 편이 낫겠다 싶었지만, 문제는 지금 그럴 생각이 있어도 이런 꼴이라는 것이다.

수아는 잠깐 어떻게 하는 것이 좋을까 고민했지만 곧 그 고민은 이내 녹아버리듯 사라졌다. 아니, 그냥 아무런 「생각」도 할 수 없어졌다는 것이 더 옳은 표현일 것이다.

그녀의 상앗빛 피부는 금세 붉게 물들었고 그를 밀어내려고 하던 수아의 손은 다시 그의 어깨를, 목을 감으며 매달릴 수밖에 없었다.

공기가 다시 한 번 달아오르기 시작했다.

"……으."

멍이 들었으리라는 것을 짐작하는 것과 실제로 눈으로 보는 것은 굉장히 달랐다. 여기저기 키스 마크는 물론 어깨니 가슴 위니 하는 곳에도 아예 손자국이 눈에 보일 정도였다. 수아는 한숨을 쉬며 욕실 거울을 쳐다보았다.

어쩐지 아침에 그녀의 몸을 본 하르페니언이 당황하며 힐링연고를 꺼낸 데는 이유가 있었다. 수아는 그걸 바르는 건 거절했다. 그가 남긴 흔적을, 굳이 다른 힘을 빌려 없애고 싶지 않았다. 물론 이렇게까지 심할 줄은 상상도 못 했지만.

더구나 입을 옷도 없다. 아침, 옷을 더듬거리며 찾다가 찢어진 것을 보고 얼마나 황당했던지. 확실히 그런 소리가 난 것 같은 기억은 있지만……. 하르페니언은 차마 고개도 들지 못하면서 그녀에게 상의를 빌려주었고, 수아에겐 그게 거의 원피스가 되었다.

그녀가 간신히 씻은 후 욕실 밖으로 나오자, 밖에서 쩔쩔매고 있던 하르페니언이 힘없이 걷는 수아를 부축했다.

"수아."

전신 근육통은 물론 제대로 걷기도 힘들었다. 그의 몸에 닿는 순간 그녀는 그대로 늘어졌고, 결국 하르페니언은 조심스레 그녀를 안아 올려 침대로 데려갔다.

"괜찮나."

"……괜찮아, 보여요?"

그는 차마 대답을 하지 못한 채 시선을 피할 뿐이었다.

"으, 진짜."

"음, 그…… 미안."

"도대체……."

아침에 폭주하는 거, 어떻게든 안 될까요. 수아는 그 말을 하려다가 그냥 꿀꺽 삼켰다.

사실, 진짜 문제는 문제였다. 앞으로도 계속 이러면 몸이 어떻게 버틸까. 따지면 간밤보다 아침에 시달린 시간이 더 길 정도였다. 정말 기절할 정도로 피곤했다.

"미안."

하지만 정말 울 것 같은 표정을 하며 쩔쩔매는 하르페니언에게 더 뭐라고 하고 싶지도 않았다.

"됐어요. ……그나저나, 알은 상처 괜찮아요?"

부상을 입은 채로, 그래도 됐던 걸까. 하지만 그는 곧바로 고개를 저었다.

"아니, 이 정도는 심한 것도 아니고."

"그 정도가 심한 게 아니면……. 잠깐 봐봐요."

수아는 간신히 침대에서 몸을 일으켜 앉았다. 하르페니언이 그런 그녀의 등에 얼른 쿠션을 대어주었다. 그다지 푹신하진 않았지만 훨씬 나았다.

하르페니언은 잠깐 멈칫했지만, 결국은 얌전히 수아가 요구하는 대로 어깨와 팔에 감은 붕대를 보여주었다.

"맙소사."

수아는 저도 모르게 혀를 찼다. 붕대 위에는 붉은 피가 살짝 배어 나와 있었다. 그것도 두 군데 모두.

미쳤어, 이런 몸으로.

"저쪽에 있는 붕대 가져와요. 갈아줄게요."

"아니, 이건 내가……."

하르페니언의 그 말은 수아가 한 번 인상을 쓰자 조용히 사그라졌다.

수아는 가급적 그를 책망하는 말이 입 밖으로 나가지 않게 노력하며 붕대를 갈았다. 하르페니언은 아무래도 그녀에게 뭔가를 시킨다는 것에 대해 안절부절못하는 것 같았다. 그러나 어쨌든 그녀가 붕대를 풀고, 힐링연고를 바르고, 다시 붕대를 감을 때까지 입을 다물고 얌전히 앉아 있었다.

"그런데."

처음 감아본 붕대였는데, 생각보다 잘 감아졌다. 수아는 혹시 풀어지지 않을까 꼼꼼하게 살피면서 궁금한 점을 물었다.

"왜 연고를 발라요? 포션이면 더 빨리 아물 텐데."

"아니, 그러면 자가 치유력이 떨어지니까."

"치유력요?"

하르페니언은 어색한 침묵이 깨지는 것이 반가운 듯 곧바로 답했다. 평소라면 하지 않을 긴 설명까지 함께였다.

"힐링포션은 너무 자주 사용하면 안 돼. 어차피 상당히 고가라 자주 사용할 수 있는 사람들도 얼마 없고, 이걸 부담 없이 살 수 있는 이들은 상처를 그렇게까지 자주 입을 일도 없으니 별로 알려지지는 않은 사실이지만……. 너무 단기간에 자주 사용하게 되면 원래 신체가 가진 치유력을 떨어뜨린다더군. 굳이 몸이 애쓰지 않아도 무언가가 미리 치료해주고 있다는 걸 알게 되니까. 난 어제 이미 사용했으니까 한동안은 쓰지 않으려고."

"아, 그게 또 그렇군요."

그러면 힐링포션은 「약」이라는 걸까. 오남용하지 말라는 건 일상적으로 자주 들어왔기에 쉽게 이해가 갔지만, 부작용의 종류가 좀 낯설었다. 자체 치유력을 떨어뜨린다니.

"그럼 포션은 언제 먹을 수 있어요?"

"아니, 굳이 안 먹어도 돼. 금방 나을 테니."

"……금방이 어느 정도예요?"

"뼈는 멀쩡하고 근육도 크게 상한 건 아니야. 그 엘프가 처치도 제대로 해줬고. 단지 구르는 바람에 상처가 좀 벌어져서 심각한 부상처럼 보이……."

"전 언제쯤 낫냐고 물었어요."

말을 돌리는 것이 뻔히 보여 눈을 가늘게 뜨며 재차 묻자, 하르페니언은 잠깐 말을 멈췄다가 시선을 피하며 대답했다.

"음, 2주…… 정도."

그나마 거짓말을 하는 것 같지는 않아 마음이 좀 누그러졌다. 동시에 2주면 꽤 길다는 생각도 들었다. 하긴, 칼에 찔렸는데 신관의 도움 없이 그 정도라면 하르페니언의 말대로 심각한 부상은 아닐 수도 있었다.

"그럼 그때까지는 좀 자제해야겠네요. 방도 따로 쓰고."

"뭐?"

"상처가 더 벌어지면 안 되잖아요?"

"수아?"

그가 확 안색이 변하면서 그녀 쪽으로 몸을 돌렸다. 그리고 그대로 그녀의 팔이라도 낚아챌 듯 반사적으로 손을 뻗었다가, 이내 다시 멈췄다. 그 안절부절못하는 모습에 수아는 풋 하고 웃음을 터뜨렸다.

"농담이에요. 그렇지만 진짜, 좀 조심해요. 상처 더 안 늘게 하겠다고 해놓고, 제가 늘리는 꼴이 되면 안 되잖아요."

"수아."

그는 안도한 건지 장난치지 말라고 책망하는 건지 알 수 없는 표정으로 가볍게 한숨을 내쉬었다. 그녀는 다시 한 번 쿡쿡 웃으면서 천천히 그에게 몸을 기댔다. 금세 단단한 팔이 그녀의 어깨를 감싸왔다.

"……후회 안 하나."

당연히 물어올 거라고 생각한 질문이기에 새삼스럽지도 않았다. 그녀는 웃는 얼굴 그대로 살짝 고개를 들어 시선을 맞췄다. 일렁이는 금색이 보였다. 그녀는 새삼스레 굉장히 아름다운 색이라고 생각했다. 그 어떤 보석을 가져와도 비교할 수 없는 빛일 거라고.

내, 남자의 눈동자.

그녀의 입이 부드럽게 호선을 그렸다.

"할 거 같아요?"

이제 그가 어떤 마음으로 묻는지 알았다. 정말로 수아가 후회할 것 같아서 물어보는 것이 아니었다. 아니, 처음에는 정말 질문의 의미 그대로 물어본 게 맞긴 할 것이다. 하지만…….

어느 순간부터 이렇게 바뀌었을까.

"전혀요."

이건, 그 나름의 어리광이다. 후회하지 않는다고, 그의 옆에 있는 것이 좋다는 말을 그녀의 입으로 듣고 싶어 묻는 것이다.

"말했잖아요, 절대 떠나지 않겠다고."

그리고 수아도, 그런 것이라면 기꺼이 얼마든지 말해줄 것이다. 수십 번, 아니 수천 번이라도 계속해서 반복하고 또 반복해서.

"사랑해요. 알이 싫다고 해도 계속 옆에 있을 거예요."

그의 손이 천천히 수아의 뺨을 쓰다듬었다. 그 무엇보다도 소중한 것을 만지는 듯한 조심스러운 손길에 수아는 더욱 몸에서 힘을 뺐다. 몸이 나른했다.

이윽고 입술이 부드럽게 닿았다 떨어지고, 그는 좀 더 그녀가 기대기 편하게 자세를 잡아주었다. 수아는 두근거림과 편안함이 공존하는 기묘한 감각 안에서 눈을 감았다.

"……사랑해."

하르페니언의 낮은 목소리.

더할 나위 없이 완벽한 순간이었다.

다시 눈을 떴을 때 수아는 순간 자신이 어디에 있는지 몰랐다.

그녀는 눈을 몇 번이고 깜박였다. 부드럽다고는 빈말로도 할 수 없지만 수아는 그래도 제법 푹신한 요 위에 이불을 덮고 누워 있었고, 주변은 꽤 밝았다. 아니, 밝은 정도가 아니라 한눈에 봐도 오후라는 것을 알 수 있었다.

어라?

그녀는 급히 몸을 일으키다가 욱신거리는 몸에 잠깐 움직임을 멈췄다. 아직도 온몸이 쑤셨다. 아니, 오히려 더 심해진 것도 같았다. 대신 정말 쓰러질 것 같았던 몸에는 꽤 힘이 돌아와 있었다.

그리고 입고 있는 것은 아직도 하르페니언의 셔츠 한 장이었다.

'음, 어쨌거나 꿈은…… 아니었구나.'

수아는 새삼스레 달아오르는 뺨을 식히며 무리가 되지 않을 정도의 움직임으로 천천히 주변을 살펴보았다. 어제와 구조가 같은 방 안에는 그녀 혼자만이 있었다. 하지만 좀 다른 것이 있다면, 여기는 아침까지 있던 하르페니언이 묵는 방이 아니라 그녀가 묵는 방이라는 점이었다.

어떻게 된 것인지 알아차리는 것은 그다지 어렵지 않았다. 아마도 그 뒤 곧바로 잠든 그녀를, 하르페니언이 이곳으로 옮겨놓은 것이겠지.

그것까지는 괜찮다. 단지 벌써 해가 중천도 아니고 그걸 지나갔다는 것이 마음에 걸렸다.

도대체 얼마나 잔 걸까.

아침에 이미 한 번 씻었던지라, 수아는 간단하게 세수만 하고는 옷을 갈아입었다. 대충 옷매무새를 확인하고, 협탁에 얌전히 놓여 있던 이즈벳 목걸이까지 걸고 나자 갑자기 배가 고파졌다. 하긴 지금이 정말 오후라면 아침도 점심도 먹지 않았으니 당연할지도 모른다. 간밤에 상당히 움직이기도 많이 움직였고…….

윽.

수아는 시도 때도 없이 붉어지는 이 얼굴을 어떻게든 해야겠다고 생각하면서 조심스럽게 문을 열었다.

"어, 아가씨. 일어났어?"

그리고 복도 창틀에 앉아 밖을 보고 있던 실바코프와 눈을 마주쳤다.

"아, 네."

반사적으로 그렇게 대답하고는 고개를 갸웃했다.

"어디 다녀왔어요?"

아무래도 어딘가에서 한 바퀴 구른 것 같은 모양새였다. 그가 어깨를 으쓱이며 창틀에 어설프게 앉아 있던 몸을 살짝 일으켰다.

"잠시, 숲에."

"네? 또 갔었어요?"

"아무래도 좀 이상해서. 몬스터가 그렇게까지 많이 있을 숲이 아니거든. 무슨 미궁도 던전도 아니고…… 아니, 수로만 따지면 이미 웬만한 던전 수준이야. 그나마 하급 몬스터들이니 망정이지.

어쨌건 인간이 살고 있는 근처에는 절대 있을 수 없는 숫자라."

그런 말을 듣고 있자니 한순간에 현실로 되돌아온 기분이 들었다. 수아는 살짝 미간을 찌푸렸다. 어제 일이 떠올랐다. 정말 심각할 정도로 몬스터들이 많긴 했다.

"그런데 내가 알고 있는 그 어떤 요소를 조합해도, 마을 근처에 있는 숲에 몬스터가 그렇게 우글거릴 리가 없어. 그래서 전하와 한 번 더 다녀왔지."

"어? 알도요?"

"그 정도면 나 혼자는 무리니까."

"하지만 부상도 입었고……."

잠도 제대로 못 잤을 텐데.

그 말에 실바코프는 작게 혀를 찼다.

"쯧, 아가씨에게 전하가 어떻게 보이는지는 모르겠지만, 조금 다쳤다고 해서 그게 걸리적거리기나 하실 분 같아? 이번에는 긁힌 상처 하나 없이 오셨어."

"아……. 그럼 다행이고요. 어, 근데 알은요?"

"마을 촌장과 이야기하고 있어. 난 마법진 거두려고 바로 왔고. 내가 온 지 꽤 됐으니, 아마 곧 오실 거야."

"마법진요?"

"아무리 낮이라고는 해도 아무런 대비 없이 아가씨를 혼자 두고 갈 순 없잖아? 내가 좀 강력한 걸로 치고 갔지. 뭐, 어제 그따위로 습격이 있었으니 오늘은 안전할 거라고는 생각했지만……. 만일의 경우라는 것도 있고, 전하도 하도 성화시라. 열댓 번은 확인하시더군."

그는 작게 한숨을 내쉬며 고개를 절레절레 저었다.

"그나저나 아가씨 많이 피곤했어? 지금 일어난 거지?"

"어, 음. 네. 뭐 수확은 있었어요?"

수아가 급히 말을 돌렸다.

"글쎄. 그 숲에만 몬스터가 넘친다는 게 말이 안 된다는 걸 다시 확인한 정도? 일단 그 정도로 있다는 것도 이상하지만, 숲에서만 출몰하는 것도 이상해. 저 정도라면 당연히 주변에 있는 인간을 습격해 왔을 거고, 그럼 마을 자체가 통으로 없어지고도 남았을걸."

"그 정도예요?"

"그래. 부자연스럽기 짝이 없지. 몬스터의 이상 행동과 어쩌면 관련이 있을지도 모르고."

"실바코프 씨는 딱히 짐작 가는 게 없어요?"

"나?"

"네. 마법사잖아요. 그리고……."

수아는 잠깐 주위를 살폈다. 복도에는 아무도 없었다. 하긴 누가 있었다면 실바코프가 경솔하게 전하라는 호칭을 쓰지도 않았을 터였다. 그래도 수아는 조금 목소리를 낮춰 말을 이었다.

"오래 살아서, 신마전쟁도 거쳤다면서요."

그 말에 실바코프는 고개를 저었다.

"그렇다고 해서 이 세계의 모든 걸 아는 건 아니니까. 더구나 이런 건 뭔가 단서라도 있어야 어디서부터 어떻게 풀어내야 할지 실마리라도 잡지, 이건 무슨 종류의 문제인지도 모르는데 무조건 답만 내야 하는 상황이잖아?"

그는 복도 창틀에서 내려오며 말했다.

"그래서 혹시 뭐라도 있을까 싶어 한 번 더 갔던 건데……. 아가씨는 어제 뭐 이상한 거 느낀 거 없어? 위화감이라든지, 아주 작은 것도 좋은데."

"으음……. 사실 좀 마음에 걸리는 게 있긴 했어요."

"뭐가?"

"근데 너무 사소해서."

"아니, 괜찮아. 뭔데?"

수아는 어제 봤던 것을 떠올렸다.

"아지랑이 같은 게……."

"아지랑이?"

"뭔가 눈앞에서 공간이 일그러지는 것 같은 느낌이 들었어요. 그 있잖아요, 공기가 아른거리는 거."

"숲 안에서 봤어?"

"네. 습격당했을 때요."

"그럼 아가씨가 왔다는 그 장소겠군."

흐흠, 실바코프가 턱을 살살 어루만지며 잠시 생각에 잠겼다.

"공간의 일그러짐이면 꽤 큰 문젠데, 내가 느끼지 못했을 정도면……."

그 말에 수아는 더욱 자신이 없어졌다. 사실 기억이라는 건 불확실하다. 하루 정도가 지났으면 더 그렇다.

"제가 그냥 잘못 본 걸 수도 있겠어요."

작게 변명하듯 말하자, 실바코프는 고개를 저었다.

"아냐. 오히려 아가씨에게만 보였을 수도 있지. 한번 가보는 게 좋겠군."

거기까지 말했을 때, 누군가가 밑에서 올라오는 소리가 났다. 계단이 밟혀 삐거덕거리는 소리가 생각보다 꽤 컸다. 수아는 반사적으로 계단 쪽을 바라보았다가, 익숙한 검은 머리칼을 보고 곧바로 시선을 내렸다.

"수아?"

하르페니언은 왜 복도에 나와 있느냐는 듯이 그녀의 이름을 불렀지만, 수아는 차마 그를 똑바로 쳐다볼 수가 없었다.

"어, 와, 왔어요? 촌장님과 이야기하고 있다고 들었는데, 빠, 빨리 왔네요."

수아는 주춤주춤 뒤로 물러나려고 했지만 그보다는 하르페니언이 더 빨랐다.

"어디 아픈가."

그는 조금의 망설임도 없이 그녀 앞으로 다가오더니, 그녀가 무어라 반응하기도 전에 바로 이마에 손을 얹었다. 수아는 그대로 그 자리에 굳어 꼼짝할 수 없었다. 하르페니언이 눈살을 찌푸렸다.

"조금 뜨겁군."

"어, 아뇨. 그, 일어난 지 얼마, 안 돼서요. 몸은 괜찮……아요."

순간 자동적으로 눈을 맞춘 그녀는 흠칫하며 얼른 다시 시선을 돌렸다.

확, 저도 모르게 뺨이 달아올랐다. 부끄러워서 견딜 수가 없었다. 그런 그녀에 비해, 하르페니언은 얄미울 정도로 태연했다.

"수아."

그는 그녀의 이마를 짚었던 손으로 곧바로 턱을 들어 올렸다.

"날 보고 말해."

"어……. 그……."

순간적으로 머릿속이 새하얗게 변해, 무어라고 말을 해야 할지 몰랐다. 강제로 그의 눈을 쳐다보게 된 수아는 수많은 색이 오가는 금색 눈동자에 시선이 박혀 꼼짝을 할 수가 없었다.

곧 그 눈에 웃음기가 서렸다. 금색 눈동자가 그녀에게 가까워졌다. 수아가 그것의 의미를 제대로 파악하기도 전, 입술에 무언가 따뜻한 것이 닿았다 떨어졌다. 그가 그녀에게 가볍게 입을 맞췄다는 걸 안 것은 약간의 시간이 흐른 뒤였다.

"아, 알?!"

도대체, 옆에 실바코프도 보고 있는데! 그녀가 기겁하며 뒤로 물러섰다. 물론 그럴 수 있던 것은 수아가 굳어 있던 그 짧은 시간 동안, 그가 그녀를 붙잡고 있던 손을 놓아주었기 때문이다.

"그렇게 도망가려고 하면, 아무래도……."

그는 전혀 곤란하지 않은 말투로 그렇게 말하며 어깨를 으쓱였다. 그 모습에 카르니언이 겹치는 건 왜일까. 그녀는 붉게 달아오른 얼굴로 차마 뭔가 소리도 내지 못하고 입만 뻐끔거렸다.

그 옆에서 실바코프가 큭큭거렸다.

"뭐, 왜 웃어요!"

하르페니언 상대로는 승산이 없다는 것을 느낀 그녀가 애꿎은 실바코프에게 화살을 돌렸다. 그는 여전히 웃으며 고개를 절레절레 흔들었다.

"아니, 뭐. 서로 잘도 휘둘린다 싶어서."

그는 즐거운 듯 말했다.

"그야말로 풋풋한 연인들이라…… 둘 다 귀엽네."

"으아, 진짜 영감님 같아!"

"그래?"

"그래요. 실바코프 씨가 처음 연애할 때는 어땠는데요?"

진짜로 궁금해서 물어본 건 아니었다.

실바코프야, 지금 모습으로 상상하면 누군가에게 가슴앓이를 하며 말 거는 것도 수줍어한다든지, 쭈뼛거리며 상대의 눈치를 살핀다든지 하는 건 상상하기도 무서울 정도였다. 단지 지금 중요한 것은 그녀의 말 상대로 실바코프가 있다는 것이지 내용이 아니었다. 수아가 필사적으로 하르페니언을 쳐다보고 있지 않음에도, 그의 시선이 이렇게나 강하게 느껴질 줄이야. 물론 화가 났다거나 못마땅해하는 시선은 아니었지만, 약간 다른 의미에서 매우 곤란했다.

조금, 숨 돌릴 시간은 줬으면 하는데.

그녀는 확확 달아오르는 얼굴을 간신히 진정시키며 뚫어져라 실바코프만 쳐다보았다.

"내 연애?"

다행히 실바코프는 그녀의 말에 뭔가 생각난 듯, 피식 웃었다.

"하긴 뭐, 나도 할 말이 없나."

"네?"

"나도 꽤 휘둘렸거든."

"휘둘……려요?"

수아의 표정이 좀 볼만했는지, 실바코프는 쯧 혀를 찼다.

"아가씨가 물어놓고 그 표정은 뭐야? 이래 봬도 나, 꽤 순정파였다고."

"순정파……. 아무리 그래도 그 단어는 너무하잖아요."

그 말만큼이나 그에게 어울리지 않는 단어가 또 있을까.

심지어 하르페니언조차 잠깐 그녀에게서 시선을 뗀 게 느껴졌을 정도였다.

"진짠데."

"그럼 그 상대분 놔두고 뭐 하는 거예요?"

실바코프는 그 물음에 가볍게 대답했다.

"뭐, 어쩔 수 없잖아. 상대가 죽었는걸."

헙, 수아는 입을 다물었다.

"사실 죽지 않을 수도 있었는데, 바보같이. 뭐, 나보다도…… 아니 자신의 목숨보다도 더 중요한 게 있다고 해서 제대로 말리지도 못했지."

그 어조는 여전히 장난스러웠지만, 그의 눈은 결코 웃고 있지 않았다.

"아, 미안……해요."

"아냐. 어차피 꽤 오래전 일이고. 처음에야 원망도 했지만, 생각해보면 그런 선택을 할 만한 여자이기에 반했던 거니까. 그렇지만 가끔……."

그는 무슨 말을 더 하려다가 뒷말을 삼켰다. 그는 씩 웃었다. 평소와 똑같은 미소였지만, 수아의 눈에는 그것이 미소로 보이지 않았다.

"아무튼 옛날이야기야. 뭐, 그 뒤로 사이좋은 연인만 보면 조금은 방해하고 싶어지긴 하지만."

그 말과 함께 실바코프가 수아를 향해 허리를 숙이며 고개를 들이밀자, 그녀는 반사적으로 뒤로 물러났다. 동시에 어깨에 하르페니언의 팔이 얹혔다. 수아가 고개를 돌리자 하르페니언의 얼굴이 바로 위에 보였다.

그녀는 얼른 시선을 밑으로 떨궜지만, 대신 하르페니언의 팔 위에 자신의 손을 얹었다.

"뭐, 그랬다는 이야기입니다. 그나저나 제가 이젠 아가씨 안 꼬신다고 했잖습니까. 그렇게 경계하실 것까진."

그의 태도 역시 평소와 같은 모습이었다. 그러나 보통 때라면 한마디 정도는 맞받아쳤을 하르페니언이 아무 소리도 하지 않았다. 수아를 잡고 있는 하르페니언의 손에 조금 더 힘이 들어간 것도 같았다.

가끔 잊긴 하지만, 그는 엘프였다. 그것도 아주 길고 긴 세월을 살아온. 황금시대에 태어나 신마전쟁을 거쳐 여태껏 살아온 그였으니, 그의 연인도 그 세월 어디엔가 있었을 터였다.

"아무튼."

실바코프는 아무 일도 없었다는 듯 자연스럽게 화제를 돌렸다.

"마지막으로, 그 숲에 한 번 정도는 더 들어가 봐야 할 것 같습니다."

"다시?"

그제야 하르페니언이 입을 열었다. 실바코프는 고개를 끄덕였다.

"네. 이번엔 아가씨와 함께요. 뭔가를 봤다고 하니."

"아, 진짜 별거 아니에요. 잘못 본 걸 수도 있고."

수아가 급히 덧붙였다. 하르페니언이 의아한 듯 그녀를 내려다보았다. 이번에는 수아도 시선을 피하지 않을 수 있었다.

"무언가를 봤었나?"

"음, 연기 같은 게 피어오르는 아지랑이 느낌? 뭔가 흐릿하게 피어오르는 걸 본 것도 같은데……. 진짜 잘못 본 걸 수도 있어서요."

"어디서 봤지?"

"그, 제가 처음 온 곳이요."

"좀 더 자세히."

"그게."

수아가 막 입을 연 순간, 실바코프가 끼어들었다.

"계속 복도에 서 있으실 겁니까? 일단 들어가서 계속하시죠."

하르페니언의 방은 이미 깨끗이 정돈되어 있어 어제의 흔적은 전혀 찾아볼 수 없었다. 그럼에도 수아는 방 안으로 들어가면서 살짝 주저했다.

이상했다. 막상 밤을 보내고 같은 침대에서 눈을 떴을 때는 오히려 괜찮았는데, 왜 이제 와서 이렇게나 부끄러워지는 건지.

수아는 슬쩍 방 한 바퀴를 시선만 움직여 둘러본 다음, 이번에는 하르페니언에게 의식적으로 시선을 돌렸다. 여느 때와 같은 모습이었다. 부드러워 보이는 검은 흑발, 검붉은 문신, 커다란 몸, 단단해 보이는 팔, 외출에서 돌아와 아직 벗을 기회를 찾지 못해서인지 검은색 장갑을 끼고 있는 투박한 손. 그런 그가 자연스럽게 테이블 의자를 빼며 수아에게 앉으라는 듯 그녀를 바라보았다.

그렇게 시선이 마주치자, 심장이 쿵 울렸다. 그리고 왜 자신이 이런 상태인지 이해했다.

나, 다시 반한 거구나.

수아는 또다시 그 사실을 깨달은 자기 자신에게 어이가 없었다. 그녀는 조심스레 하르페니언이 빼준 의자에 앉으면서 다시 힐끗 그를 보았다.

도대체 얼마나 반하면 만족하는 걸까, 내 마음은. 더 이상 커질 수 없다고 생각했던 마음은 예기치 않은 때에 계속해서 커진다. 이러다 평생에 걸쳐 더 좋아하고, 사랑하고, 새삼 반하면서 사는 것이 아닐까. 몇십 번이고, 몇백 번이고.

좋다, 그거.

그렇게 생각하자 가슴의 두근거림은 더 커졌지만 경황없이 부끄럼으로 발을 동동 구르는 것 같은 상태는 좀 나아졌다. 그제야 수아는 하르페니언을 보며 미소 지을 수 있었다.

그런 그녀의 시선을 느끼고, 하르페니언 또한 그녀에게 다정한 눈길을 보내왔다. 그것이 마음 떨리게 기뻤다. 행복하기 짝이 없는, 그런.

곧바로 숲에 대한 이야기가 시작됐지만 설렘은 여전히 그녀의 주변을 떠돌았다.

그리고 몬스터도 여전했다.

사실 하르페니언의 방에서 한 이야기는 길지 않았다. 이번에는 주변 정황을 좀 살피면서 수아가 왔던 곳까지 다시 한 번 다녀오자는 결론을 낸 것 정도였다. 그래서 얼마 되지 않아 셋은 다시 숲으로 들어왔고, 다시 공격을 받았다.

수아가 두 남자가 베어 넘긴 몬스터의 사체들을 보며 이상하다는 듯 고개를 갸웃거렸다.

"방금 여기 다녀온 거 아니었어요?"

실바코프와 하르페니언이 숲에 다녀온 이상, 당연히 몬스터들은 어느 정도 퇴치가 됐을 것이다. 실제로 어제도 들어갈 때와 나갈 때 몬스터의 수는 상당히 차이가 났다. 하지만 오늘은 어제 들어갈 때와 거의 다를 바가 없는 숫자였다.

"그래서 이상한 거지. 죽은 놈이 다시 살아난 건 아닐 테니, 그 짧은 시간 동안 다시 숫자가 늘었단 소리잖아."

"문제가 하나 더 있다."

하르페니언이 막 베어버린 몬스터에서 검을 거두며 말했다.

"사체가 없어."

"어라라."

실바코프가 살짝 얼빠진 소리를 냈다.

"그러고 보니…… 정말 그렇습니다?"

그도 눈치채지 못하고 있던 사실인 듯, 실바코프는 새삼 주변을 둘러보았다. 방금 베어 넘긴 놈들의 사체는 당연히 있었다. 하지만 그게 다였다. 어제, 아니 하다못해 오늘 오전에 베어 넘긴 놈들조차 하나도 보이지 않았다.

"아까는…… 어제 처치한 놈들이 보이지 않는 건 그럴 수도 있다 싶었지만, 지금은 이상해. 몇 시간도 채 지나지 않았는데."

흙바닥에 놓은 몬스터의 사체는 오래가지 않는다. 짧게는 몇 시간, 길게는 하루까지도 가지만 부패하지 않고 그저 사라진다.

단, 인간의 손이 닿은 천이나 돌바닥 위에 있는 놈들은 보통 동물과 똑같이 썩어가기 때문에 때에 따라 뒤처리가 필요하지 않을 때가 있고, 필요할 때가 있었다. 이번 경우는 전자였다. 그러나 다양한 종류의 수많은 몬스터들을 해치웠음에도, 단 몇 시간 만에 한 마리의 흔적도 남지 않고 사라져 있다는 게 아무리 생각해도 이상했다.

"확실히 이 숲에 뭔가 있긴 한 것 같은데……. 거참, 엘프 체면이 말이 아니군요."

"이번에도 뭔가를 발견하지 못하면 수색대를 파견하는 게 낫겠군. 마을 사람들은 이주시키는 수밖에."

"그게 나을 것 같습니다. 고향을 떠나기야 싫겠지만, 이대로라면 몰살당하는 건 시간문제일 테니까요. 일단은 사는 게 먼저죠."

그렇게 몬스터를 해치우며, 셋은 수아가 처음 온 장소까지 어렵지 않게 도착했다. 오전에도 혹시나 해서 들른 장소였으니 하르페니언과 실바코프는 만 하루 만에 세 번이나 온 셈이었다. 당연히 길도 눈에 익어 오는 것도 더 수월했고, 몬스터들이 많다는 것에도 충분히 대비하고 왔으니 이제는 별로 지치지도 않았다.

"여기야."

그 말에 수아는 주변을 둘러보았지만 딱히 이상한 점은 보이지 않았다. 솔직히 그녀는 여기가 어제 암살자들에게 습격을 받은 곳인지조차 잘 알 수가 없었다.

그냥 다 같은 숲으로만 보였다.

하긴 어제도 볼펜이 떨어져 있지 않았으면 그녀가 온 곳인지도 몰랐을 터였다.

그렇게 바닥을 보다가 수아는 핏자국을 발견했다. 찢어진 옷자락도 여기저기 늘어져 있었지만 사람의 시체는 보이지 않았다. 그 시선을 따라가던 실바코프가 가볍게 설명했다.

"뭐, 사람은 몬스터들의 좋은 먹이니까."

"윽."

수아는 가급적 그 모습을 상상하지 않으려고 노력하며 다시 주변을 살펴보았다. 그러나 역시 눈에 띄거나 특별해 보이는 건 없었다.

"뭔가 있나, 수아."

"아뇨. 음……. 역시 잘못 봤나."

풀이 죽어 말끝을 흐리자 그녀를 보호하기 위해 바로 곁에 서 있던 하르페니언이 장갑을 낀 손으로 가볍게 그녀의 뺨을 쓰다듬었다.

"의혹은 바로 해결하는 것이 좋지. 게다가 그대 덕에 다시 오게 되었으니 사체가 없다는 것도 알게 된 거고."

낮았지만 부드러운 목소리였다. 스치듯이 얼굴에 머문 그 손은, 심지어 장갑의 감촉마저도 기꺼웠다. 수아가 무어라고 대답하기 위해 그를 올려다보았다.

그리고 그 순간.

"어?"

그의 뒤쪽, 저 멀리 공간에 일그러짐이 보였다.

그 소리에 하르페니언도 뒤를 돌아보았고, 실바코프도 그쪽을 쳐다보았다. 그리고 안색이 확 변했다.

"저건……. 전하, 아가씨를!"

실바코프의 외침과 동시에 하르페니언은 수아의 허리를 팔로 감아 그의 품 안으로 넣었다. 그녀 또한 반사적으로 하르페니언의 망토를 꽉 쥐었다.

순식간에, 「그것」은 다가왔다.

가까이 본 그것은 아지랑이와는 전혀 달랐다. 왜 자신이 그리 착각했는지 모를 정도였다. 공간의 일그러짐이라는 건, 좀 더, 기괴하고 거부감이 들어서—.

수아는 하르페니언의 품으로 더 파고들었다. 아니, 그랬었다. 확실히 그 느낌은 남아 있었다. 방금까지 단단하게 붙잡고 있던, 그의 몸.

"알!"

하지만 지금 그녀가 있는 곳은 허공의 암흑이었다. 방금 전까지만 해도 그녀를 아플 정도로 꽉 붙잡고 있던 상대는 흔적도 없었다.

"알, 어디 있……!"

그 말을 다 외치기도 전에, 그녀는 세계가 엉망으로 휘청거린다는 느낌을 받았다.

그리고.

빠앙!

주변이 다시 밝아졌을 때, 그녀는 익숙한 소리를 듣고는 고개를 돌렸다.

그곳에 있는 것은, 자동차였다.

No. 15 Episode

# 귀환

수아는 당황하여 고개를 들었다. 이제는 평생 듣지 못할 거라 여겼던 소리였다. 그리고 결코 들려서는 안 되는 소리였다.

그녀는 당황해 한 걸음 뒤로 물러섰다.

"수아야!"

그런 그녀를, 누군가가 불렀다.

"어?"

"왜 그래, 멍하니?"

눈앞에 방금 수아를 부른 여자가 그녀를 바라보고 있었다. 큰 키에 긴 머리를 하나로 묶고 있는, 청바지와 티셔츠 차림의 여자.

아는 얼굴이었다. 정은 언니.

"역시 너무 많이 마신 거 아냐?"

"응? 아니, 아니야."

수아는 고개를 흔들었다. 익숙한 매연 냄새가, 도시의 먼지 냄새가 그녀의 코를 찔러왔다.

나, 뭘 하고 있었더라?

"수아야?"

정은 언니가 그녀에게 한 걸음 다가왔다.

술 냄새가 확 끼쳐왔다.

아, 그래. 술. 방금까지 수아는 술자리를 달렸다. 1차로 파전과 함께 막걸리를 마셨고 2차로는 맥주를 마셨다. 3차를 가자는 호기로운 소리도 있었지만 대부분 고개를 저어, 결국 술자리를 파하고 모두 헤어져 집으로 돌아가던 길이었다.

"별로 안 마셨는걸. 취한 건 아니야."

수아는 반사적으로 고개를 저었다. 과음은 아니었다. 두 종류를 섞어 마셨다고는 해도 1차 때는 주로 식사에 초점이 맞춰져 있었기에 거의 반주 수준이었고, 2차 때는 배가 불러 한 잔도 다 마시지 못했다. 실제로 수아는 지금 취기도 느껴지지 않을 정도였다.

"나도 너 술 약하지 않다는 건 알지. 그렇지만 젊다고 그렇게 막 마시다가 한순간에 훅 가는 수가 있어. 나도 그랬거든."

"에이, 누가 들으면 언니가 굉장히 늙은 줄 알겠어. 나랑 겨우 두 살 차이면서."

"어머, 얘 좀 봐? 우리 시기에 두 살이 얼마나 차이 나는 줄 알아? 내가 2년 전만 해도 숙취가 없었어. 너 한 살만 더 먹어봐라. 어제랑 오늘이 다르다고 할걸?"

수아는 쿡쿡 웃었다. 정은 언니는 아까도 비슷한 소리를 하다가 스물여덟인 현준 오빠에게 핀잔을 먹었었다.

"근데 무슨 일이야? 갑자기 길거리 한가운데 멍하니 멈춰 서서. 애인 생각이라도?"

그러고 보니 수아는 길 한가운데에 서 있었다. 사람 통행이 많은 길은 아니었지만 몇몇이 그녀에게 부딪치지 않게끔 피해 걸어가고 있었다.

그러게, 왜 그랬지.

수아는 멋쩍게 웃으며 다시 발걸음을 옮겼다.

"언니 또 그런다. 내가 애인이 어딨어? 솔로 서럽게."

"아니, 혹시 모르잖니. 그동안 생겼을지도."

수아는 정은의 말을 들으며 고개를 저었다.

"그럴 리가."

그러고는 옆 도로를 달리는 자동차로 시선을 돌렸다.

방금 무슨 생각을 했더라? 왜 방금 저 자동차 소리를 이상하다고 여겼더라.

뭔가 굉장한 위화감이 든 것은 기억하고 있었다. 하지만 왜인지는 아무리 생각해도 떠올릴 수가 없었다.

수아는 고개를 갸웃했다. 잠깐 주변이 어둡다고 느낀 것도 같고, 뭔가를 잊은 것 같기도 했다.

하지만 뭘?

아무리 기억을 더듬어 봐도 그런 것 따윈 없었다. 기말고사도 무사히 끝났고, 성적도 괜찮게 나왔고, 막 여름방학에 접어든 참이었다. 아직 아르바이트도 시작하지 않은 데다 올해 중학생이 된 쌍둥이 동생들도 방학을 하지 않았기에 제대로 된 자유시간인 셈이었다.

오늘만 해도 동호회 회원 다섯 명이서 산을 탔다. 그중 한 명이 오프라인에서는 처음 만난 신입 오빠였다. 그 오빠가 생각보다 잘 따라와, 가볍게 산을 타자는 애초 계획과는 달리 조금 더 깊숙이 들어갔다. 그 외에는 별다른 일 없이 무사히 하산했고, 그 후 뒤풀이를 하자면서 술을 마시고 돌아가던 참이었다. 정은 언니와는 방향이 같아 함께 가고 있는 것뿐이었고.

이상할 것은 정말 하나도 없었다.

"그나저나 오늘 온 신입 회원, 괜찮지 않았어? 얼굴도 준수하고, 산 정식으로 타는 건 처음이라면서 그렇게 보이지도 않고."

"응, 괜찮던데? 성격도 좋아 보이고. 음, 그 오빠 이름이 뭐였더라? 도……."

"도윤. 수아 너 진짜 관심 없었구나? 좋아, 그럼 걔는 죄책감 없이 내가 찜!"

"풋. 잘해봐, 언니."

도윤 오빠는 괜찮아 보이는 남자였다. 그렇지만 ……보다는.

수아는 순간 발걸음을 멈췄다. 방금 자신이 누군가를 떠올린 것 같았는데.

"수아야?"

"어, 아냐. 내가 좀 피곤하긴 한가 봐. 자꾸 넋을 놓네."

"에고. 얼른 가서 쉬어."

"응, 그래야겠다."

이상하게 머리가 개운하질 못했다.

분명 즐겁게 산을 탔고 새로 온 신입 오빠도 마음에 들었으며, 간만에 동호회 회원들과 실컷 이야기를 해 기분도 좋았다. 뒤풀이 자체도 재밌었고, 꽤 신났고.

그런데 뭔가 가슴에 걸린 것처럼 묵직했다.

곧 버스정류장에 도착한 수아는 정은과 헤어져 집으로 향하는 버스에 몸을 실었다. 운 좋게 자리에 앉을 수 있었다. 그녀는 멍하니 창밖의 야경을 바라보았다.

"다녀왔습니다~."

집에 도착하기가 무섭게 쌍둥이 둘이 바로 달려왔다. 남동생 성철과 여동생 희진이었다. 그러고는 수아 주위를 빙빙 돌며 검사하듯 그녀를 살피더니 냅다 안방 쪽으로 고개를 돌려 소리를 쳤다.

"우와, 술 냄새."

"엄마, 누나 또 술 마셨어!"

"응, 언니 엄청 마셨나 봐!"

"몸도 막 휘청거려!"

수아는 기겁하며 동생들을 붙잡으며 외쳤다.

"등산하고 조금 마신 거야!"

하지만 안방에서는 아무런 반응도 없었다. 뭐라고? 하는 소리와 함께 엄마나 아빠가 나와야 정상인데. 그런 수아를 보며 쌍둥이들이 킥킥 웃었다.

"엄마 지금 안 계시잖아."

"아빠랑 오늘 한잔하신다고 나가셨으니까. 근데 술이 그렇게 좋나?"

"그러게~. 이해가 안 가. 술이 맛있나 봐?"

"난 쓰기만 하던데."

"그러니까. 음, 그럼 역시 분위긴가?"

부모님이 부재중이라는 걸 알게 되자 긴장이 풀리며 어깨가 축 내려갔다. 진짜, 이놈의 자식들이. 수아는 화를 내기도 싫어 그냥 거실로 들어가 소파에 털썩 주저앉으며 물었다.

"무슨 일 있었어? 뭔가 신나 보이는데."

둘 다 평소와는 달리 텐션이 높았다. 그 질문에 동생들은 자랑스러운 얼굴로 대답했다.

"아, 식사 못 챙겨준다고 용돈 주고 가셨거든. 시켜 먹으라고."

"그런데 직접 해 먹었지."

"즉, 예기치 않은 수입이 생겼다는 말씀!"

과연. 수아는 힐끗 부엌 쪽으로 시선을 돌렸다. 뭔가 싱크대에 접시니 냄비가 잔뜩 쌓여 있었다. 무슨 잔칫상이라도 차려 먹었나.

"뭐 먹었는데?"

"스파게티!"

"응, 생각보다 괜찮았어."

"사 먹는 게 더 맛있긴 했는데, 솔직히."

"그래, 그래도 용돈 생긴 게 어디야."

용케 요리할 생각을 했다 싶었다. 보통 땐 라면 끓여 먹는 것도 귀찮아하면서. 근데 엄마 아빠가 술이라고? 엄마야 평소 맥주 한두 캔 정도는 즐겨 마실 정도긴 했지만, 아빠는 술은 냄새도 맡기 싫어하시는 분이다.

"근데 오늘 무슨 날이야?"

그 말에 쌍둥이들이 눈을 동그랗게 떴다.

"어? 누나, 왜 그래. 부모님 결혼기념일이잖아."

"오늘 같은 날은 오붓하게 둘이 한잔하라고, 언니가 예약해드렸으면서."

아. 그 소리에 다시 생각이 났다. 가지고 있는 돈으로 비싼 곳은 무리였던지라, 여기저기 인터넷 사이트를 뒤진 끝에 한 소셜커머스에서 후기가 꽤 좋은 가게를 발견해 예약을 마쳤었다. 분명히 신사동 부근에 있는 와인바였지.

"아, 그러게."

"술 많이 마셨어?"

또 이 소리다. 아니, 진짜 아닌데.

"아냐, 그냥 좀 깜박깜박하네. 내가 요즘 좀 피곤한가 봐."

그래서 모처럼 아빠와 오붓한 시간을 보낼 수 있는 데다 공식적으로 술을 드실 수 있어 기분이 좋아지신 엄마가, 평소처럼 냉장고에 있는 밥을 챙겨 먹으라고 하지 않고 시켜 먹으라며 용돈을 주신 모양이었다. 저렇게 신난 걸 보니 금액도 약간 되는 것 같고.

오늘따라 동생들이 더 귀여워 보여 수아는 피식 웃었다.

"근데 뭐 하고 있었어?"

"아, 내일 체육 수행평가 있어서 연습하고 있었어."

"근데 대충 끝났어."

"그래? 그러면 뒷정리나 좀 하지?"

수아가 턱짓으로 부엌을 가리키자 둘은 멋쩍게 웃었다.

"아니, 그 엄마 아빠 오기 직전에 하려고."

"그럼 설거지도 하고 있다고 기특하게 볼 거고……. 뭐 그러지 않을까?"

평소 같으면 핑계 그만 대고 당장 하라고, 그렇게 미루다가 결국 남 시킬 거냐고 소리를 질렀을 것이다. 조금만 있다가 한다면서 잠이 들어, 결국 보다 못한 수아나 엄마가 하는 경우가 종종 있었기 때문이다.

하지만 오늘은 어쩐지 그런 소리를 할 기분도 나지 않았다. 오늘따라 이 아이들이 왜 이렇게 귀엽고 반가워 보일까. 마치 한참이나 만나지 않았던 동생들을 다시 본 것만 같은 느낌이었다.

실제로는, 오늘 아침에도 본 동생들이었지만.

"알았어. 오시기 전에 꼭 해야 한다?"

"오? 누나가 웬일이야."

"응, 진짜로 할게. 이번에는 언니나 엄마 안 시켜. 다른 날도 아니고 결혼기념일인데!"

동생들은 착실하게 답했다. 수아는 빙긋 웃었다.

"믿는다?"

뭐, 실제로 부모님의 결혼기념일은 겨울이지만, 이것도 나쁘지 않지.

어라?

수아는 문득 든 생각에 다시 한 번 눈을 깜박였다. 지금 혼자 무슨 생각을 한 거야, 홍수아. 부모님 결혼기념일은 오늘이 맞았다. 본격적으로 더워지기 시작하는 여름. 7월.

"으. 아까부터 이상하네……."

그냥 티만 안 날 뿐 술을 너무 마신 것이 맞나. 수아는 아무래도 오늘은 일찍 쉬어야겠다는 생각을 했다. 등산을 간만에 해서인지 여기저기 몸도 쑤셨다.

"그럼 오늘은 나 일찍 잘게."

"어, 벌써?"

"그럼 우리야 좋……. 아차."

"너희 곧 기말 시험 아니야?"

부모님도 나가고, 수아도 일찍 잠든 집에서 뭔가 신나게 놀 궁리를 하는 게 뻔히 보였다. 솔직히 거실에서 체육 수행평가 연습을 하고 있었다는 것도 거짓말일 것이다. 아마 거실에 놓여 있는 컴퓨터 모니터를 만져보면 뜨끈하지 않을까.

수아의 시선이 컴퓨터 쪽으로 향하는 걸 보며 쌍둥이들은 어깨를 움츠렸다. 그들에게 나이 차이가 꽤 나는 수아는 누나나 언니라기보다는 엄마 입장에 가까운 경우가 꽤 있었다.

"뭐, 됐어. 적당히 해."

하지만 수아는 이번에도 뭐라고 하지 않고 단지 그렇게만 말했다. 그러자 희진의 얼굴이 미묘하게 변했다.

"……언니, 어디 아파?"

"야, 됐어. 맘대로 하라잖아."

성철은 그런 희진의 옆구리를 쿡쿡 찔렀다.

"아직 중학생이니까, 뭐. 그래도 공부하는 습관 제대로 안 들여놓으면 나중에 고생한다? 공부 외에 하고 싶은 게 있다면 모르겠는데, 둘 다 대학은 인서울 가고 싶다며."

이런 부분에서는 오히려 수아가 엄마보다 더 엄했다. 아직 어린 동생들이다 보니 수아의 말도 꽤 먹혔고. 물론 이러다가 사춘기가 오면 좀 달라지겠지만 아직까지는 그저 귀여운 동생들일 뿐이었다. 둘 다 뭔가 문제가 생기면 부모님보다는 수아에게 의논하는 식으로 큰누나를 의지하고 있기도 했다.

"그러니까 스케줄을 잘 컨트롤해봐. 무작정 감추거나 숨기려고 하지 말고. 내가 언제 덮어놓고 화낸 적 있어? 그냥 스스로도 떳떳하지 못한 상황 만들지 말라는 거지."

이 말에는 쌍둥이들도 더 대꾸하지 않고 고개를 얌전히 끄덕였다. 옛날이었다면 또 잔소리니 뭐니 외쳤을 텐데, 그나마 중학생이 된 후 대화가 좀 더 통하는 기분이었다.

수아는 다시 한 번 빙긋 웃었다. 확실히 크긴 컸다. 희진이의 키는 벌써 수아랑 비슷해졌고 성철이는 이미 수아를 넘어섰다.

"그럼 나는 들어가서 쉴게. 적당히."

"알았어!"

"잘 자, 언니!"

사실 부엌이 정신없이 어질러져 있는 것이 신경 쓰였지만, 수아는 일부러 거기에 시선을 두려고 하지 않은 채 그녀의 방으로 들어섰다. 정확히는 그녀와 희진이 같이 쓰는 방이었지만, 모처럼의 자유 시간을 최대한 즐길 모양이니 수아도 한동안은 혼자 있을 수 있으리라.

수아는 문을 닫고도 한참이나 그대로 서서 방 안을 둘러보았다. 그리운 냄새, 그리운 감각.

"……진짜 이상해졌다니까."

오늘 아침에 나선 곳인데. 아까부터 드는 기묘한 위화감은 아무래도 술을 마셨기 때문이라고 가볍게 넘어가기에는 무리가 있었다. 하지만 고민해본다고 그 원인을 쉽게 알 수 있을 것 같지도 않았다.

"아, 됐어. 얼른 씻고 자야지."

수아는 대충 옷을 챙기고 다시 방을 나와 욕실로 향했다. 거실에서는 쌍둥이들이 컴퓨터에 달라붙어 뭔가를 보고 있었다. 한 손에는 각각 스마트폰을 들고 있는 걸로 봐서는 뭔가 연동을 하고 있는 모양이었다.

수아가 거실에 나타나자 신경이 쓰이는데 모르는 척하려는 모습이 너무 노골적으로 보였지만, 그녀는 딱히 뭐라고 말하지 않은 채 욕실로 들어섰다.

하긴 원래 시험 기간에 노는 게 제일 재밌는 법이다. 그녀도 시험 기간만 되면 평소 잘 보지도 않던 뉴스와 시사 채널이 왜 그렇게 당기던지.

그녀는 콧노래를 부르며 옷을 벗었다. 그리고 고개를 갸웃했다.

"어?"

처음 보는 목걸이가 목에 걸려 있었다. 한가운데에 눈물 모양의 반짝이는 펜던트가 있는 목걸이였다.

"보석……?"

그렇게 생각될 정도로, 굉장히 반짝거리고 비싸 보이는 펜던트였다. 불빛에 비춰보니 각도마다 다른 색으로 반짝거렸다. 오팔과 닮았으나 결코 그 느낌은 아니었다. 굳이 말하자면 다이아몬드가 색을 발하는 듯, 좀 더 고급스러운 느낌이었다.

"우와."

수아는 잠시 넋을 놓고 그 목걸이를 들여다보았다. 그러고 보니 줄도 결코 싸구려 같아 보이지 않는 것이, 아무리 생각해도 그녀가 차고 있을 만한 게 아니었다.

뭐지. 왜 내가 이걸…….

그거야, ……가 걸어줬으니까.

"응?"

방금 뭔가 생각이 날 것 같았는데.

하지만 아무리 머리를 굴려봐도 기억이 나지 않았다.

아니, 본 기억은 있었던 것 같다. 그의 ……와 닮았다고, 그렇게 생각을 했었으니까.

"윽."

순간 머리가 지끈거렸다. 수아는 미간을 찌푸리며 일단 목걸이를 수건 위에 조심스럽게 내려놓은 뒤 수분을 먹지 않도록 한 번 덮었다.

일단 씻고, 내일 엄마가 오면 물어보자.

그리고 거울을 보는 순간, 그녀는 다시 한 번 멈췄다.

"멍……?"

목덜미에, 가슴 부근에 뭔가 울긋불긋한 자국이 있었다. 산에서 벌레에 물렸었나? 별로 가려운 건 못 느꼈는데. 아니, 목덜미나 가슴 부근만 문제가 아니었다. 팔에도 어깨도 잔뜩. 심지어 어떤 건 모양새가…… 꼭, 손자국 같은…….

확. 저도 모르게 얼굴이 붉어졌다. 왜인지는 알 수 없었다. 하지만, 이건…….

―수아.

"도대체 뭐야!"

머릿속에서 울린 낯선, 하지만 어떻게 생각하면 낯익기도 한 남자의 목소리에 수아는 그만 소리를 꽥 질렀다. 뭐가 뭔지 하나도 알 수 없었다.

잠시 후 누군가 화장실 문 앞으로 다가오는 소리가 나더니 노크

소리가 들렸다.

"언니, 불렀어? 수건 없어?"

"어, 아냐. 미끄러질 뻔해서."

"조심해. 언니 오늘 좀 이상한 것 같다?"

"그, 그치? 알았어, 조심할게."

그래, 이상한 건 자신이었다.

주변에는 변한 것이 하나도 없었다.

결국 수아는 고개를 흔들며 간단하게 샤워를 하고 머리를 감았다. 깨끗하게 씻자 개운함에 조금 기분이 풀어졌다.

그녀는 다시 방으로 돌아와 자신의 책상 의자에 털썩 주저앉았다. 그러고는 불빛에 다시 한 번 목걸이를 바라보았다. 어쩐지 전부터 계속해서 가지고 있었다는 느낌이 들었다. 분명, 이것의 이름이…….

하지만 아무리 해도 기억이 나지 않았다. 가슴이 먹먹해지고, 뭔가 눈물이 날 것 같아 수아는 급히 그 목걸이를 책상 서랍 안에 집어넣었다. 시야에서 목걸이가 사라지자 조금 나은 것 같았다.

'일단 내일, 내일 엄마에게 물어보자.'

수아는 옷장에서 요를 꺼내 깔고 바닥에 누웠다. 이상하게 바닥에 눕는다는 것도 생경한 기분이 들어, 그녀는 이불을 푹 뒤집어썼다. 자야지. 괜찮아. 오늘은 기분 탓이야. 내일이면 다 나아질 거야.

하지만 잠은 잘 오지 않았고 가슴만이 계속 먹먹했다. 누군가가, 옆에 있어야 할 것만 같았다. 그건 분명 같은 방에서 잠을 자는 동생 희진은 아니었다.

분명, 누군가가 있었다.

하지만 그것이 누구인지 아무리 생각해도 떠오르지 않았다.

결국 수아는 이불을 꽉 붙잡고 누군지도 모르는 사람을 그리며, 흐느꼈다. 답답하기 짝이 없는 가슴과 함께.

어느새 아침이었다. 수아는 눈을 뜨자마자 반사적으로 옆에 있는 이를 찾았다. 하지만 그녀의 옆자리는 비어 있었다.

알은 어딜 간 걸까. 떠날 채비를 하러 혹은 아침식사를 챙기러 잠시 나간 걸까, 아니면 그사이에 습격이 또 있었을까.

수아는 자리에서 몸을 일으켰다. 하지만 주변은 그녀가 생각하던 그곳이 아니었다.

아, 맞다. 집으로 왔지.

"언니 일어났네?"

희진이가 방으로 들어오다 말고 수아의 얼굴을 보고 웃음을 터트렸다.

"억, 얼굴 왜 이래! 눈 부은 거 봐! 푸하하하, 진짜 웃겨."

"어? 응?"

수아는 몇 번 눈을 깜박였다.

집이었고, 방이었다.

뭔가 꿈을 꾼 것 같았다. 길디긴 꿈이었다. 하지만 보통의 꿈이 그러하듯 방금까지 굉장히 생생하던 그 내용은 마치 손가락 사이를 빠져나가는 모래처럼 사라졌다.

그녀는 뻑뻑한 눈을 문질렀다.

"뭔가, 꿈을 꾼 것 같은데……."

"그래서 꿈꾸면서 운 거야? 맙소사. 언니 몇 살이야?"

"후함……. 일단 너보다는 안 어리니까 걱정 마. 그리고 야, 어른 된다고 안 우는 줄 알아?"

즐거운 꿈이었을까, 슬픈 꿈이었을까. 그것조차 기억이 나지 않는다. 하지만 한 가지 확실한 건 현실감이 넘치는 꿈이었으리라는 거다. 일어나자마자 있지도 않는 누군가를 찾다니.

가슴은 뭔가 아릿했지만 머리는 어제보다 맑았다. 지금의 현실이라는, 다 잘되어갈 거라는 기묘한 안정감이 있었다.

수아는 자리에서 일어나 기지개를 켰다.

"우우. 부모님은 어제 잘 들어오셨어?"

"응, 12시 거의 다 돼서?"

"우와, 괜찮으셨어?"

"엄마가 좀 많이 마신 거 같긴 했어. 그래도 심각할 정도는 아니었고…… 어, 그래서 지금 콩나물국 끓이려고 물 올려놨는데……. 음. 언니가 좀 봐줘야 할 것 같아."

수아는 그 즉시 자리에서 일어났다. 그녀는 동생들의 요리 솜씨를 아주 잘 알고 있었다. 어제만 해도 그 간단한 스파게티를 해 먹었다면서 무슨 잔칫상 차린 듯한 설거짓거리를 생산해놓지 않았던가.

"요는 네가 개켜!"

곧 수아는 부엌에서 아주 죽이 되어 흐물거리는 콩나물을 발견하고는 한숨을 푹 내쉬었다. 옆에서 성철이가 면목 없는 표정으로 목 뒤를 긁었다.

술을 드신 부모님께 해장국을 끓여드린다고 둘 다 꽤 일찍 일어난 모양이었다. 벽에 걸려 있는 시계를 확인해보니 아직 새벽 6시 반. 그건 참 기특했는데…….

"이거 버리고, 콩나물 한 봉지 더 있지? 베란다에 황태 말린 것도 있을 거야. 그리고 이거 그냥 물 받은 거지? 냉동실에 멸치 육수 국물 얼려놓은 게 있을 텐데. 아, 그리고 파 썰어놓은 것도 냉장고에 있을 거야."

"어? 어? 잠깐만 누나. 야, 홍희진!"

"금방 가~."

그나마 설거지는 정말 해놨는지 싱크대가 깔끔했다. 보나 마나 수챗구멍에 있는 음식물 쓰레기까지는 정리하지 않았을 테지만, 저게 어디인가.

혹시나 해서 밥통을 보았더니 밥도 없었다. 결국 수아는 시간이 걸리는 전기밥솥 대신 냄비에 밥을 안쳤고, 이내 콩나물 명탯국 또한 약간 매콤하게 끓여냈다. 그나마 쌍둥이들이 의욕에 넘쳐 뒤처리는 수월했다.

"다음에는 너네가 제대로 끓여봐."

평소라면 귀찮다며 수아가 요리한 시점에서 끝났을 테지만, 오늘은 어쩐지 이런 것도 가르쳐줘야 할 것 같았다.

간단하게나마 대충 조리법을 알려주고 있을 때, 안방 문이 열렸다. 아빠였다.

"안녕히 주무셨어요, 아빠!"

셋이 합창하며 아침 인사를 했다. 그리고 곧 아빠 뒤로 엄마가 나와 다섯이 모두 부엌으로 모이자, 수아는 기묘한 안정감에 가슴이 벅차오르는 것을 느꼈다.

그 뒤로는 평소와 같이 아침식사를 했다. 성철이는 슬쩍 눈치를 보며 국에 든 파를 건져냈고, 희진이는 그걸 엄마에게 일렀고, 엄마는 성철이를 혼냈고, 아빠는 뭐 좀 가릴 수도 있는 거 아니냐면서 감자볶음에 들어 있는 당근을 진중하게 골라냈다.

평소와 같은 아침, 평소와 같은 분위기.

수아의 머릿속에서, 어제의 이상한 목걸이는 이미 새까맣게 잊힌 지 오래였다.

다음 날은 도넛 전문점으로 가서 커피와 도넛을 먹었다. 솔직히 수아는 그렇게까지 커피를 좋아하는 건 아니었고, 심지어 도넛 전문점의 커피는 그다지 훌륭하다고는 할 수 없었다. 그런데도 정말 맛이 환상적이었다. 달콤한 도넛과 씁쌀한 아메리카노라니! 언젠가 이 조합을 굉장히 원했던 것 같았다. 그녀는 결국 거의 숨도 쉬지 않고 도넛 하나와 커피 하나를 채 3분도 되지 않아 모두 해치웠고, 마침 아르바이트를 구하는 그 도넛 전문점에서 여름 아르바이트를 하기로 결정했다.

그 뒤로는 별일 없이 평온한 나날이 흘러갔다. 하지만 가끔씩 평소와 좀 다른, 이상하게 느껴지는 일이 종종 있었다. 원래 수아는 민트를 싫어했다. 마치 치약 맛 같다는 생각이 들어서였다. 그럼에도 민트에 달콤한 맛을 넣어 먹으면 어떨까 궁금해졌다. 그럼 속도 시원할 거라는 생각이 들면서 심지어 그 맛이 그립기까지 했다.

그래서 민트 우유를 마셔보기도 하고 민트 티에 설탕을 넣어 먹어보기도 했지만 역시 아니었다.

그 외에도 초콜릿 바를 본 순간 몸이 그대로 굳어 멈춰 선 적도 있다. 어째서인지 울컥 눈물이 쏟아지려고 했다.

여느 때처럼 취미로 바느질을 하다가 갑자기 쏟아지는 그리움에 멍하니 앉아 있던 적도 있었다. 어쩐지 누군가를 위해 굉장히 두근거리며 뭔가를 만들었던 적이 있는 것 같았다. 하지만 기억을 아무리 더듬어 봐도 그런 적은 없었다.

밤에는 여전히 이상한 위화감이 들었고, 가끔은 누군가가 뼈에 사무치게 그리웠다. 계속 꿈을 꾸는 것 같기도 했다. 뭔가가 생각났다가도 금방 흩어졌고 가끔은 머리가 아팠다.

하지만 그뿐이었다.

생각보다 그런 감각들에 금방 익숙해졌고, 어느샌가 잘 신경 쓰지도 않게 됐다.

하루하루가 충실하고 소중했다. 부모님이 계시고, 동생 둘이 있고, 할 일이 있고, 집이 있다. 그녀가 있어야 할 자리가 있었다. 그것만으로 충분했다.

그렇게 여름방학이 끝나 2학기가 시작되자 동기들과 어울리고, 수업을 듣고 과제를 하느라 더욱 정신을 빼앗겼다. 그사이 한여름이던 날씨는 천천히 쌀쌀해지기 시작했다. 그렇게 계절이 바뀌고, 낙엽이 물들었다 떨어지고, 앙상한 나뭇가지에는 눈이

쌓였다.

이번에는 장학금을 받았다. 수아는 학자금 대출에 금액을 더 하지 않아도 되겠다는 생각에 안도했다.

동호회 활동도 계속 꾸준히 했다. 정은 언니와 도윤 오빠는 결국 낙엽이 물들 때쯤 사귀기 시작했지만, 첫눈이 내릴 때쯤 헤어졌다.

쌍둥이 동생 중 성철은 부쩍 요즘 반항하는 일이 많아졌다. 성철과 희진은 성별이 다르다곤 해도 서로 친한 남매였는데, 둘이 싸우는 일도 잦아진 것 같았다. 며칠씩 말을 하지 않는 날도 있는 것 같았다. 수아는 그걸 걱정했지만 부모님은 원래 그 나이 때는 그러는 법이라고 별로 심각하게 생각하지 않는 듯했다.

2학년 겨울방학에 접어들자, 아르바이트를 주말만 하기로 했다. 곧 3학년이 되는데 아무 생각 없이 있을 수는 없었다. 일단 이번 방학에는 토익에 집중하기로 마음먹고 꽤 평이 괜찮은 인터넷 강의를 하나 결제했다. 학원을 다니는 것도 고려해봤지만, 아무래도 학원비보다는 인터넷 강의가 저렴했다. 대신 커뮤니티에서 사람들을 모아 주 3회씩 스터디를 하기로 했다.

수아는 그 스터디에서 꽤 호감이 가는 남자를 만났다. 큰 키와 커다란 손, 부드러워 보이는 검은 머리칼, 그리고 감정이 잘 드러나지 않는 무뚝뚝한 표정의 남자.

처음에는 꽤나 무섭다는 인상을 받았다.

하지만 커피숍에서 스터디를 한 후 묵묵히 뒷정리를 한다든지, 수아가 지나는 문을 잡아준다든지 하는 작은 배려를 보며 인상과는 꽤 다르구나 싶었다. 그러다 서로 사적인 이야기를 한두 마디 정도 나누게 되었다.

하지만 친해진 계기는 스터디 사람들과 단체로 간 술집에서였다. 수아가 든 스터디는 꽤 빡빡한 곳으로, 다섯 명으로 총 인원을 제한했음에도 견디지 못한 사람들이 그만두고 새 사람이 들어오길 벌써 네 번.

그나마 이제는 더 바뀌지 않을 거라는 확신이 들자 살아남은 사람들끼리 좀 더 친해져 보자며 처음으로 마련한 자리였다. 다들 평소에 열심히 하는 것에 대한 보상 심리인지 그날은 정말 많이 먹고, 많이 놀고, 많이 마셨다. 노래방까지 가서 목이 쉴 정도로 노래를 불렀다. 그 사이에서 약간의 개인차는 있었지만 그래도 꽤 친해져, 최소한 서로 가지고 있었던 서먹한 분위기들은 사라졌다.

그 남자도 마찬가지였다. 그의 이름은 민준으로, 같은 과는 아니지만 같은 학교 3학년인 선배였다. 단지 군대에 다녀와 복학을 했기 때문에 수아보다 세 살 위였다.

수아는 그를 알면 알수록 점점 마음에 들었다. 왜냐하면 ……을 닮았기 때문에.

물론 그렇게 떠올리고도 다음 순간 잊고 말았지만.

아무튼 둘은 그렇게 친해졌고, 그러다 민준이 산을 타는 걸 상당히 좋아한다는 것도 알게 되었다. 나중에는 결국 그도 수아가 든 동호회에 가입했다.

그렇게 해가 바뀌었다. 시간은 차근히 흘러갔고 수아는 3학년이, 민준은 4학년이 되었다.

그리고.

“수아, 나와 사귀어줄래?”

교제 신청을 받았다.

수아는 볼을 발갛게 물들이고 그를 바라보았다. 사실 전조는 있었다. 스터디 사람들도 둘이 사귀는 게 아니냐며 의심스럽게 물어볼 정도였고 동호회 사람들도 둘이 잘 어울린다고 바람을 넣었다. 수아는 고개를 저으면서도 괜히 기분이 좋았고 민준도 그다지 싫어하는 눈치가 아니었다.

그래서 아마, 사귀게 되지 않을까.

그렇게 막연하게 생각했었다.

미친 듯이 심장이 뛰고 상대 생각에 잠을 설치는 그런 격렬한 감정은 아니었다. 하지만 어차피 수아는 그런 식의 사랑을 믿지 않았다. 정확히는 그녀가 그런 사랑을 할 거라곤 생각하지 않았다. 고등학교 때 사귄 남자친구와도 그랬기 때문이었다.

분명히 한눈에 반하는 사람도, 상대를 위해 모든 걸 버릴 수 있을 만큼 불타는 사랑을 하는 사람도 있을 터였다. 하지만 그건 그녀의 사랑방식이 아니었다. 그저 호감을 가지고 신뢰를 쌓으며 하는 연애. 한시도 떨어질 수 없어 서로를 그리는 연인이라기보다는 인생의 동반자에 가까운, 편안한 친구처럼 서로의 취향과 삶의 스타일을 존중하며 하는 연애. 그런 것이 자신의 것이라고 믿었다.

민준은 그 스타일에 딱 맞았다. 가끔 멋있다는 생각에 가슴이 자그마하게 뛰기까지 하니 더할 나위가 없었다. 지금도 쑥스러워하며 귀까지 발갛게 물들인 민준의 모습을 귀엽다고 생각했다. 그래서인지 그녀의 뺨도 살짝 불그스레하게 달아올랐다.

수아는 망설임 없이 고개를 끄덕이려고 했다.

"말씀 고마워요. 하지만 조금만…… 생각할 시간을 주세요, 오빠."

하지만 나온 것은 보류의 말이었다.

"그래. 긍정적으로 생각해줘."

수아는 자기가 한 말에 당황했지만 민준은 놀라지 않았다. 오히려 그 정도의 대답은 예측했다는 듯한 반응이었다.

둘은 그 뒤 약간 어색한 분위기로 몇 마디를 더 나누고 헤어졌다.

그렇게 집으로 돌아가는 길이었다.

연인, 결혼.

뭔가, 아니다.

뭔가…….

갑자기 날카로운 두통이 그녀를 찔렀다. 아냐, 이건. 왜.

이건, 아니다. 저 사람이 아니다.

내가 정말로 사랑하는 사람은…….

부드러웠던 검은 머리칼, 그녀의 이름을 부르던 낮은 목소리, 그리고 수많은 색이 섞여 있던 눈동자. 누구였더라? 그 사람은…….

목걸이.

갑자기 그 생각이 났다. 왜인지는 모르겠다. 하지만 한 번 떠오른 그 목걸이는 그동안 잊고 있었다는 것이 이상할 정도로 선명히 그녀의 머릿속을 찔러왔다.

빛에 비추면 여러 가지 색을 볼 수 있어서…… 그래서 ……의 눈동자를 닮은.

동시에 알 수 없는 초조함이 그녀를 감쌌다. 여기에 너무 오래 있었다. 지나칠 정도로. 여기에 있어서는 안 되는 거였는데. 조금이라도 더 빨리 돌아가야 했었…….

그리고 다시 머리가 깨질 듯 아파졌다.

돌아간다고? 어디로? 여기가 내가 있을 곳인데. 가족이 있고, 내가 이룬 모든 것이 있는 세계.

"어디 아파?"

수아는 고개를 퍼뜩 들었다. 길 한가운데에서 머리를 누르고 멍하니 서 있었던 모양이다. 그녀는 괜찮다는 말을 하려고 했지만, 그보다 놀라는 것이 먼저였다.

"어?"

그녀에게 말을 건 사람은 아는 사람이었다. 은색 머리칼, 자수정 같은 보랏빛 눈동자.

"실바코프 오빠!"

옆집에 사는 오빠였다. 아니, 정확히는 옆집에서 상당히 오래 살았지만 일 때문에 당분간 외국에 나가 있어야 한다고 했었다. 그래서 한동안 얼굴을 보지 못했었는데, 이렇게 예고 없이 나타나다니.

그녀는 반가움에 머리가 아픈 것도 잊고 물었다.

"언제 온 거야? 이제 아주 들어왔어?"

"음, 글쎄."

그는 모호하게 말을 흐리며 웃었다.

"완전히 귀국한 건 아닌가? 아무튼 연락도 제대로, 안 하고……."

어라, 그러고 보니 오빠가 갔던 나라가 어디였더라.

음? 연락을 계속 안 했었던가?

수아가 미간을 찌푸리자 그는 피식 웃었다.
“진짜 안 되겠군. 아가씨, 도대체 여기서 뭐 하는 거야?”
“어?”
“하긴 이 정도까지 생각해낸 게 용한가.”
그는 하, 하고 한숨을 쉬더니 불쑥 그녀에게 고개를 내밀었다. 연한 자수정빛 눈동자가 예리하게 빛났다.
“지금 아가씨를 아주 애타게 찾고 있는 사람이 있어. 사실 아가씨도 이미 알고 있잖아? 그게 누군지.”
“뭐, 뭐야. 무슨 소리야, 오빠? 그 아가씨라고 하는 건 또 뭐고…….”
이상한 감각이었다. 실바코프가 말하는 건 단순히 이상한 호칭 정도가 아니었다. 그냥 그의 말 자체에 강렬한 거부감이 일었다.
안 돼, 말하지 마. 지금 이 생활을 깨려고 하지 마.
동시에 그녀의 마음속 어느 부분은 그가 한 말을 마치 종이가 물을 빨아들이듯 환영했다.
기다렸어.
“……실바코프, 오빠?”
그 말을 하는 것이 어쩐지 굉장히 힘들었다. 이상했다. 이상하다는 말이 계속해서 반복되자 이제 뭐가 이상한지도 모르겠다. 몸 상태가 안 좋은 걸까, 아니면 정신이 없는 걸까.
“어차피 내가 말해봤자고……. 흠, 아가씨. 내가 누구지?”

그 질문에 수아는 더듬더듬 답했다.

"오빠는…… 옆집에서……."

"옛날에 그런 설정을 심어준 적이 있었지."

그는 다시 한 번 피식 웃었다.

"그럼 물어볼까. 나는 어느 나라 사람일까요?"

"어? 당연히 한국인……."

순간 뭔가가 굉장히 걸렸다.

"그리고 내 이름은 뭘까요."

실바코프.

실바코프…… 이아스?

"내 눈과 머리칼은, 이곳에 없다고 아가씨가 말하지 않았었어?"

그녀는 빛나고 있는 은빛 머리칼과 제비꽃을 연상시키는 보랏빛 눈동자를 망연히 바라보았다.

이상하진 않았다. 저 사람에게 저 모습은 당연했다. 은빛 머리칼과 연보랏빛 눈동자는 수아가 어릴 때부터 보아온 옆집 오빠의 것이었다.

그녀는 실바코프의 부모님 또한 똑똑하게 기억하고 있었다. 아줌마는 학교 선생님이었고, 아저씨는 이름만 대면 알 만한 대기업에 다녔다. 그래서 아저씨는 언제나 바빴고, 아줌마가 학기 중일 때면 실바코프는 수아의 집으로 와 함께 식사를 하던 때가 많았다.

아줌마는 그 보답으로 종종 수아의 집에 선물을 사다 주었고, 방학 중에는 오히려 수아와 수아의 동생들을 돌봐주곤 했다. 그만큼 두 집의 사이는 가까웠다. 수아는 실바코프가 마치 친오빠 같다는 생각도 했었다. 그래서 실바코프가 한동안 외국에 나가 돌아올 수 없다고 했을 때, 굉장히 섭섭했다.

"오빠는……."

"나는?"

"계속 내 옆집에 살았고."

"계속? 그래서 내 부모님도, 지금 아가씨의 옆집에 살아?"

수아의 입이 멈췄다. 실바코프 오빠의 부모님. 기억이 이렇게 선명한데, 분명 찾아간 기억도 있는데, 요 몇 개월간은 어째서인지 전혀라고 해도 좋을 만큼 본 기억이 없었다. 바로 옆집인데도 얼굴 한번 마주치지 않고…….

옆집?

수아는 순간 몸을 떨었다. 그래, 옆집이다.

하지만 수아는 한동네에서 계속 산 적이 없었다. 수아의 부모님은 넉넉하지 않아 결혼 후 신혼집을 월세로 시작했다는 말을 들은 적이 있었다. 지금 사는 곳도 온전히 부모님의 집이 아니었다. 전세였기 때문이다. 당연히 한집에서 계속 살 수 있을 리가 없었다. 좀 길게 살았던 집도 있지만, 문제가 생겨 2년이 채 되지 않았는데 이사를 했던 적도 있었다.

그런데 수아의 기억 속 실바코프는 「언제나」 수아의 옆집에 사는 옆집 오빠였다. 실바코프의 집 구조 또한 수아의 기억 속에서는 훤했다. 그리고 그건 언제나 「같은」 집이었다. 그 집이 이사를 가거나 온 적도 없었다.

막연하던 위화감이 서서히 손에 잡히는 무언가가 되어 그녀를 감쌌다.

수아에게는 자주 이사를 다녔던 기억이 있다. 하지만 실바코프는 계속 그녀의 옆집에 살았다.

어떻게?

수아는 무언가를 말하려는 듯 입술을 달싹였지만 아무런 소리도 나오지 않았다.

—제가 살던 곳에는 은발이나 보라색 눈동자를 한 사람은 없었어요! 게다가 우리 집은 여러 번 이사했고요!

언제였더라. 그런 말을 했었다.

"말도 안 돼……."

그래, 말도 안 되는 일이었다. 한국인은 당연히 검은색 머리칼에 검은색 눈동자다. 예외란 없다. 아니, 약간은 갈색일 수도 있고 드물게 다른 색의 눈동자를 가질 수도 있다고는 했다. 하지만 최소한 저렇게 반짝이는 은실과 같은 은발이나, 뚜렷하게 보이는 보라색 눈동자가 나올 리가 없었다. 아니, 애초에 이 세계에 저런 머리색을 가진 사람이 있기나 할까?

더구나 이름. 실바코프라니. 설사 네 자로 지었다고 해도 한국인의 것으로는 보기 어려운 이름이다. 더구나 성을 생각하려고 해도 「이아스」라는, 그것도 가짜인 것 같은 단어밖에 떠오르지 않았다.

그녀는 오싹함에 자신의 팔을 잡았다. 방금까지 수아는, 이것들이 이상하다고 생각한 적이 단 한 번도 없었다.

"조금은 알겠어?"

"……아니, 난……. 오빠는. 아니, 정말로 오빠야?"

다시 한 번 머리가 깨질 듯이 아파져 수아는 눈을 질끈 감았다 떴다. 혼란스러웠다. 이 사람은 정말 내가 어릴 때부터 알던 사람이 맞는 걸까?

도대체, 누구지?

그는 새파래진 안색으로 안절부절못하는 수아에게 한 걸음 다가와, 고개를 숙여 그녀의 눈동자를 똑바로 바라보았다.

"목걸이, 어디 있어?"

"지, 집에. 내 방 서랍에."

"가지고 와, 아가씨. 난 여기 있을 테니까. 다시 말할게. 난, 여기, 있을 테니까, 그 목걸이, 꼭, 가져와."

그는 한마디 한마디 힘을 주어 말했다.

"잊지 마. 절대."

다음은 잘 기억이 나지 않는다.

정신을 차리니 집으로 가는 버스 안이었고, 수아는 멍하니 주변을 둘러보다 내려야 할 정류장에 도착한 것을 깨닫고는 얼른 버스에서 내렸다. 그리고 눈을 깜박이며 주변을 둘러보았다.

익숙한 풍경, 익숙한 느낌.

마치 아무런 일도 일어난 것 같지 않았다.

눈물이 나올 것 같았다. 하지만 그녀는 차마 울지도 못했다.

이제껏 이상하다 느낀 위화감은 마치 손에서 빠져나가는 모래알처럼 계속해서 없어졌다. 심지어 무언가 손에 있었다는 사실마저도 잊었다.

하지만 이제는 그럴 수 없었다. 무엇이 이상한지, 모순이 무엇인지 확실히 자각했기에. 동시에 알았다. 이걸 그녀가 잊고 싶어 한다면 잊을 수 있다는 것을.

만약, 잊는 것을 택한다면 계속 똑같은 생활을 이어갈 수 있겠지. 평소처럼 저녁에는 가족과 얼굴을 보고, 낮에는 대학을 가고, 취직 걱정을 하고, 가끔은 등산을 갈 계획을 짜면서, TV 드라마에 열을 올리고…….

수아의 어느 부분은 그것을 원했다. 동시에 원하지 않았다.

—수아.

누군가가 그녀의 이름을 부르고 있었다. 방금까지 옆집 오빠라고 믿었던 그 남자는 아니었다. 또 다른 누군가. 아마 그녀가 떠올리지 못했던 그 누군가가…….

그녀는 비실비실 집 안으로 들어섰다. 아빠는 아직 퇴근하지 않았고 엄마는 볼일이 있다고 외출한 상태였다. 쌍둥이들도 집에 오지 않아 집안은 텅 비어 있었다.

"엄마, 아빠."

조용히 그렇게 말해보았다. 친자식도 아닌 자신을 입양해, 마치 친자식처럼 키워준 부모님.

"성철아, 희진아."

다음으로는 조용히 동생들의 이름을 불렀다. 이제 중학교 2학년이 되면, 1학년 때보다 수업이 조금 더 길어질 터였다.

그래, 그녀는 동생들이 교복을 입은 모습을 보고 싶었다. 하지만 끝내 보지 못했었다. 왜냐면 동생들과의 나이 차는 아홉 살이었고, 그날까지 동생들은 초등학생이었으니까. 하지만 돌아왔을 때 동생들은 중학생이었다.

왜 그게 이상하다고 생각하지 못했을까.

수아는 그렇게 멍하니 거실에 서 있다 방으로 들어가 떨리는 손으로 서랍을 열었다. 딱히 사용하지 않는 서랍도 아닌데, 어쩐지 그 이후로 처음 여는 것 같았다.

그 안에 목걸이가 있었다.

이번에는 그 이름이 단번에 기억났다.

"이즈벳."

……가 준.

머리는 다시 지끈거리기 시작해 통증을 멈출 생각을 하지 않았다. 그래서인지 누가 준 것인지 제대로 떠오르지 않았다.

이걸, 누구에게서 받았지?

가슴이 먹먹했다. 누군지 알지 못하는 사람이 보고 싶어 미칠 것 같았다. 미안했다. 갑자기 사라져버릴 거라고는 상상도 하지 못했을 텐데.

—지금 아가씨를 아주 애타게 찾고 있는 사람이 있어.

계속, 계속 곁에 있겠다고 약속했는데.

그녀는 천천히 목걸이를 목에 걸었다. 그리고 이즈벳 부분을 손에 쥐자 익숙하고도 단단한 감촉이 손바닥에 느껴졌다.

수아는 마지막으로 방을 한 번 둘러보고 다시 거실로 나갔다. 그리고 멈칫거리다가 간신히 현관으로 발을 뗐다.

지금 나가면 두 번 다시 집으로 돌아오지 못한다는 걸 알았다. 순간 조금은 기다릴까 생각했다. 부모님이 올 때까지, 동생들이 올 때까지.

그녀는 입술을 깨물었다. 안 된다는 결론은 이미 그녀의 속에서 나와 있었다. 만약 가족을 다시 보게 된다면, 그녀는 두 번 다시 이런 기회를 잡지 못할 것이다. 이 목걸이가 뭔지 의아해하면서 다시 책상 서랍에 넣고 말겠지. 아니, 이번에는 아예 버려버릴지도 모른다.

이 세계는 수아가 계속 이곳에 있기를 바라니까.

그녀가 원하는 세계를 최대한 구축해주며, 그 대가로 그녀를 요구하는 것이다. 계속, 계속 침잠시키면서.

왜냐면, 여기는.

진짜 세계가 아니니까.

드디어 눈물이 터져 나왔다. 수아는 팔로 눈물을 닦아가며 간신히 현관 밖으로 나왔다. 버스정류장까지 걸어가며 간신히 이를 악물었다. 눈물은 여전히 새어 나왔지만, 지금 울어서는 안 됐다.

뭘 잘했다고. 이제까지 모든 걸 새까맣게 잊고 있던 주제에.

물론 아직도 세부적인 것은 전혀 기억나지 않았다. 그렇기에 몸이 더 떨렸다. 진실 따윈 알고 싶지 않다는 마음이 여전히 그녀 안에 남아 있었다.

수아가 버스정류장에 도착하자마자 버스가 왔다. 그녀는 전혀 놀라지 않고 버스를 탔다. 새삼, 그녀가 정말로 원했다면 로또 1등이라도 당첨되었으리라는 생각에 피식 헛웃음이 나왔다. 만약 그런 삶이라면 어떠했을까?

생각해보면 요 몇 달간은 지나칠 정도로 평화로웠다. 부모님 사이는 원래 좋은 편이었지만 그래도 자잘한 다툼이 끊이지 않았었다. 그런데 요즘엔 전혀 그런 것도 없었다. 쌍둥이 동생들도 성철이가 좀 툴툴거리는 것만을 제외하면 전반적으로 철이 많이 들었다. 집안일도 곧잘 하고, 크게 문제를 일으키는 일도 없었다.

수아 자신의 일도 그렇다. 학교에서도 별 말썽이 없었고 조별 과제 등에서 속을 썩이는 사람조차 없었다. 동호회에 이상한 신입 회원이 들어온 적도 없고, 스터디도 초반에 몇 번 사람이 갈렸다지만 딱히 기준 이상의 행패를 부린 사람도 없었으며, 그 후에는 모두 다 이상적이기까지 한 멤버들이 남았다.

그중에는 마음에 드는 사람도 있었지. ……과 비슷한.

버스에서 내리자, 그곳에는 실바코프가 기다리고 있었다.

"잊지 않고 왔네?"

"……더는, 안 되잖아요?"

"뭐, 내가 오지 않았어도 아가씨는 알아서 이곳에서 나올 수 있었을 거야. 좀 힘들긴 했을 테니, 아무래도 시간은 더 걸렸겠지만."

그는 작게 한숨을 내쉬었다.

"그나마 옛날에 설정을 한 번 심어줘서 다행이었지, 그렇지 않았다면 나도 올 수 없었어."

"설정?"

"내가 옆집 오빠라는 거. 마법으로 기억을 조작하려고 한 적이 있었거든. 아직 거기까지 기억은 나지 않나 봐?"

그의 말대로 그런 세부적인 기억은 여전히 없었다.

"그럼…… 어떻게 하면 되죠?"

"어디로 돌아가야 할지는 아는 거야?"

"아뇨. 그냥 여기는 아니라는 것만 알겠어요."

그 말을 하며 무의식적으로 목걸이를 쓰다듬었다. 다시 목소리에 울음이 섞여들었다.

"돌아가지, 않겠다고 했는데. 계속 옆에 있겠다고 했는데……. 제가 그걸 어겼어요."

"아가씨 탓이 아냐. 원래 이 마법은 지독하니까."

"마법……?"

"환영마법."

무의식적으로 이즈벳을 쥐고 있는 손에 꽉 힘이 들어갔다.

예고도 없었다. 그저 숲에 ……과 함께 갔을 때. 아지랑이 같은 것을 보았었다. 그리고.

"어째서요?"

"글쎄. 나도 예상을 못 했어. 이건…… 정말, 풀라는 건지 말라는 건지."

그는 머리가 아픈 듯 관자놀이를 꾹꾹 눌렀다.

"어쨌건 자세한 이야기는 나중에. 일단, 아가씨는 돌아가."

실바코프는 가볍게 말했다. 하지만 수아는 멍하니 그를 바라보기만 할 뿐이었다. 돌아가라고? 어떻게?

"뭐야, 아직도 확실히 기억 못 했어?"

"네? 뭘……."

"지금 아가씨를 가장 찾고 있는 사람."

누구를 말하는지는 알았다. 아마 ……에 대한 이야기겠지. 민준과 닮은, 아니 민준이 그 사람과 닮은 것이겠지만. 하지만 여전히 노이즈가 낀 것처럼 잘 기억나지 않았다.

쯧, 실바코프가 혀를 찼다. 그리고 선언하듯 한마디를 덧붙였다.

"아가씨의 연인 말이야."

충격은 없었다. 떠오른다는 느낌도 없었다. 그저, 그 순간 알았다. 흐릿했던 모습이, 얼굴이, 목소리가 단 한 번도 잊은 적이 없다는 것처럼.

"……알."

하르페니언.

"돌아가거든, 전하에게 성에서 뵙겠다고 해. 원래 말했던 대로."

그런 목소리가 들리는 듯싶었다. 주변이 일그러지며 흐려졌다. 높은 건물이 보이고, 자동차가 다녔던 도로는 이미 사라져 보이지 않았다. 아무것도 없는, 회색. 실바코프의 모습도 온데간데없었다.

그 안에서, 수아는 하르페니언을 생각했다. 생각하고 또 생각했다. 자신이 방금까지도 그를 잊고 있었다는 것이 믿어지지 않았다. 아무리 실바코프가 말한 대로 환영마법이라고 해도, 아니 그 어떤 일이 있었다 해도 자신이 그를 잊고 평소처럼 생활했다는 건 변하지 않는다. 변명의 여지 따위는 없었다.

결국 그를 잊은 건, 그녀였기에.

그녀는 입술을 꾹 깨문 채로 고개를 들었다. 회색의 희뿌연 덩어리들이 흩어지고 있었다. 그리고 환한 빛과 함께 그녀는 눈을 꽉 감았다.

지금 가요, 알.

늦어서…… 미안해요.

눈을 떴을 때, 수아의 눈에 익숙한 건물이 보였다.

제대로 돌아왔구나. 하지만 그런 안도의 숨을 내쉬기도 전에 뭔가 이상하다는 걸 깨달았다.

왜 황궁이 보이지?

그것도 위치가 이상했다. 지금 보이는 건 중앙궁인데 바로 눈앞에 있는 듯 가까웠다. 수아는 고개를 내려 얼른 주변을 둘러보았다. 화려한 정원이 보였다. 다시 고개를 올렸다. 여전히 보이는 건 중앙궁이었다.

그렇다는 건 이곳이 꽤 궁 안쪽에 있는 정원 중 하나라는 소리였다. 그걸 깨닫는 순간 수아는 주저앉아 있던 자리에서 벌떡 일어났다.

맙소사. 오긴 왔는데 장소가 잘못됐다. 금방 누군가에게 발각될 텐데, 그러면 무슨 핑계를 대야 하지? 어느 정원이냐에 따라 다르겠지만 자칫하면 허락 없이 들어왔다는 이유만으로도 즉결 처분을 당할 수 있다.

다행히 그녀가 있는 곳은 커다란 나무 뒤로, 당장 눈에 띌 것 같지는 않았다.

그녀는 다시 조용히 그 자리에 앉아 몸을 숨겼다. 하지만 안도의 한숨을 내쉬는 것도 잠시, 뒤에서 인기척이 났다. 기겁한 수아가 그쪽을 돌아보았고, 이내 눈을 동그랗게 떴다.

아이?

"우."

두세 살 정도 되었을까. 이제 간신히 걸을 수 있을 정도의 나이로 보이는 꼬마가 그녀를 빤히 쳐다보고 있었다. 상당히 화려한 옷을 입고 있는 것으로 보아 꽤 신분이 높은 귀족 아이인 것 같았다. 하긴 황궁에 이런 아이가 들어오려면 웬만한 신분으로는 턱도 없을 터였다.

"어……. 안녕?"

수아가 반사적으로 손을 흔들었다.

"우아."

그러자 아이 또한 빙긋 웃으며 손을 흔들었다.

귀엽다.

검은 머리칼의 남자아이는, 누군가를 떠올리게 하는 금색 눈동자였다. 그래서인지 꽤 친근감이 들었다.

동시에 한시라도 빨리 그의 곁으로 돌아가야 한다는 생각에 초조해졌다. 지금 그는 어디에 있는 걸까. 어떻게 그를 찾아가지. 일단 수도인 것 같으니 여기서 무사히 나가면 리노체스 백작가에 가서 도움을 요청하는 것이…….

"우."

아이가 마치 수아를 위로하듯 동글동글한 눈으로 그를 쳐다보며 손을 뻗었다. 머리를 쓰다듬으려고 하는 것 같았다.

정말 귀엽다.

그러나 그 순간, 아이의 손은 수아의 머리를 그대로 통과했다.

"어?"

"우?"

둘은 동시에 눈을 깜박였다. 수아는 당황하여 아이에게 손을 뻗었지만, 수아의 손도 역시 아이를 그대로 통과했다. 너무 놀라 그대로 굳어 눈만 깜빡이고 있는데, 저쪽에서 누군가의 목소리가 들렸다.

"알, 어디 있니?"

알이라고? 그 목소리에 아이는 바로 반응했다.

"우아!"

"애 좀 봐. 또 어디에 숨었어요?"

아이는 작게 목소리를 내며 바로 그쪽으로 뛰어 나갔다. 수아가 멍하니 아이를 따라 고개를 돌리자, 어떤 여인이 아이를 안고 있는 것이 보였다. 여인은 아이를 어르며 말했다.

"그렇게 멋대로 숨는 거 아니에요. 어머니가 놀란 거 안 보이나요?"

"어바."

아이가 까르르 웃으며 손을 여인에게 뻗었다. 여인은 짐짓 엄한 표정을 짓고 있다가 역시 온화하게 미소 지었다.

여인의 뒤로는 기사들의 모습이 보였다.

"우."

그리고 아이는 다시 수아 쪽으로 손을 뻗었다.

"거기 뭐가 있나요?"

어떻게 할 틈도 없었다. 여인은 아이가 손을 뻗은 쪽으로 시선을 돌렸고, 수아는 여인과 눈이 마주쳤다. 아니, 눈이 마주쳤다고 생각했다.

"어머나, 아무도 없잖아요? 뭘 본 거니, 알?"

여인의 시선이 허공을 갈랐다. 반면 아이의 시선은 정확히 수아를 보고 있었다.

여인의 눈짓에 뒤에 서 있던 기사들이 수아가 있는 쪽으로 다가왔다. 순간적으로 피해야 한다는 생각에 그 자리에 납작 엎드리다시피 몸을 숙였지만, 사실 소용없는 일이었다.

기사들은 순식간에 그녀가 있는 곳으로 다가와 그녀를 발견했다.

"아무것도 없습니다, 황후마마."

하지만 기사들의 대답은 이상하기 짝이 없었다. 그 내용도, 여인을 부르는 호칭도.

"봐요. 없다잖아요, 하르페니언."

"우, 바—."

여인이 우아하게 웃으며 아이를 달랬다. 하지만 아이는 여전히 수아 쪽을 바라보며 무어라고 하고 있었다.

그리고 수아는 아무래도 자신의 귀가 잘못된 모양이라고 생각했다.

아칸도르 제국에 황후는 없다. 더구나 뭐? 하르페니언? 너무 비현실적이라 오히려 놀라지도 않았다. 누가 감히 황태자의 이름을 아이에게 붙인단 말인가. 더구나 신에게 저주받았다 하여 모두가 외면하는 이의 이름이기도 하다. 차라리 그녀가 잘못 들었다고 생각하는 것이 더 말이 됐다.

하지만, 저 아이를 빼고 모두 그녀를 보지 못한다는 점은 어떻게 설명해야 할까. 더구나 아까 저 여인의 명으로 온 기사는 그녀의 몸을 뚫고 지나가기까지 했다. 표현만으로는 상당히 잔인해 보였지만 실제로는 놀랄 만큼 아무런 느낌도 없었다.

조금 전 아이를 만질 수 없었을 땐 당연히 아이가 유령 같은 존재인 줄 알았다.

하지만 상황을 종합해보면, 보이지도 만져지지도 않는 건 오히려 수아 쪽일 터였다.

"황자가 이상하구나. 주변을 한 번 더 둘러보거라."

여인의 명령에 기사들이 고개를 숙이고, 두 명만을 남긴 채 주변으로 일제히 흩어졌다.

그중에는 다시 한 번 수아 쪽으로 오는 기사도 있었지만 역시 그녀를 발견하지 못하고 고개를 돌렸다.

수아는 덜덜 떨리는 몸을 부여잡고 자리에서 일어났다. 그리고 황후라고 불린 여인에게 천천히 다가갔다.

작은 몸집이었다. 수아보다 약간 큰 정도이니 평균 신장이 한국보다 높은 이 세계에서는 상당히 작은 편이리라. 검은색 머리칼의 여인은 선이 가는 편임에도 당당한 기품이 서려 있었다. 아이를 바라보는 검은색에 가까운 짙은 남색의 눈동자에는 어머니다운 사랑이 가득 담겨 있었다.

하르페니언은 어머니에 대한 이야기를 수아에게 언뜻 해준 적이 있었다. 가냘플 정도로 작은 몸집의 여인. 언뜻 보면 검은색으로 보일 정도의 짙은 남색의 눈동자를 가진 그녀는 그를 한없이 사랑해주었다고 했다.

머릿속이 더 혼란스러워지기 시작했다. 더 의심할 것도 없이 눈앞의 이들은 어린 하르페니언과 그의 어머니다. 그렇다는 건, 지금 여기는 또 다른 환영마법 속이라는 건가? 방금 전 한국에 있었다고 느꼈던 것처럼 그녀가 들었던 사항으로 기억을 재구성하여 지금 이 광경을 만든 걸까?

왜?

분명 실바코프는 돌아갈 수 있다고 했는데…….

"우."

다시 한 번 아이가 그녀에게 손을 뻗었다. 반짝이는 금빛 눈동자에, 깨물어주고 싶을 정도로 귀여운 뺨을 가진 아이였다.

"……알."

수아 또한 천천히 그에게 손을 뻗었다. 여전히 느껴지는 감촉은 없었지만, 그녀는 그의 뺨 부근을 어루만지듯 손을 움직였다.

"이런, 이런. 알, 이제 곧 폐하가 오실 거예요. 같이 갈까요?"

여인이 다정스럽게 아이를 쓰다듬으며 뺨에 입을 맞췄다. 아이는 방금까지 수아에게 손을 뻗고 있었던 것도 잊은 채 까르르 웃었다.

왠지 그 모습에 눈물이 났다. 그리고 그 눈물과 함께 주변이 다시 흐릿해지기 시작했다.

어, 하는 소리를 낼 틈도 없이, 주변은 다시 바뀌었다.

장소 자체는 크게 바뀐 것이 없었다. 여전히 황궁의 정원이었다. 하지만 중앙궁의 모습이 다소 멀리 보이는 것으로 보아 아까와는 다른 정원인 것 같았다. 그리고 무엇보다도 가장 다른 것은 방금까지 신록으로 가득 차 있던 나뭇잎이 알록달록한 색으로 바뀌어 있다는 점이었다.

계절과 장소가 바뀌었다.

수아는 침을 꿀꺽 삼켰다. 무슨 기준으로 이렇게 움직이는지를 알 수가 없었다.

그녀는 앞으로 한 걸음 걸어 나갔다. 이번에도 나뭇잎이 그녀를 그대로 통과했다. 그 너머로 세 명이 보였다. 그중 둘은 방금 전에 본 사람들이었다. 작은 몸집에 검은 머리카락의 여인과 그 앞에 서 있는, 검은 머리칼을 지닌 남자아이.

단지 아이는 그사이 상당히 자라 있었다. 다섯 살, 여섯 살? 그리고 그 앞에는 회색 로브를 쓴 어떤 인물이 한쪽 무릎을 꿇고 소년과 키를 맞춰 그에게 무어라고 이야기를 하고 있었다. 약간은 웅웅거리는 듯한, 묘한 느낌의 목소리가 수아에게까지 똑똑히 들려왔다.

"만약, 전하가 세상을……. 아니, 이 제국을 구하실 수 있다면 하시겠습니까?"

소년은 그런 그를 바라보다가, 이내 고개를 끄덕였다.

"응."

"그 때문에 전하께서 아주, 아주 힘드시다고 해도?"

소년은 그 말이 이해가 가지 않는 모양이었다. 그는 고개를 갸우뚱하고 되물었다.

"왜 그런 걸 물어?"

"전하의 의중을 알고 싶을 뿐입니다."

"이상한 소리 하지 마. 나라를 보살피고 백성들을 잘 다스리는 건 내 의무야. 내 나라고, 내 백성들이야."

아무리 봐도 저렇게 어린 꼬마가 할 말은 아니었다.

당당하게 선언하는 그 말조차 나이답게 약간 혀가 짧은 소리인지라 그 위화감은 더했다. 하지만 소년은 조금의 흔들림도 없이 말했다.

"내가 할 수 있는 거라면, 할 거야."

소년의 얼굴은 더할 나위 없는 확신으로 환하게 빛나고 있었다. 반짝이는 금빛 눈동자는 그 여느 때보다도 찬란했다.

"……그 뜻, 잘 알겠습니다. 전하."

그 말과 동시에 소년은 앞으로 푹 꼬꾸라졌다. 남자는 쓰러지는 몸을 가볍게 받아 들고는, 뒤에서 그 대화를 지켜보고 있던 여인에게 시선을 들었다.

"이걸로 계약은 성립되었군요, 황후마마. 정말 훌륭한 아드님입니다."

여인은 대답하지 않은 채 입술을 꼭 깨물었다.

"깨어나면 오늘의 기억은 잊을 겁니다. 되찾는 건 아주 후. 과연, 오늘의 선택을 그때에도 기꺼워할지는 모르겠습니다만."

"원망하겠지요."

여인은 천천히 남자에게 다가가 쓰러진 소년의 얼굴을 어루만지기 시작했다.

"필시, 이유를 알게 되면 이 어리석은 어미를, 계속해서."

그 목소리에는 확연히 알 수 있을 정도의 물기가 스며 있었다.

"하지만……. 전 그래도 이 아이가 살아주기를 바라고 있어요."

"뭐, 그건 마마의 선택이지요."

남자는 어깨를 으쓱였다.

수아는 침을 꿀꺽 삼켰다. 뭔가 봐서는 안 될 것을 본 기분이었지만, 동시에 지금 이 순간을 놓쳐서도 안 된다는 생각이 들었다. 그녀는 저도 모르게 몸을 앞으로 더 내밀었다. 이번에도 수풀은 그녀의 몸을 통과했다.

하지만 로브를 쓴 남자는 갑자기 그녀가 있는 쪽을 바라보았다. 순간 흠칫했지만 이내 보이지도 않을 거라는데 생각이 미쳤다. 그래서 가만히 그를 보고 있는데, 그가 휘이, 하고 작게 휘파람을 부는 소리가 났다.

"이거, 이거."

남자는 안고 있던 소년을 여인에게 넘기고는 자리에서 일어났다. 그리고 저벅, 그대로 수아에게 다가왔다.

"귀한 손님이시군."

그 목소리에는, 조금 전까지 담겨 있던 웅웅거리는 느낌이 사라져 있었다.

그제야 수아는 남자의 목소리가 매우 익숙하다는 것을 깨달았다. 동시에, 가까이 온 남자의 얼굴이 로브 사이로 똑바로 보였다.

아는 걸 떠나 지나치도록 익숙한 얼굴이었다.

"……실바코프 씨?"

"어라, 아가씨. 날 알아?"

그가 로브를 벗었다. 마치 은실과 같은 은발이 로브 밖으로 휘날렸다. 보라색 눈동자가 재미있다는 듯이 그녀를 바라보고 있었다.

"왜, 당신이……?"

"정말 아나 보네."

그는 빙긋 웃었다. 수아의 기억 속과 같은 얼굴임에도, 아니 그녀의 기억으로는 바로 전까지만 해도 대화를 나눴던 사람이었다. 그럼에도 그 얼굴에서 지독한 위화감이 들었다. 그는 정말로 낯선 이를 보는 시선으로 그녀를 내려다보고 있었다.

"아가씨가 아는 「나」와는 어떤 사이였어? 반목? 아니면 협력?"

수아는 그 말에 대답하지 않았다. 정확히는 무엇이라고 대답해야 할지 알 수가 없었다.

지금 이 순간이 현실인지 환상인지조차도 확신할 수 없었고, 심지어 그녀가 기억하고 있는 것들이 진짜 일어난 일인지조차 알 수가 없었다.

방금, 저쪽 세계의 환상에 갇혀 있었던 것도 정말로 일어난 일이었을까?

아니, 어차피 아무리 생각해봐도 지금 여기서 답을 알 수는 없었다. 그래서 수아는 일단 가장 신경 쓰이는 것부터 물어보기로 했다.

수아는 실바코프의 뒤쪽에 있는 여인과 소년을 바라보았다. 여인은 똑바로 그녀를 바라보고 있었다.

아, 이번에는 저 사람도 내가 보이는구나.

하지만 수아의 시선은 아무래도 그녀가 안고 있는 정신을 잃은 소년에게 향하게 된다.

"저 꼬마……가, 하르페니언……인 건가요?"

"황자 전하라는 의미라면, 그렇긴 한데."

그 뒤의 말은 듣지 않았다. 수아는 실바코프를 지나쳐 그쪽으로 달려가듯 다가갔다. 실바코프 또한 만져지지 않고 그대로 통과할 수 있었기에 쉬운 일이었다.

"누구냐."

하지만 여인은 소년을 꼭 껴안으며 경계의 눈으로 그녀를 바라보았다. 수아는 순간 주춤했다. 당연히, 지금 이 상황에서는 그녀가 가장 수상한 사람이었다.

그녀의 뒤로 실바코프가 다가왔다.

"이 소녀는 누구죠?"

여인이 물었다.

"왜 이민족이 여기에……. 아니, 방금 당신을 통과한 것처럼 보였는데."

"바로 보셨습니다. 뭐, 여기에 이런 식으로 나타날 존재란 뻔하겠습니다만."

실바코프가 느긋하게 웃었다.

"저도 처음 보긴 했지만, 그래도 소개해 드릴 순 있을 것 같군요. 이 아가씨가 마마께 말씀드렸던 「열쇠」입니다."

그 말에 수아가 휙 실바코프를 돌아보았다. 그러고 보니 전에도 그는 수아를 보며 열쇠라고 했었다.

"어떻게……."

하지만 수아보다는 여인의 목소리가 훨씬 더 컸다.

"열쇠라고요!"

여인의 안색은 그야말로 백지장처럼 새하얗게 질려 있었다.

"열쇠는 분명, 기한의 끝에 가서야 온다고!"

"아, 실제로는 그렇습니다. 단지 이 아가씨는 이 시간대의 사람이 아니라……. 왜 여기서 헤매고 있는지는, 음, 대충 짐작은 갑니다만 들려드릴 이야기는 아니고. 일단 마마께는 이 표현이 더 쉽겠군요. 잠시, 미래에서 온 아가씨라고."

도대체 무슨 소리인 건지, 왜 시우가 말했던 열쇠라는 단어를 그가 알고 있는 것인지, 지금 이곳은 어디고 짐작이 간다는 건 도대체 무슨 소리인지, 지금 여기는 도대체 자신에게 어디가 되는 건지 실바코프에게 묻고 싶은 것도 따지고 싶은 것도 많았다. 하지만 잠시 얼어붙은 듯 멈췄다가 이내 그녀에게 향한 짙은 남색의 눈동자는 너무나도 간절한 빛을 띠고 있어, 수아는 차마 실바코프에게 시선을 돌릴 수가 없었다.

"당신, 이 아이를…… 내 아들을 만났나요?

"네."

수아는 반사적으로 고개를 끄덕였다. 그 작은 동작에, 여인의 눈동자에 순식간에 눈물이 고였다.

"잘…… 있던가요?"

이번에는 곧바로 고개를 끄덕일 수가 없었다. 저주에 걸린 황태자. 과연 「잘」 있다고, 그렇게 말할 수 있을까.

수아가 머뭇거리자, 여인은 오히려 웃었다.

"어리석은 질문이었군요."

"황후마마."

수아는 간신히 그렇게 입을 뗐다. 그녀는 하르페니언이 자신에게 닿아 죽은 자신의 어머니에게 얼마나 큰 죄책감을 가지고 있는지 잘 알고 있었다. 그리고 얼마나 그리워하는지도.

지금이 현실인지 환상인지조차 알 수 없었지만, 확실한 사실 하나는 눈앞의 여인이 하르페니언의 어머니라는 거고 그녀의 품 안에 있는 소년은 하르페니언 본인이라는 거다.

만에 하나, 실바코프의 말대로 그녀가 이 세계의 과거에 와 있는 것이라면…… 신의 저주 자체를 막는 것은 불가능하겠지만, 최소한 경고 정도는 줄 수 있지 않을까?

수아는 잠깐 망설였지만 곧 결심하고 입을 뗐다. 믿어주지 않을 확률이 크겠지만, 그래도 가만히 입을 다물고 있을 수가 없었다.

"음, 믿지 못하시겠지만, 황후마마는 황태자 전하의 아홉 살 생일 때……."

"전 죽겠지요."

하지만 곧바로 이어지는 여인의 말에 순간 말문이 턱 막혔다. 여인은 여전히 희미하게 미소를 띤 채였다. 처연하기 짝이 없는 그런 미소를.

"이 아이에게 잔인한 선택이라는 건 알아요. 그래도…… 기쁘군요. 당신이 나타날 때까지, 저주의 끝이 다가올 때까지…… 계속, 살아 있는 거군요."

여인은 아이를 안고 있는 손에 더욱 힘을 주었다.

"그걸로, 충분해요."

그 단호하기까지 한 말에 수아는 입을 살짝 벌렸다가 그 자리에 주저앉듯 몸을 낮춰, 땅에 앉아 있는 그녀와 시선을 맞췄다.

"잠깐, 저주라뇨. 왜 지금 그걸……. 아직……."

여인이 안고 있는 소년에게는 당연히도 붉은 문양 따위는 보이지 않았다. 하지만 여인은 그 질문에 답해줄 마음은 없는 것 같았다. 여전히 눈물 어린 눈동자로, 희미하게 웃으며 말할 뿐이었다.

"이 아이를 부탁해요. 전, 그때는…… 아니, 계속해서 옆에 있어줄 수 없으니까……."

그 눈빛은 진지했다. 마치 매달리듯 간절하게 수아를 바라보고 있었다. 절대 놓을 수 없다는 듯 아들을 껴안고 있는 여인의 몸짓은 절박해 보이기까지 했다.

궁금한 건 많았다. 여인이 하는 소리를 완벽하게 이해하고 있지도 못했다.

하지만 수아는 지금 당장 무슨 말을 해야 할지 알 것 같았다.

그녀는 아이에게 시선을 내렸다. 아이는 평온한 얼굴로 색색거리며 잠들어 있었다. 손을 뻗어 뺨을 쓰다듬으려 했지만, 수아의 손은 아이를 그대로 통과했다.

그녀는 다시 고개를 들어 여전히 수아를 뚫어져라 바라보고 있는 짙은 남색 눈을 응시했다. 그리고 이제까지 몇 번이나 한 말을 다시 반복했다.

"황태자 전하의…… 알의 저주는, 제가 풀어요."

여인의 얼굴이 안도로 물들었다. 하지만 수아는 그 표정을 제대로 확인할 수 없었다. 그 순간, 다시 한 번 주변이 일그러졌다.

조금만 더 있었어야 했다. 그랬더라면 뭔가를 더 알 수 있었을 터였다.

아니, 괜찮다. 일단 제대로 돌아가는 게 먼저다. 여기서 이럴 것이 아니라 돌아가서 그냥 실바코프를 추궁하면 된다. 만약 방금이 정말로 있었던 일이라면, 과거라면 「미래」의 그 또한 그녀가 원하는 걸 알고 있을 터였다.

갑자기 주변이 확 어두워지며 꽤 찬 공기가 그녀를 스쳐 지나갔다. 이번엔 또 어딜까.

수아는 곧 이곳이 상당히 익숙한 장소라는 것을 알았다. 바로 눈앞에 가제보가 보였다. 하지만 뭔가 달랐다. 원래 이 시간이면 마법등이 켜져 있어야 했지만 주변은 그저 어둑할 뿐이었다. 수아는 가제보 쪽으로 조금 더 걸어갔다. 잘 보이진 않았지만 매캐한 먼지와 말라비틀어진 넝쿨이 가제보를 휘감고 있다는 것을 알았다. 그녀는 손을 뻗어보았지만 이제까지와 같이 만져지지 않고 그대로 통과했다.

그녀는 주변을 둘러보았다. 수아에게 있어서 여러모로 추억도 많고 반가운 장소라는 건 확실했다. 하지만 어쩐지 주변 분위기가 그다지 좋지 않았다. 약간은 이상한 냄새도 나는 것 같았고, 무엇보다도 마치 내팽개쳐진 폐허 같은 느낌이었다.

이렇게까지 다르다는 건 아직도 제대로 돌아오지 못했다는 뜻일 터였다.

수아는 초조함을 느꼈다. 이제까지처럼 「과거」라면 상관없을 것이다. 하지만…… 이렇게나 방치되어 있는 꼴이라니. 설마 지난 때를 보여주는 게 아니라, 곧 다가올 날을 보여주는 거라면…….

수아는 급히 고개를 두리번거리기 시작했다. 지금까지의 패턴으로 생각해보면 이곳이 과거든 미래든 누군가가 주변에 있을 것이다. 그게 이제까지처럼 황후나 하르페니언이 함께 있는 것이라면 좋을 거라고 생각하다가, 그녀는 순간 멈칫했다.

지금까지는 본궁이 상당히 가까운 곳들의 정원이었다. 하지만 이곳은 회궁의 후원이다. 저주 이후에, 그의 궁이 된 장소.

"우윽."

그때, 그녀의 귀에 작은 신음이 들렸다. 후원의 한쪽 구석이었다. 그녀는 곧바로 그쪽으로 발걸음을 옮겼다. 굉장히 어두웠기에 넘어지지 않을 정도로 천천히, 하지만 최대한 빠르게.

하지만 수아는 몇 걸음 가지 못한 채로 그 자리에 우뚝 섰다. 조금 전 느꼈던 「이상한 냄새」가 무엇인지를 알 것 같았기 때문이다.

그녀는 비명을 지르지 않기 위해 입술을 꽉 깨물었다. 마법등이 없어서 다행이었다. 후원 바닥에 쓰러져 있는 시체들이 자세히 보이지 않았으니까. 무언가를 만질 수 없어서 다행이었다. 결코 시체와 닿을 수 없을 테니까.

그때 다시 한 번 신음 소리가 들렸다. 그녀는 급히 그쪽으로 달려갔다. 그리고.

"누구……. 윽."

온통 피투성이가 된 소년이 쓰러져 있는 모습을 보았다. 방금 전에 보았던 때보다 훨씬 자라 있는 모습이었지만, 그래도 기껏 열 살 정도로 보이는 나이였다. 이미 그의 눈 밑과 뺨에는 붉은 색의 문신이 뚜렷했다.

소년은 커다란 나무에 등을 기댄 채 검 손잡이를 있는 힘껏 쥐고 있는 상태였다. 어떻게든 눈앞에 나타난 불청객에게 검을 들이대려고 하는 것 같았지만, 부상이 너무 심해서인지 아니면 기력이 다해서인지 검을 채 들어 올리지도 못했다.

단지 생각하던 암살자가 아니어서인지 조금은 안도하는 듯도, 조금은 의아해하는 듯도 한 시선이었다.

"맙소사, 알!"

그의 모습에 굳어 있던 수아가 간신히 목소리를 냈다. 그녀의 머릿속에는 이미 과거니 미래니 하는 생각도 싹 사라져 있었다.

수아는 그의 앞에 무릎을 꿇고 앉아 손을 내밀었다. 그는 기겁하며 외쳤다.

"만지지, 마!"

소년은 수아의 손을 피하려고 했지만 제대로 움직이지도 못하는 상태에서 가능할 리가 없었다. 그는 고개를 돌리며 눈을 질끈 감았지만 이내 수아의 손이 그의 뺨을 감쌌다.

"괜찮아요?"

"뭐……."

소년이 흠칫거리는 느낌이 맞닿은 피부로 느껴졌다. 그는 믿을 수 없다는 듯 자신의 뺨에 닿아 있는 손으로 시선을 내렸다가 곧바로 수아를 바라보았다.

"어떻게……."

수아 또한 살짝 당황했다. 이제까지는 누군가와 닿기는커녕 나무와 풀마저 그녀를 통과했었는데, 아까도 가제보를 만지지 못했는데, 왜? 반사적으로 그에게 손을 내밀긴 했지만 이렇게 닿을 수 있을 거라고는 생각하지 못했다.

하지만 오히려 잘된 일이었다. 그녀는 최대한 미소를 지으려고 노력하면서, 이제까지 그에게 수없이 했지만 지금의 그는 처음 듣는 말을 했다.

"괜찮아요, 알. 난 죽지 않아요."

그녀는 천천히 소년의 뺨을 쓰다듬었다. 아직 어린아이 특유의 부드러운 뺨이 느껴졌고, 그 감촉을 방해하는 피의 끈적거림이 느껴졌다. 더불어 부상 때문에 열이 나는 모양인지 지나칠 정도로 뜨거웠다.

"어째서 그 이름을……. 그, 그대는, 누구인가."

수아는 그 말에 대답하지 않고 이번에는 초조함에 입술을 깨물었다. 상처를 치료해야 한다. 최소한 지혈이라도.

하지만 그녀가 해본 건 기껏해야 힐링연고를 바르거나 붕대를 감아본 것이 다다.

어떻게 해야 하는지 속으로 안절부절못하던 수아는 곧 하르페니언의 옆에 본 적 있는 모양의 병이 떨어져 있는 걸 발견했다. 힐링포션. 아마 혼자 저걸 마시려다가 마개도 채 열지 못한 모양이었다.

저걸 집을 수 있을까 걱정하며 그쪽으로 손을 뻗었지만, 다행히 힐링포션도 손에 잡혔다. 그녀는 얼른 그걸 집어 들고 마개를 열어 그의 입에 가져다 대었다.

"마셔요."

꿀꺽. 소년은 반사적으로 힐링포션을 한 모금 마셨다. 그걸 확인한 수아는 자신의 소매로 그의 피를 훔쳐가며 상처에 조금씩 포션을 붓기 시작했다. 서투르긴 했지만, 소년 혼자 하는 것보다는 훨씬 나을 터였다.

하지만 그녀는 이내 손을 잠시 멈출 수밖에 없었다.

상처는 그야말로 지독했다. 죽지 않은 것이 신기할 정도.

울컥, 뭔가 뜨거운 것이 다시 한 번 속에서 올라왔다. 흉터가 여기저기 잔뜩 남아 있던 그의 몸이 생각났다. 상처가 모두 흉터로 남은 것도 아닐 터였다. 세월이 지나 저절로 사라진 흔적도 있을 터였고, 힐링포션과 힐링연고로 치료한 부상도 있을 터였다. 그러니 그의 몸에 남아 있는 것보다 훨씬 더 많이 다쳤고, 훨씬 더 많이 아파했을 것이다.

지금과 같은, 상황이…… 많았겠지.

주변이 어둑해 분간이 쉽지 않았지만, 어둠에 눈이 익은 것인지 아니면 다른 이유가 있는 것인지 소년의 모습은 꽤나 또렷하게 보였다. 소년은 혼란스러운 듯한 눈으로 그녀를 바라보고 있었다.

아아, 정말 알이구나.

수아는 다시 한 번 그걸 느꼈다. 비록 경계와 혼란이 뒤섞인 표정으로 그녀를 바라보고 있어도, 그녀를 아예 모르는 낯선 사람이라 여긴다 해도, 그가 알던 이보다 훨씬 어린 사람이라고 해도, 그래도…… 이 눈동자만은 같았다.

"알."

대충 상처에 포션을 다 바르고 나자, 수아는 그의 이름을 부르며 소년을 와락 껴안았다. 다시 한 번 몸이 굳는 것이 느껴졌다. 하지만 그녀를 거부하진 않았다.

"살아요. 힘들겠지만, 절대 죽지 마요. 많이 괴로울 거…… 알아요."

안타까웠다. 수아는 지금 이 소년에게 해줄 수 있는 것이 아무것도 없었다. 동시에 자신의 말이 얼마나 무책임하고 까마득한지 또한 절실히 깨달았다.

지금 이 소년은 몇 살일까.

아무리 많이 잡아도 10대 초반으로밖에 보이지 않는다. 그녀가 그를 만났을 때의 나이는 스물다섯. 까마득할 정도로 길게 느껴지는 기간이었다. 수아가 만난 청년에게는 그저 과거의 일이겠지만, 지금 눈앞의 이 소년에게는 앞으로 버텨야 할 미래였다.

순진하게 웃고 있던 작디작은 아이는 이렇게 상처를 입은 소년이 되고, 이 소년은 구르고 굴러 웬만한 일에는 눈 하나 깜짝하지 않는 청년이 될 터였다. 사람들이 그를 공포와 혐오의 대상으로 보는 것이 너무나도 당연해 그런 시선에는 신경조차 쓰지 않을 만큼.

그렇게 될 때까지 얼마나 많은 일이 있었을까.

부상을 입은 상대다. 가급적 몸에 무리를 줘서는 안 된다는 생각이 들었지만, 수아는 그를 안은 팔에 힘이 들어가는 걸 막을 수가 없었다.

이내 수아는 마주 안아오는 힘을 느꼈다. 그녀는 울지 않기 위해 입술을 꽉 깨물었다. 그녀의 몸 안으로 파고들어 오는 작디작은 몸이 어찌나 사랑스럽고, 애달픈지.

수아는 천천히 떨리는 목소리로 다시 되새기듯 말했다.

"꼭이요. 이상한 생각 하지 말고. 알의 저주는…… 내가 풀 테니까."

순간 다시 주변이 일그러지는 느낌이 났다. 수아는 급히 소년의 머리를 한 번 더 쓰다듬고는, 안고 있던 팔을 풀어 그의 얼굴을 바라보았다. 이번엔 다행히도 소년을 다시 한 번 볼 정도의 여유는 있었다.

그는 그녀를 매달리듯 바라보는 황금색 눈동자를 마주 바라보며, 그의 입술에 가볍게 키스했다.

"다시 만나요."

그 순간 소년의 모습은 수아의 시야에서 사라졌다. 툭. 참았던 눈물이 떨어져 내렸다. 다행히 입술에는 아주 희미하게 온기가 남아 있었다.

어둡다. 어둡지 않다.

그녀가 있는 곳은 한 치 앞도 볼 수 없는 어둠 속이었고, 동시에 모든 것을 볼 수 있는 빛 안이었다. 아무것도 없으며 모든 것이 있는 곳.

수아는 주변을 둘러보았다. 아니, 둘러본다는 건 의미가 없었다. 이곳은 「방향」이라는 것이 무의미했으니까. 하지만 이번에는 이곳이 어디일까 하는 당혹감은 들지 않았다. 마치 당연히 와야 할 곳으로 온 것처럼 차분했다.

시우를 만났을 때도, 약간 비슷한 느낌이었다. 자신의 꿈이라는 걸 알고 있던 그때. 하지만 지금은 그때보다 더 엄숙하면서도 더 일치된 느낌이었다.

"……거기, 있나요?"

수아는 아직 눈가에 남아 있는 눈물을 훔치며 무언가를 향해 말을 걸었다. 그러면서도 왜 자신이 이렇게 말하고 있는지 잘 이해가 되지 않았다. 동시에 당연히 물어야 한다고 생각했다.

아무런 대답도 들려오지 않았지만, 수아는 알았다. 무언가가 이 모든 곳에 존재하고 있었다.

"당신이, 날 데려왔나요?"

「당신」이라는 말로 표현할 수 있는 존재일지는 알 수 없었지만, 일단 그렇게 말했다. 여전히 대답은 없었지만 그녀는 답을 얻었다. 그렇다는 긍정.

"……당신이, 알에게 저주를 내렸나요?"

그리고 같은 답을 얻었다.

그녀는 입술을 깨물었다. 신이라고 표현하는 것이 좋을까. 아니, 과연 신이라는 단어 하나로 표현할 수 있는 존재일까.

확실한 것은 모든 것의 시작인 존재라는 것일 터였다.

만약 신을 만난다면. 하르페니언에게 저주를 내린 원흉과 마주친다면. 그런 상상은 수도 없이 해봤다. 그때마다 수아는 신에게 원망을 쏟아내며 따질 거라고 생각했다. 실제로 어떻게 따질건지 열심히 말을 만들어본 적도 있었다.

하지만 막상 이런 상황이 닥치자 그럴 수가 없었다.

이곳에서는 그 모든 것이 당연했기에.

그저 수아만이 조화를 깨는 이방인일 뿐이었다.

물론 그렇다고 해서 입 다물고 얌전히 사라질 생각은 없었다. 이건 그렇게나 간절히 원하던 기회였다.

"왜죠?"

수아는 입술을 깨물면서 간신히 말을 이었다. 한마디 한마디 할 때마다 힘이 빠져나갔다.

"왜, 알에게 저주를…… 걸었어요?"

—필요하니까.

그런 대답이 들려왔다.

순간 울컥해 수아는 무어라고 더 말하려고 했다. 하지만 다시 입을 열려는 순간, 그녀는 이곳에 오래 있지 못할 거라는 걸 알았다.

아니, 이건 안 돼.

방금 어린 하르페니언을 만나고 왔기 때문에 더 억울했던 것이리라. 하지만 아무리 이유가 궁금하다고 해도 저주를 푸는 방법을 얻는 것에 비할까.

수아는 최대한 진정하려고 노력하며 고개를 들었다. 하지만 입을 열진 않았다. 입 밖으로 목소리를 내는 건 이곳에서 그녀의 존재를 더 부각시켜, 이물감만 키우는 것 같았다. 대신 최대한 생각하고 또 생각했다.

알의 저주를 풀고 싶어요.

그러자 누군가가 물었다. 저주를 정녕 풀고 싶으냐고.

그녀는 고개를 끄덕였다.

다시 누군가가 물었다. 그 어떤 희생을 해서라도, 반드시 그러하고 싶으냐고.

그녀는 조금의 망설임도 없이 긍정했다.

그리고 다시 강하게 기원했다. 정말 그녀 자신이 실바코프나 시우가 말하는 「열쇠」고 그것이 저주를 풀 수 있는 무언가라고 한다면, 그 어떤 일이라도 좋으니 저에게 그 본분을 다하게 해달라고.

—알았다.

무언가가 대답했다.

눈을 감았다는 자각도 없었는데, 수아는 눈을 떴다. 여전히 어둠 속이었지만 저 멀리 무언가가 빛나고 있었다.

그녀는 본능적으로 그쪽으로 다가가기 시작했다. 한 발 한 발, 영원히 가는 것도 같았고 순식간에 가까워지는 것 같기도 했다.

빛.

수아는 천천히 손을 뻗었다. 그러자 크게 빛나는 덩어리 하나가, 형체를 갖추며 그녀의 품 안으로 들어왔다.

그 순간, 다시 주변이 바뀌었다.

찬바람이 불어왔다. 수아는 반사적으로 몸을 움츠렸다. 동시에 새하얀 눈밭이 시야에 들어왔다.

수아는 바람 때문에 잘 들 수 없는 고개를 돌려 주변을 둘러보았다. 나무가 군데군데 서 있었지만, 숲이라고 하기에는 그 수가 너무 적었다. 그 위로 눈보라가 치고 있었다.

이번엔 어딜까.

하지만 그 생각이 이어지기 전, 수아는 자신이 무언가를 꽉 쥐고 있다는 것을 알았다. 그녀는 눈을 깜박이며 다시 고개를 내렸다.

그건 화려한 검집을 지닌 검이었다. 실바코프가 그녀에게 몸을 지키라고 준 단도보다도 조금 더 짧아 보였다.

"이건……."

그녀는 이 난데 없이 자신이 쥐고 있는 단도가 무엇인지 거의 직감적으로 알았다.

빛.

어둠 속에서 빛나고 있던 그 무엇.

수아를 이물질 취급한 그 공간에서 가지고 나온 어떤 것. 아마도 인간의 물건이 아닐 터였다.

수아는 저도 모르게 침을 꼴깍 삼켰다. 아마도 이게…… 저주를 풀 매개체.

하지만 그 생각은 오래가지 않았다. 다시 한 번 바람이 불어왔고, 수아는 검을 품 안으로 안으며 몸을 더욱 웅크렸다. 미칠 듯이 추웠다. 쌓여 있는 눈에 닿는 피부가 마치 얼어붙을 것만 같았다.

그러고 보니 이제까지는 더위나 추위 같은 걸 전혀 느끼지 못했다. 그렇다는 건, 지금은 제대로 돌아온 걸까?

지금 수아가 입고 있는 옷은 이 세계의 여름옷으로, 그놈의 환영마법인지 뭔지 아지랑이 비슷한 것이 그녀를 덮쳐왔을 때 입고 있던 옷이었다. 실제로 돌아왔든 아니든, 이대로 있다가는 동사할 것만 같았다.

어쩌지? 땅을 파서 그 안에 웅크리고 있으면 체온이 유지된다고 했던가. 그녀는 기억을 필사적으로 더듬었지만 솔직히 고개를 조금만 들어도 코가 새빨개져 눈물이 찔끔 나는 지금 상황에서 그다지 도움이 될 법한 지식은 아니었다. 어설프게 움직이느니 차라리 이렇게 웅크리고 있는 것이…….

그때였다.

취익!

등골이 서늘해지는 것을 느끼며 수아는 고개를 들었다. 한 치 앞도 보기 힘든 눈보라 사이로, 무언가 거뭇한 형상이 보였다. 마치 커다란 뱀과 돼지를 합쳐놓은 것 같은 모습의 무엇이었다.

몬스터.

수아는 멍하니 그녀를 향해 내려오고 있는 커다란 갈퀴 같은 손을 보았다.

캉! 다행히 목걸이의 힘은 건재했다. 놈은 수아를 내리치다가 뭔가에 막히자 성질이 난다는 듯 다시 크게 숨을 내뿜었다.

그제야 수아는 피해야 한다는 생각이 들었다. 하지만 어디로? 수아는 자리에서 일어나 일단 커다란 나무가 있는 쪽으로 비틀비틀 내달렸다. 분명 금방 따라잡힐 거고 제대로 나무까지 가봤자 소용없을 거라는 생각은 들었지만, 그래도 가만히 앉은 자리에서 죽음을 기다리고 있을 순 없었다.

취이익!

다시 한 번 놈이 소리를 내뿜었다. 하지만 뭔가 이상했다. 바로 뒤에서 들려야 했던 소리가 좀 멀어져 있었다.

수아가 고개를 돌렸다. 놈은 수아를 쫓는 게 아니라 정반대 쪽을 보고 있었다. 그 어깨와 등에 화살이 돋아나듯 꽂혀 있는 것이 보였다.

"……있다!"

"……했습니다! ……하는 ……니다!"

동시에 사람의 목소리가 아련하게 들려왔다.

사람……?

수아는 몬스터가 가고 있는 방향을 바라보았다. 눈보라 사이로 언뜻 인영이 보였다. 말과 투구, 검. 대충 그런 모습이 보이자 수아는 간신히 참았던 숨을 내쉬었다.

진짜 살았구나.

저 몬스터도 몬스터지만 이대로 있다가는 정말로 동사했을 터였다. 수아는 이미 감각이 없는 손끝과 발끝을 느끼며 넘어질 듯

비틀거렸다. 차라리 몬스터가 나타난 게 다행인 걸까. 아무래도 저 사람들은 몬스터를 퇴치하러 온 모양이니.

어쩔까. 수아는 잠시 고민했다. 지금은 눈보라로 시야가 굉장히 좋지 않았다. 어설프게 저쪽으로 가다간 몬스터로 오인당해 화살을 맞을 수도 있을 것 같았다. 더구나 지금 시야로 문양을 확인할 수가 없으니 어떤 종류의 사람이냐 하는 것도 문제였다.

그래도 일단 말이 보이고 투구가 보인다는 건 어느 정도 장비를 갖췄다는 이야기니 불한당들일 가능성은 그다지 높지 않아 보였다.

꽤에에에엑. 그야말로 돼지 멱따는 듯한 몬스터의 괴성 소리가 귀를 때렸다. 그다지 멀지 않은 곳에서 형태만 보이는 몬스터가 쓰러진다. 아, 혹시 날 발견하지 못하고 놔두고 간다면……. 수아가 급히 그쪽으로 다가가려는데, 또렷한 목소리가 귀로 들려왔다.

"민간인 생존자 하나!"

"여자입니다!"

고민이 무색하게도 그들은 수아를 처음부터 인식하고 있었던 듯했다.

하지만 안도한 것도 잠시, 그 짧은 사이 눈보라는 더 심해져 있었다. 당연히 몸도 완전히 꽁꽁 얼어붙어 움직이기도 힘들 지경이었다.

수아는 엉거주춤 사람들이 있는 쪽으로 걸어가며 눈보라 너머를 바라보았다. 그들도 수아 쪽으로 다가왔기에 이내 대략의 얼굴이나 모습이 보였다. 또한 어깨에 있는 문양까지도.

"어?"

그녀는 저도 모르게 입 밖으로 소리를 냈다. 방패와 검. 수없이 본 문양이 그들의 어깨에 있었다.

아칸도르 제국.

그걸 깨닫는 것과 동시에 병사들이 소리를 질렀다.

"뒤!"

"맙소사, 클렙이다!"

"전방 확인! 젠장, 시야가 너무 좁아!"

오싹, 소름이 끼쳤다. 뭔가 기괴한 소리가 뒤에서 들려왔다. 순식간에 온몸이 굳으며 소름이 돋았다. 몸이 덜덜 떨리는 공포에 앞으로 나가던 발은커녕 그 무엇조차 움직이지 않았다.

다시 한 번 주변이 아주 천천히 흘러가기 시작했다. 병사들이 이쪽으로 달려오는 것이 보였지만 그 속도는 지독히도 느렸다. 그녀의 몸은 여전히 굳어 있었고, 쿵 하는 거대한 발걸음 소리만이 크게 귓가에 울렸다.

이대로 죽는다는 생각도, 안 된다는 생각도 없었다. 그저 무서웠다. 등골을 타고 내려가는 그 느낌이 온몸을 바삭 부서지는 얼음덩어리로 만드는 것 같았다.

쿠오오오.

뒤에서 포효가 들렸다.

그와 동시에, 눈보라 사이로 검은 말이 튀어나왔다. 그 말 위에는 누군가가 타고 있었는데, 수아는 그 사람이 매우 익숙한 이라고 생각하면서도 순간적으로 누구인지 제대로 인식하지 못했다.

그는 무어라고 소리치고 있었다.

남자는 그녀를 지나치며 들고 있던 검으로 단번에 그녀의 뒤를 내리쳤다. 무어라고 형언할 수 없을 정도로 엉망인 소리가 울렸다. 비명이나 절규라고 듣기도 힘들 정도였다. 마치 머릿속을 그대로 훑어내는, 유리를 쇠로 긁는 것보다도 더욱 끔찍한 몬스터의 소리.

무슨 일이 있었는지는 정확히 보지 못했다. 난지 정신을 차렸을 때는 사람을 태우지 않은 검은 말만이 그녀의 곁에서 맴돌고 있었다.

칸.

간신히, 말의 이름이 생각났다. 그리고 그 말을 탔던, 타고 있어야 할 사람도 생각해 냈다. 비로소 아까 그 남자가, 하르페니언이 무어라고 소리쳤는지 또한 깨달았다.

—수아!

그건 그녀의 이름이었다.

수아는 굳은 몸을 필사적으로 움직이려고 노력하며 뒤로 몸을 돌렸다. 그 순간, 눈보라 속에서 손이 불쑥 튀어나왔다.

"수아."

그는 가볍게 그녀를 품 안에 끌어당겨 망토로 그녀의 몸을 감싼 후, 곧바로 칸에 올라탔다. 그러고는 반대쪽으로 말을 달렸다.

"황태자 전하!"

"마무리하도록. 그 후 귀환한다."

그는 그 말만을 남긴 채, 칸을 멈추지 않았다. 다그닥거리는 소리와 진동이 몸을 감싸고, 수아는 비로소 고개를 들어 그를 바라보았다. 그는 그녀를 품 안에 단단히 안은 채 이를 악물며 앞을 보고 있었다.

"……알."

그리고 간신히, 그의 이름을 입 밖으로 내었다. 그 소리에 힐끗, 금색 눈동자가 그녀를 내려다보았다. 아주 잠시 스친 눈빛이었지만 수아는 그 안에서 그가 얼마나 자신을 걱정하고 있는지 알 수 있었다.

"몸이 차. 괜찮나."

걱정 어린 목소리를 듣고 나서야, 비로소 그를 만났다는 실감이 났다.

"괜찮, 아요."

그 말과 함께 수아는 그의 품 안으로 더욱더 파고들었다. 더없이 그리워하던 품이었다.

그를 기억하지 못하는 환상 속에서도 미칠 듯이 그리웠다.

그 안에, 지금 자신이 있다.

동시에 그녀를 안고 있던 그의 팔에 힘이 더욱 들어가는 걸 느끼며, 수아는 눈을 감았다.

돌아왔다.

여러모로 할 말도 많았고, 듣고 싶은 이야기도 많았다.

하지만 지금은 이 품 안에 있는 것만으로도 충분했다.

*다음 권에서 이어집니다.*

외전
Extra

# 놓친 것, 붙든 것

수아가 사라졌다.

분명히 방금 전까지 품 안에 있던 이가, 있는 힘껏 껴안아 그 어디로도 벗어날 리 없다 믿었던 이가 마치 처음부터 없었던 것처럼 홀연히, 흔적 하나 남기지 않고 그대로 사라져버렸다.

처음에는 자신이 본 것을 부정했고 다음에는 분노했으며 마지막으로는 절망했다. 그녀가 사라졌다는 걸 제대로 인지한 순간, 그는 제정신이 아니었다. 그야말로 세상이 무너져 내리는 듯싶었다.

만약 실바코프의 한마디가 아니었다면 스스로도 어떻게 되었을지 몰랐으리라.

"아가씨는 돌아올 겁니다."

숲을 샅샅이 뒤지며 숲의 몬스터들을 도륙했다. 하지만 수아는 그 어디에도 없었다. 혹시나 되돌아와 본 마을에서도 그녀의 모습은 보이지 않았다. 그때, 거의 제정신이 아닌 하르페니언에게 실바코프가 한 말이었다. 그의 입가에 언제나 있던 미소는 사라진 지 오래였다.

그는 대답을 하지 않은 채 실바코프를 바라보았다. 흉흉한 눈빛이었다.

"그게 무엇인지는…… 말씀드릴 수 없습니다만, 영원히 아가씨를 가둘 성질의 것은 아닙니다. 단지……."

"됐다."

"네?"

"그게 뭔지, 이유 따위는 상관없어. 몰라도 된다."

그사이, 그의 목소리는 반 정도 쉬어 있었다.

"단지, 하나만 확인해다오."

그 목소리에는 아무런 높낮이도 없었다.

"수아는, 무사하나."

실바코프는 바로 대답하지 않고 그를 바라보다, 이내 고개를 끄덕였다.

"무사하십니다. 더할 나위 없이."

그 말에 하르페니언은 잠시 눈을 감았다. 무사하다. 이 엘프의 말을 어디까지 믿을 수 있느냐의 문제가 있긴 했지만, 일단은 그가 그렇게 말해주는 것만으로도 미약하게나마 마음이 놓였다. 그녀가 사라진 후 셀 수조차 없는 갖가지 감정이 다 들었지만, 그중에서도 가장 큰 걱정은 그녀의 안전이었다. 무슨 일이 생길 거라고 생각하는 것만 해도 공포가 온몸을 내달렸기에.

"그리고 제 이름을 걸고 말씀드릴 수 있습니다. 아가씨는 반드시 돌아오실 겁니다. 아직 전하께서는 아무런 선택을 하지 않으셨습니다. 그러니 살아 계신다면, 반드시 한 번은 아가씨를 만나게 됩니다."

하르페니언은 그런 그를 물끄러미 바라보았다. 머리가 잘 돌아가지 않았다. 무슨 소리를 하고 있는 걸까.

"수아가……."

"돌아옵니다. 다시 만날 수 있습니다, 전하."

실바코프는 처음과 같은 어조 그대로 말을 한 번 더 반복했다.

하르페니언은 느리게 눈을 깜박였다. 돌아온다. 수아가. 다시 한 번 이 팔로 안을 수 있다.

오싹 소름이 끼쳤다. 억지로 짓눌러놨던 감각이 다시 한 번 온몸을 흔들었다. 수아, 수아, 수아. 기다릴 수 있을 리 없다. 지금 당장 그 모습을 보고, 그의 애칭을 부르는 목소리를 듣고, 그 몸을 품 안에 넣어 꼼짝하지 못하도록 안아야 했다.

하지만 그녀는 지금 없다.

호흡이 가빠졌다. 숨을 쉬는 것조차 제대로 할 수가 없었다.

실바코프가 가볍게 한숨을 내쉬었다.

"그러려면 전하가 살아 계셔야겠죠."

동시에 마법이 발동됐다. 치료마법이었다.

지금 그는 지독히도 상처투성이였다. 평소라면 막아야 할 몬스터의 공격도 전혀 막지 않은 채, 심지어 나뭇가지 하나조차 피하지 않은 채 미친 듯이 숲을 헤매고 또 헤매었기 때문이다. 검을 어찌나 세게 쥐었는지 손 또한 피투성이였다. 이제까지 배웠던 모든 검술이나 보법은 물론 생존본능까지도 모두 잊어버린 듯했다. 지금도 통증 따윈 전혀 느끼지 못하고 있었다.

"살아 계시지 않으면 아가씨를 만나지 못합니다. 보중하지 않으시면 안 됩니다, 전하."

아직도 품 안에 안고 있던 수아의 향기가 그를 떠도는 듯했다. 알, 하고 그의 애칭을 불렀던 한없이 달콤한 목소리 또한. 부드러운 검은색 머리칼과, 그를 보고 웃었던 검은 눈동자.

수아.

그는 이를 악물었다. 눈앞의 이를 어디까지 믿어야 할지는 모른다. 하지만 이 엘프는 수아가 돌아오는 것을 보증하고 있었다. 그게 사실이든 아니든, 그가 어디에 걸어야 하는지는 명확했고 그렇다면 그의 선택도 정해져 있었다.

어차피 저주 자체가 불합리한 일이었다. 그의 저주가 아무렇지도 않아서 견딜 수 있었던 것이 아니다.

미칠지도 모른다고 생각했었던 때도, 이대로라면 눈을 뜰 수 없다고 생각했던 적도 셀 수 없이 많았다. 하지만 지금까지 그는 제정신으로, 멀쩡히 지금 여기에 있었다.

그러니까 아마도 가능할 것이다. 수아와 다시 만날 때까지, 죽지 않고 살아 있는 것 또한. 이 품 안으로 그녀를 다시 안을 수 있다면 그 무엇이라도 하리라. 그녀 없는 나날을 견디는 것 역시 그 무엇 안에 들어간다면, 기꺼이.

"내가 뭘 하면 되지?"

"몬스터가 몰리는 곳을 찾으십시오."

"몬스터?"

"레틴 숲에 나타난 몬스터들의 움직임 자체가 굉장히 비정상적이었죠. 앞으로도 그런 식의 움직임이 나타날 겁니다. 그런 곳을 찾으십시오."

"거기로…… 수아가 돌아오나?"

"그럴 확률이 매우 높습니다."

연한 보랏빛 눈동자는 진지하게 그와 시선을 부딪쳐왔다.

"저 또한 아가씨가 돌아올 방법을 제가 할 수 있는 한, 찾아볼 겁니다. 하지만 오는 장소나 시기까지는 정확히 말씀드릴 수가 없습니다. 그러니 아가씨는 전하가 찾으십시오. 저는 돌아오게 도울 테니."

잠시 그를 바라보던 하르페니언은 휙 몸을 돌려 짐을 챙기기 시작했다. 그것이 말 없는 동의라는 걸 안 실바코프는 그 뒤로 살짝 고개를 숙였다.

"그럼 전하, 다음에는…… 셋이 뵙도록 하죠. 전 황궁에서 기다리고 있을 테니, 아가씨를 찾으면 돌아오십시오."

갑자기 황궁을 운운하는 그의 말은 상당히 생뚱맞은 구석이 있었지만 하르페니언은 반문하지 않았다. 그건 어차피 수아가 돌아온 후의 이야기였기에. 그녀가 돌아오지 않으면 아무런 의미도 없는 말이었다.

몬스터가 몰리는 곳.

그런 장소를 혼자 찾는다는 것은 불가능했다. 그는 레틴 마을을 나서 수도로 말을 몰았고, 곧바로 입궁하여 황제에게 몬스터가 몰리는 곳의 전 제국적인 조사와 병력을 요청했다. 이번 이변 현상을 조사해야 한다는 핑계였고, 사실 거짓말은 아니었다.

조사야 어쨌든 병력 요청은 쉽지 않을 거라고 생각했지만, 황제는 의외로 쉽게 둘 모두를 허락했다. 거기에 의아함을 느낄 만한 여유도 없었다. 그저 시간을 더 낭비하지 않아서 다행이라고 생각했을 뿐이다.

그 뒤 조사에 의하면 레틴 마을에 몬스터가 몰리던 현상은 하르페니언이 떠난 날을 기점으로 없어졌다. 보통 때의 레틴 숲으로, 아니 하르페니언과 실바코프가 그렇게까지 퇴치한 것이 효과가 있었다는 듯 거의 몬스터가 사라진 레틴 숲으로 되돌아갔다.

혹여 수아가 사라진 것과 뭔가 관계가 있지 않을까 싶었지만, 그 뒤 몬스터들이 몰리는 장소도 비슷한 현상을 보였다. 짧으면 보름, 길어도 두 달 정도만이 지속될 뿐이었다. 어디 몬스터 생성 구멍이라도 나 있지 않았을까 싶었을 정도로 쏟아져 내리다가도, 어느 날을 기점으로 거짓말처럼 그 수가 훅 줄어드는 것이다. 그리고 다른 장소에서 그렇게 몬스터들이 떼거리로 출몰하기 시작했다.

나중에는 요령이 생겼다. 원래 있던 장소에서 몬스터가 줄어들 기미가 보이면 곧바로 수의 증가를 보이는 다른 장소를 탐색했다.

처음에는 약간의 시행착오를 겪었지만 조금 더 시간이 지나자 거의 오차 없이 다음 장소로 이동할 수 있었다.

하지만, 그 어디서도 그가 그리는 이의 모습은 찾을 수가 없었다.

소문이 돌았다. 저주 받은 황태자가 아이러니하게도 사람들을 구하기 위해 몬스터를 퇴치하고 있다는 소문. 몬스터들이 득실거리는 곳에 기사와 병사들을 이끌고 나타나 사람들을 구하고 사라진다는, 어찌 보면 영웅담에서나 나올 것 같으면서도 이제까지의 그와는 전혀 어울리지 않는 그러한 소문이었다.

물론 단지 몬스터를 살육하는 게 좋을 뿐이라느니, 그저 황제의 명을 받아 어쩔 수 없이 하는 일이라느니, 몬스터가 몰리는 곳을 알고 늘 때맞춰 나타나는 이유는 실은 그가 그 몬스터들을 조종하기 때문이라는 이야기도 있었다. 하지만 원래 그에게는 이보다 더 흉흉한 소문도 셀 수 없이 붙어 있었기에 더 나빠질 것도 없었다.

사람은 원래 제 눈에 보이는 이득에 가장 집중하는 법이다. 당장 죽게 생긴 이들 앞에 나타나 목숨을 구해주는데 그게 신의 저주를 받은 사람이라는 게 뭐가 중요할까.

더구나 실제로 본 황태자는 최소한 사람들을 난도질하면서 죽이는 살인마는 아니었다.

그 안에서 황태자의 이름은 다른 의미로 커지기 시작했다. 원래 소문은 자극적일수록 잘 도는 법.

황족이면서도 직접 기사들을 이끌고 몬스터들을 퇴치하고 다닌다는 영웅적인 행위와 신에게 저주받았다는 사실의 상극적인 두 이미지는 더욱더 부푼 소문들을 양산해냈다. 그리고 그건 결코 하르페니언에게 나쁜 것만은 아니었다. 그의 행보에 열광하는 사람들까지 일부 생겨났다.

하지만 가장 큰 변화를 겪은 이들은 그가 거느린 병력이었다.

처음에야 황제의 명령으로 어쩔 수 없이 저주받은 황태자의 휘하로 왔을 뿐이었다. 하지만 시간이 지나며 공포와 혐오가 뒤섞였던 그 태도들이 변하는 것이 보였다. 애초에 그들의 반발을 가라앉히기 위해 넉 달을 채우면 다시 수도로 돌아올 수 있다는 조건이 있었지만, 실제로 그 기간을 채운 후에도 그의 휘하에 남는 것을 택한 이들이 결코 적지만은 않았다.

그렇게 세월이 흘러갔다. 그녀와 헤어진 것이 여름. 어느새 단풍이 물든다 싶었더니 그 단풍이 모두 지며 하늘에서 눈송이가 떨어져 내리기 시작했다.

그런 하루하루가 지날 때마다 혹 오늘은 그녀를 다시 볼 수 있지 않을까 수없이 되뇌었지만 그 간절한 기원은 아직 현실이 되어 나타나지 않았다.

그의 목숨이 붙어 있는 한 한 번은 다시 볼 수 있다는 말, 그리고 그녀가 안전하다는 말. 이 두 가지만이 그를 버틸 수 있게 해주는 버팀목이었다.

추위도, 더위도 제대로 느낄 수 없었고 음식을 먹어도 제대로 된 맛을 느낄 수가 없었다. 낯선 감각은 아니었다. 그녀를 만나기 전에도 이리 살았다. 갑자기 숨이 턱턱 막혀오고, 밤에는 잠을 제대로 자기는커녕 미쳐가는 느낌에 견딜 수가 없던 생활이었다. 스스로가 제정신인지 언제나 의심해야 했으며 1분 1초도 편히 있을 수가 없었다.

하지만 지금은, 한 번 빛을 접한 후였기에 더욱 견디기가 힘들었다. 품에 안았던 따스한 체온은 계속해서 그의 주변을 맴돌고 있었다.

수아.

그는 차마 그 이름을 발음조차 하지 못했다. 그녀를 생각해서는 안 됐다. 머리를 마비시켜, 언젠가 다시 그의 곁으로 올 때까지, 그렇게.

그리하지 않으면 버티지 못하니까.

가끔은 모두 꿈인 것도 같았다. 자신을 오롯이 사랑해주며 저주마저 통하지 않았던 이가 과연 있기나 했었을까. 그저 그가 만들어낸 망상이 아닐까. 피부의 감촉, 뛰는 맥박, 부드러운 피부, 그를 부르는 목소리, 사락거리는 머리칼, 검고 깊은 눈동자까지도 그저, 그가 혼자 만들어낸 환상이 아니었을까.

그럴 때면 그는 그녀가 만들어준 주머니를 꺼내 그것을 천천히 손끝으로 쓰다듬었다. 금사와 은사로 화려하게 수놓인, 이 세계에는 없는 동물의 무늬를.

그렇게 아침이 오면 그는 다시 검을 잡았다. 원래의 그라면 최대한 자신이 드러나지 않게 움직였겠지만, 지금은 그런 것 따위 신경 쓸 정신이 없었다. 오로지 몬스터들이 날뛰는 곳에서 그들을 도륙하며, 혹여나 그 안에 누군가가 있을까 그것만을 신경 쓸 뿐이었다.

그렇게 미친 듯이 몬스터를 도륙하고 또 도륙하며 생각했다.

만약, 소원을 들어줄 신이 있다면. 아니, 자신이 무어라고 소원을 빌 만한 자격이 있다면, 그것을 오로지 자신만을 위해 쓸 수 있다면.

수아를, 다시 한 번 보고 싶었다.

아주 잠시라도 좋았다. 그 목소리를 듣고, 그 작은 몸을 다시 한 번 품 안에 안고 싶었다. 그를 사랑한다는 말을 듣고 싶었다. 단 한 번만이라도 좋았다. 그럴 수만 있다면 기꺼이 이 목숨도 버릴 수 있다고, 그는 진심으로 생각했다.

그날도 여느 때와 다르지는 않았다. 그저 지독하게 눈보라가 치는 날이었고, 몬스터가 나타나는 지역이 바뀌어 이동한 지 얼마 되지 않은 날이었다.

이번에 몬스터가 나타난 장소는 애매하게도 영지 하나와 두 마을 사이였다. 몬스터들은 영지와 마을까지 내려와 사람들을 해쳤고, 하르페니언은 기사와 병사를 나눠 세 군데에 각각 배치했다.

하지만 영지의 병력까지 합해도 그 수가 충분치 않아, 주변 영주들에게 지원을 명했을 정도였다. 어설프게 보호해야 할 범위가 크다. 결국 하르페니언은 주변 영지에서 병력이 완전히 올 때까지 기사들 몇 명만을 데리고 주변을 돌며 몬스터들의 습격을 경계했다.

그리고.

"생존자가 있습니다!"

그 말을 들었을 때도, 별생각은 없었다. 요즘 들어 몬스터들은 점점 더 진화해, 그저 뭉쳐 다니는 것만이 아니라 제법 머리도 쓰고 있었다. 인간들을 곧바로 죽이지 않고 잡아가 비상식량으로 쓰는 것도 바로 그런 쪽이었다.

바로 어제 마을이 습격당했고 행방불명된 자도 있으니, 이번에도 그럴 것이라고 생각했다.

하지만 눈보라 사이로 보이는 사람의 형체를 보는 순간, 알았다.

두근.

죽어 있다 생각했던 심장이 뛴다.

한시도 잊은 적이 없었다. 한눈에 그녀의 옷은 사라질 때 입었던 그대로라는 걸 알아보았다. 그녀는 새파랗게 질린 얼굴로 덜덜 떨고 있었다. 눈보라가 그녀의 검은 머리칼을 엉망으로 헤쳐 놓고 있었다.

수아. 수아. 수아.

소리 없는 절규가 그의 안에서 메아리쳤다.

잠깐 굳어 있던 그의 몸은 수아의 뒤에 열두 개의 뿔을 가진 몬스터, 클렙이 나타나는 것을 보고는 반사적으로 움직였다. 그는 검을 빼 들고 전속력으로 말을 달렸다.

"수아!"

그리고 마침내 그녀의 이름을 부를 수 있었다.

하르페니언은 일단 검으로 놈을 내리쳐 이목을 끈 다음, 그대로 말에서 뛰어내려 눈 위로 굴렀다. 말을 탄 채로 클렙을 상대한다는 건 다소 무리한 일이었기 때문이다. 히히히힝, 칸은 길게 울며 곧바로 수아에게 되돌아갔다.

클렙은 새로 나타난 인간에게 관심을 보이며 곧바로 커다란 손으로 그를 내리쳤다.

아무래도 상대하기 쉬운 몬스터는 아니었기에 평소의 하르페니언이라면 약간은 더 신중했을 터였다. 하지만 지금의 그에게는 눈앞의 몬스터가 수아와의 만남을 막는 방해물로밖에는 보이지 않았다.

하르페니언은 클렙이 내리친 손을 종이 한 장 차로 아슬아슬하게 피하며 옆에 있는 커다란 나무로 몸을 날렸다. 그 반동으로 속도를 낸 그는 그대로 놈의 팔을 밟아 튀어 올랐다. 그리고 떨어지는 힘을 이용해 위에서 열두 개의 뿔 가운데에 있는 급소에 검을 박아 넣었다.

좌악! 체액이 튀었지만 하르페니언은 그것을 피할 정신도 없었다. 무언가 귀에 거슬리는 지독한 소리가 들린 것도 같았지만, 그는 더 이상 그것에 신경을 쓸 정신 따윈 남아 있지도 않았다. 그는 곧바로 등을 돌렸다.

그리고 더없이 그리던 빛에게 마침내 손을 뻗었다.

*외전 마침.*

# 후기

케얄

Postscript

안녕하세요, 케얄입니다.

이번에는 저번 권 후기가 공수표가 되지 않도록 일찍 돌아왔습니다! ㅠㅠ! 계속 기다려주시고 이번 권도 구입해주신 독자님들, 감사합니다.

언제나 느끼지만 정말 읽어주시는 분들이 없다면 여기까지 오지 못했을 거라는 생각이 많이 들어요. 여러모로 미숙하고 느린 글쓴이지만 봐주시는 덕분에 계속 작품을 쓸 수 있었습니다.

다음 권에서도 이 리듬을 깨지 않고 빨리 뵐 수 있도록 하겠습니다!

그나저나 벌써 5권이네요. 사실 처음에는 이렇게까지 길게 달릴 거라고는 정말 생각도 못 했습니다.

3권 후기를 보니 원래는 세 권으로 생각했다는 이야기와, 5권 완결 예정이라는 말도 있네요. 하하하하……orz.

『메마른 빛, 이슬 한 방울』은 6권으로 마무리됩니다. 빠르면 여름, 늦어도 가을에는 뵐 수 있도록 하겠습니다.

언제나 후기에 쓸 말이 많다고 생각하는데, 막상 후기를 적으려면 무슨 말을 해야 할지 모르겠네요. 완결 후기에는 좀 더 많은 말을 쓸 수 있을까요?

언제나 글 꼼꼼히 체크해주시는 편집기자님, 교정자님. 그리고 이번에도 제 심장을 떨리게 하는 삽화를 그려주신 니시님. 무엇보다도 글을 읽어주시는 독자님.

정말로 감사합니다.

다음 권에서 뵙겠습니다.

2016년 4월 케얀

# 후기

니시
Postscript

이야기가 슬슬 마지막을 향해 가고 있는 것이 느껴져 쉽사리 눈을 뗄 수 없었던 5권입니다.

눈으로 보고도 믿을 수 없는 장면도 있었고, 알의 어린 시절이 상상되어 마음속으로 비명을 질렀던 것도 기억이 나네요.

유난히 삽화로 옮기고 싶은 장면이 많았던 한 권이었네요.

고른 컷컷마다 제 사리사욕을 담을 수 있어서 행복했습니다.

앞으로 한 권이 남았네요. 다음 후기에선 하고 싶은 이야기가 많을 것 같습니다.(웃음)

다음 권에서 뵙겠습니다.

감사합니다

2016년 4월 니시